DU MÊME AUTEUR

Aux Éditions Gallimard

L'ÉPOUVANTAIL, *comédie dramatique, 1957.*

Chez d'autres éditeurs

LES MARAIS, *Seuil, 1942.*

ANNE LA BIEN-AIMÉE, *Denoël, 1944.*

LES DEUX SŒURS, *Seuil, 1946.*

MOI QUI NE SUIS QU'AMOUR, *Denoël, 1948.*

L'OMBRE SUIT LE CORPS, *Seuil, 1950.*

LES ENFANTS PERDUS, *nouvelles, Denoël, 1952.*

LE SOUFFLE, *Seuil, 1952.*

LE GARDIEN, *Denoël, 1955.*

ARTÉMIS, *Denoël, 1958.*

LE LIT, *Denoël, 1960.*

LE FOR INTÉRIEUR, *Denoël, 1963.*

LA MAISON LA FORÊT, *Denoël, 1965.*

MAINTENANT, *Denoël, 1967.*

LE CORPS, *Denoël, 1969.*

LES ÉCLAIRS, *Denoël, 1971.*

LETTRE AU VIEIL HOMME, *Denoël, 1973.*

DEUX, *Denoël, 1975.*

DULLE GRIET, *Denoël, 1977.*

Suite de la bibliographie en fin de volume

TRENTE ANS D'AMOUR FOU

DOMINIQUE ROLIN

TRENTE ANS D'AMOUR FOU

roman

GALLIMARD

Il a été tiré de l'édition originale de cet ouvrage vingt-cinq exemplaires sur vélin pur chiffon de Rives Arjomari-Prioux numérotés de 1 à 25.

DESSUS : LUNDI JOUR

Jim et moi sommes arrivés hier. L'incendie du couchant s'éteignait avec rapidité. Ainsi s'annonce la fin de l'été dans une sorte de gloire exténuée, un rideau va tomber sur la fête. Nous connaissons bien ce phénomène de saison qui nous excite au lieu de nous assombrir puisqu'il est lié en direct à notre travail. La soirée était, comment dire, horizontale. Retrouver la ville étrangère, c'est vérifier l'assise même du Temps, sa page dure interminablement déroulée. Il s'agit pour ma part de modeler les fantômes d'une mémoire jusqu'ici censurée. Je redoutais un tel affrontement.

Grâce à Jim j'ai cessé d'avoir peur. Je conclus un accord entre le dessus (aujourd'hui) et le dessous (autrefois). Si mes figures debout ne s'achèvent jamais, c'est que je ne suis pas un musée mais un atelier à ciel ouvert. Des matériaux toujours semblables ne cessent de me proposer de nouvelles énonciations. L'âge n'y fait rien. La vérité n'est pas de ce monde mais dans celui d'après, obscur, et stimulant malgré tous les mécanismes de ce qu'il est convenu de nommer la *vie* dont l'imagerie est apaisante. Je n'ai qu'un seul devoir : débusquer cet univers second, renversement du nôtre, et l'approcher au plus près.

9

Nous sommes restés tard sur le ponton. Les lanternes se sont éteintes, on a fermé le bar. La nuit s'est levée d'un coup, étale et scintillante, ratifiant notre retour dans la matrice du *nous* sans lequel nous sommes peu de chose. Nous avons regagné la chambre aux trois fenêtres. Nous étions morts de fatigue et d'air, morts de marbre et d'eau, morts de paix.

Il faisait à peine jour quand je suis sortie du sommeil mais je ne me suis pas levée tout de suite. Je respecte l'inertie du corps sachant si bien masquer un effort pour s'absenter de soi-même, évacuer tout germe de pensée. Je glisse alors vers un ailleurs où peut se manifester avec aisance ma dissolution.

J'ai ouvert les volets et les fenêtres sur le canal, enflé sous la nacre violente du matin. Jim dormait encore, posé sur son lit dans une attitude d'abandon flottant qui lui est propre, il est un nageur de rêve, un danseur de fond. Le plateau du petit déjeuner est entré par magie : on n'a pas entendu frapper à la porte, je n'ai pas dû beurrer les toasts et verser le café très fort, j'ai seulement écouté le souffle de Jim se précipiter avant son réveil.

Le feu vert est donné : chacun déjà se retire dans ses temps privés. Jim s'appartient. Je m'appartiens. Notre pouvoir de symbiose est absolu. Notre double *moi* jouit d'un troisième personnage que nous condamnons au plaisir d'être seul. Un ordre décisif semble ainsi nous soulever au-dessus des lits blancs et nous pousser à l'horizontale. Je suis fondue en Jim qui se fond en moi. Sans risque, nous acceptons le jeu.

Les parasols sont déployés, l'ombre des franges balaie et bleuit ma page. La chaleur est intense, déjà. Jim est là-haut dans la chambre, il a baissé son store. Nous voici plantés dans un aujourd'hui qui pourrait aussi bien s'appeler hier. Un hier unique surprenant de jeunesse et extrêmement vieux dont les épaisseurs mêlées ont effacé tout repère chronologique. Les péniches à l'amarre que je vois se balancer sont nos sœurs infatigables : elles étaient là, elles sont là, elles seront là, comme nous, il n'y aura pas d'usure. Des gens se sont installés un peu partout sur le ponton. Leur nonchalance ensoleillée prépare une entrée en jouissance. Tous, indistinctement, sont frappés d'un éclair de beauté. Ils ont la physionomie hautaine d'acteurs qu'un rôle mineur et bref a transfigurés. La rumeur de leurs bavardages ne peut pas me déranger puisque j'ignore à peu près leur langue.

J'offre donc ma solitude et ma liberté à Jim : les racines de l'écriture sont enfoncées là. Regarder, tout en provoquant les mots sur la page, est une source de prodiges à ne manquer sous aucun prétexte. Qu'est-ce qu'un œil en réalité ? Non pas ce globe vitré, mièvre et prudent qu'on imagine ouvert sur l'extérieur, mais une forêt sauvage encore inexplorée. Ma mission consiste à me laisser dévorer par sa faune et sa flore. J'y découvrirai petit à petit que l'espèce humaine, telle qu'on la conçoit d'ordinaire, est une grossière erreur d'interprétation, une vue de l'esprit. Plus les corps acceptent de se laisser programmer par leurs organes, plus profond se fait le malentendu, un malentendu que je refuse. Donc je saurai lutter contre l'espèce et franchir le pas séparant la sagesse et la déraison. Se comporter comme une brute est beaucoup mieux qu'un devoir de style : un devoir tout court. Mes logiques amoureuses en dépendent. Je les sens qui bougent et grondent en moi parce qu'elles sont à la fois le début et la fin de ce qui n'aura ni début ni fin.

11

Une femme que je connais de vue depuis des années passe au long du quai. La raideur de sa démarche m'intrigue. On dirait un jouet mécanique monté sur un rail d'imagination. Toujours vêtue du même ensemble à fleurs et coiffée de la même perruque à crans serrés, le même sac en plastique à la main, austère, concentrée, inexpressive, elle s'arrête au pied du pont puis repart en sens inverse. Elle me lance un seul regard de côté, méfiant et noir. J'imagine un instant qu'elle sait tout de moi et songe : « Oui, tu peux, oui, tu veux, oui tu dois... » Chacun de ses pas plante un clou dans mon crâne et me contraint à tracer un mot. J'accepte la douleur du clou et la frayeur du mot.

Il est tout de suite midi. Mes racines d'œil ont bien bu et bien mangé, elles sont satisfaites.

Jim n'interrompt pas son travail quand je le rejoins dans la chambre. Penché sur sa table près de la fenêtre de l'est, il m'attend de dos. J'aimerais lui raconter l'histoire de la femme automate, mais non il n'écouterait pas. Je me borne à lui mettre un baiser sur la nuque, ça fait partie des rites, puis je m'allonge sur mon lit, moelleux sarcophage. Quand Jim se détache enfin de son cahier, il a une façon très personnelle de repousser avec bruit sa chaise et de me faire face. Sa matinée d'écriture l'a grandi. Ses yeux sont chauds, attentifs, absents.

« C'est bon ? » « Très très bon. » « Tu es bien ? » « Merveilleusement bien. »

Bons : les spaghettis, la salade, l'eau pétillant dans nos verres, les reflets dansants du canal, l'accostage et le départ du vaporetto d'à côté. Bon : le vol groupé des mouettes que Jim observe sans les voir vraiment. Bon : le carnet rouge qu'il extrait de sa poche avec vivacité pour y noter des frissons presque imperceptibles de pensée. Bon : l'éclat du soleil sur la rangée des maisons roses de l'autre rive. Bons : les moineaux picorant à nos pieds. Bon également le trio de paysans installés à la table voisine dans un recueillement clos semblable au nôtre. La bière que le père et le fils absorbent à religieuses goulées d'or est honorée avec une dignité humble, la mère emplit des cartes postales à toute allure pour y résumer leurs petits bonheurs, là, vifs, simples, doux, bêtes et grandioses « cher papa, chère maman, cher oncle, chère tante, chers enfants, cher ceci, chère cela, il fait trop chaud, il y a beaucoup de pigeons ici et les pizzas sont extra, cet après-midi nous visiterons le palais des doges, hier c'était San Marco, demain le Rialto, j'ai mal aux pieds, les gondoles c'est bien mais c'est cher, bons baisers, on pense à vous, à bientôt ». Plus tard quand ils seront vieux ils évoqueront ensemble ces témoignages rangés avec soin dans un tiroir et je sentirai se tendre le fil qui me soude à ces gens, ici, maintenant, incandescent et nul. La ville étrangère entame à notre profit sa besogne de dévoration maternelle.

Deux jeunes sourdes-muettes se sont assises à côté de moi au pied d'un puits à couvercle de bronze et déjà l'après-midi touche à sa fin. J'observe leurs mains bavardes, je pourrais presque dire que je les écoute. Le hasard a du flair et m'aime. Le dialogue en cours, ininterrompu, a tantôt la légèreté d'une double paire d'ailes et tantôt une gravité lente et confidentielle. Doigts serrés, pliés, écartés, paumes ouvertes, creusées, poings fermés, poignets souples, les deux filles penchées l'une vers l'autre se considèrent de très près. Le silence assourdissant qui les couvre et les unit est leur moyen de transport privé. Elles sont belles, flexibles, étonnées, rieuses, attendries, mauvaises, tour à tour elles s'adorent et se haïssent, elles ne se toucheront qu'à coups de paroles insonores. Et les voilà qui se redressent avec décision après avoir échangé un dernier regard pointu, s'éloignent en diagonale de la grande place où commence à monter l'eau bleue de l'ombre, elles se hâtent, elles courent presque, saisies toutes deux dans la geôle intime et mouvante de leur infirmité.

Au même instant, exactement au même instant, éclate en contrepoint la concertation crépusculaire des cloches de toutes les églises, proches, lointaines, décalées. C'était fatal : les langues de bronze cognant à la volée les gorges de bronze marquent le prolongement inversé de mes sourdes-muettes aux mains roses, leur double message s'est confondu. Les cloches, oui ! Ces folles du logis de Dieu font ainsi craquer l'air afin de communiquer ensemble d'un bout à l'autre de la terre. A travers des affirmations brutales en tout point semblables au discours bâillonné des filles de tout à l'heure, elles ont trouvé le truc indiscutable, l'incontournable passe-partout. Je les envie. Je les jalouse. Il faudrait pouvoir écrire de cette façon-là, c'est-à-dire se laisser prendre par le filet d'un certain Tout. Mon incapacité me fait souffrir.

Qu'est-ce que vivre sinon aimer ?

Qu'est-ce qu'aimer sinon écrire ?

Qu'est-ce qu'écrire sinon repérer, au-delà des spasmes de la difficulté, de l'impuissance et de la peur, ce qu'on sait par intuition dès la naissance ?

Ma mémoire est un détective. Elle distribue ses coups là où il faut et quand il faut : actes manqués, bonds, surplaces inquiets, reculs, détours, dérobades, guets, embuscades, rêves, lassitudes, oublis francs, mégalomanies piégées, fureurs latentes, sournois manèges. Mon devoir de choc à son égard est de m'interdire la moindre question directe. Il est nécessaire d'inventer mon propre appareil d'hypocrisie comme elle a le don d'entretenir le sien. Lui laisser l'initiative de l'action exigera de ma part beaucoup de sacrifices. Au fond, c'est mieux ainsi car elle est douée alors que je ne le suis pas. Alors dès à présent je lui confie la direction du singulier attelage que nous formons Jim et moi.

DESSOUS : LUNDI NUIT

Au-delà de la proue de la Douane l'eau prend le large vers des lointains dorés que surveillent quatre églises en sentinelle. Le chemin pailleté qu'y projette le clair incarnat de la lune est une tentation : il nous invite à le suivre afin de gagner en divins danseurs l'autre rivage. J'ignore si Jim envisage une telle éventualité. Il ne m'a rien dit, je ne l'interrogerai pas. Nous nous comportons un peu à la façon de deux animaux faits hommes, romantiques quand c'est nécessaire, aigus, gourmands, ombrageux, fous de curiosité, mais pardessus tout prudents. Chacun sait garder pour soi ses métaphores.

Jim s'endort avec la spontanéité malicieuse et robuste d'un enfant plongeur. C'est son cas, toujours. Moi non. Je suis obligée de descendre marche à marche vers un souterrain maudit. Chaque palier est une aire de repos douteux, angoissé, insatisfait. Le sommeil feint de m'appeler mais son habileté consiste à me repousser. Enfin, lorsque je réussis à toucher le fond du trou miné, commence à sourdre une espèce de clarté seconde un peu mortifiée sur ses bords capable d'exciter ce qui me reste de conscience.

16

A l'envers de mes yeux fermés remontent alors les premiers districts de mon existence. J'en ai mis du temps à comprendre le pourquoi et le comment du désordre des souvenirs ! Les souvenirs s'aiment en réalité, s'attirent et se recouvrent en se passant de moi qui suis pourtant chargée de leur attribuer un corps. Premier combat, premier espoir de conquête. Bien que mes passés les plus enfouis soient le terrain ombreux d'un aujourd'hui éclatant, je pressens déjà qu'ils se révéleront mobiles, inventifs. Leur sourde efficacité souvent frôlera le mensonge et la trahison. Ils s'ingénieront à me recréer de a à z. J'essaierai de m'y reconnaître dans leurs manœuvres.

La maison où je suis née occupait l'angle de deux rues animées d'une ville du Nord. Mes parents y géraient un magasin de luminaires, cristaux, porcelaines et petits meubles dont brillaient jour et nuit les quatre vitrines. Ma mère était une fausse blonde aux chairs potelées. Mièvre et glapissante elle enfermait la famille dans un continuel tourbillon d'anxiétés imaginaires dont nous nous défendions mal. Il arrivait pourtant que mes frères Claude et Romain lui tiennent tête, alors que papa — que j'avais surnommé dans ma tête l'Homme gris — savait garder en n'importe quelle circonstance un calme feutré que nous méprisions un peu. Très tôt en somme, je me suis rendu compte avec un étonnement froid que je n'avais rien de commun avec ces gens-là. Leur espace étouffant de discussions, de cris et d'insultes m'ennuyait à mort.

Mon premier repère de liberté se rattache à l'époque de ma rencontre avec Marie Delarive. J'avais dix ans, elle quatorze. Comme elle habitait à deux pas de chez nous et que nous fréquentions la même école au centre de la ville, elle m'y conduisait et m'en ramenait. Nous traversions le Bois pour joindre le terminus du tram. A l'ombre des arbres j'admirais la longue silhouette de Marie, sa peau plus blanche que la mienne et surtout ses nattes minces et dorées qui lui descendaient jusqu'à la taille. J'aimais aussi ses yeux bleus qui me semblaient toujours un peu hallucinés. Elle se montrait plutôt taciturne, sauf quand elle me racontait des histoires d'enfants enlevés par des romanichels. J'étais impressionnée aux larmes. Alors elle me rassurait avec une légèreté pleine d'humour.

Un jour ses parents m'ont invitée chez eux pour le goûter. J'ai pressenti à ce moment que le bonheur était non seulement une probabilité mais une incitation à l'élan vers un certain « ailleurs » jusqu'ici défendu. Monsieur Delarive était musicien, sa femme peignait des fleurs et des fruits, leur intérieur sobre était le contraire du nôtre encombré d'un fatras de bibelots dont raffolait maman. Droite et réfléchie, Marie allait d'une pièce à l'autre en échangeant avec les siens des propos discrets coupés de rires étouffés. La complicité qui les unissait ne pouvait se communiquer, et cela m'attirait beaucoup.

Cependant mon intimité avec eux s'est resserrée au cours des grandes vacances de la même année lorsqu'ils m'ont emmenée à la campagne. Leur maison sise au sommet d'une colline boisée dominait des champs de seigle, d'avoine, de luzerne et de blé. A l'horizon le ciel et le sol brouillaient leurs contours avec une grâce mille fois plus morale que physique, et la même grâce occupait l'intérieur de Marie et de ses parents. La légèreté de Madame Delarive était surprenante pour une femme aussi volumineuse, elle se déplaçait comme vogue un nuage. Chaque matin elle se réservait un instant privilégié auquel j'étais admise : elle brossait et peignait les cheveux de sa fille avant de les natter avec une minutie d'orfèvre. J'adorais. Dans la chambre à côté son mari fredonnait en sourdine des airs de musique médiévale, sa spécialité, avant de se mettre au piano. Tout cela se déroulait avec l'exigeante régularité d'un ballet au rythme patient et doux. J'apprenais ainsi la joie. J'apprenais le silence.

J'ai besoin d'insister sur mes rapports avec cette famille. Le recul du temps agit à la façon d'une source qui ne se tarit jamais. A l'inverse de ce qui est reconnu d'ordinaire, les figures antérieures d'une existence, soi-disant fixées dans les profondeurs de l'oubli, ne cessent de s'inventer des chemins inédits : les plus vieux souvenirs sont en perpétuel devenir afin de nous réserver des surprises. Le présent seul est assigné à résidence, il agit à la verticale sans équivoque, une fois pour toutes. Mon instinct de petite fille m'avertissait déjà de ces choses. J'avais trouvé Marie, je ne la perdrais plus. Un jour j'en saurais découvrir la raison, c'était fatal.

J'ai eu l'idée qu'elle et moi pourrions écrire un roman ensemble. D'emblée, Marie a dit oui. Nous venions d'achever la lecture du *Comte de Monte-Cristo* qui nous avait éblouies. Aussitôt nous avons installé notre bureau en contrebas du jardin potager, près du puits qu'ombrageait un noisetier géant. Nous griffonnions à toute allure. Nous nous relisions à voix haute en salivant de plaisir et d'anxiété. Puis nous tombions à la renverse, secouées de fous rires. Les yeux de Marie se dilataient au point de boire tout le bleu de l'espace, nous avions du génie et nous en étions fières. J'avais suggéré d'appeler notre héroïne Luzerne à cause des champs

19

voisins, et Marie avait été d'accord après trois secondes de perplexité.

Nous atteignions la page onze du manuscrit lorsqu'un incident est survenu, tranchant net l'inspiration ; l'arrivée d'une certaine Désirée, compagne de classe de Marie que je ne connaissais que de vue. J'ai détesté sur-le-champ sa peau fade et ses yeux cernés qui paraissaient distiller un poison gris. Elle était de la même taille que Marie, leurs petits seins de rien du tout se devinaient déjà sous le corsage alors que j'étais encore malingre et plate, première humiliation. Je pressentais que cette intruse serait un danger majeur et peut-être ma perte, c'est-à-dire une déchirante prise de conscience, celle de la terreur d'être abandonnée.

Je ne me trompais pas. Tout de suite Désirée s'est arrangée pour me voler Marie. Sous prétexte d'aller peindre un paysage quelconque, elles disparaissaient des après-midi entiers en m'interdisant de les suivre. Elles rentraient le soir, ivres d'orgueil et de grand air, montraient leurs toiles aux parents Delarive, guettaient les louanges, en bref m'excluaient de leur clan. J'avais mal. Je pleurais dans mon lit. Je mangeais mes draps, je voulais mourir.

Cependant un projet aussi ravageur qu'exquis m'a subitement délivrée de l'angoisse. C'était très simple : il fallait que je supprime Désirée. Je mûrissais avec soin l'événement futur dont les péripéties m'emballaient d'avance. Au jour choisi, j'entraînerais la fille au bord d'un étang des environs que j'avais repéré, on s'y accroupirait, je lui parlerais à l'oreille avec douceur, un vernis de confiance enduirait ses sales yeux, alors il suffirait d'une pression de l'épaule pour la faire basculer et lui maintenir la tête sous l'eau à coups de bâton jusqu'à ce que les dernières bulles, signalant son agonie, viennent crever à la surface, ni vu ni connu. Pour donner du corps à mon plan, en guise de répétition j'allais me promener sur les lieux prévus pour le crime et j'étais heureuse. Les roseaux, les araignées d'eau, les libellules aux petits groins de monstre, la brise tiède m'absolvaient déjà. Saoulée par une terreur joyeuse, je regagnais en courant la maison des Delarive. On y avait commencé le dîner sans moi, on me servait sans me faire le moindre reproche, sous la lumière crue de l'abat-jour ma presque victime et les autres lapaient avec innocence leur soupe au lard. Des papillons de nuit qui se brûlaient aux ampoules tombaient parmi les plats, la soirée s'achevait aussi gaie, aussi harmonieuse que d'habitude. La signification m'en paraissait évidente : tout meurtre n'est pas un coup instantané, même avec préméditation, il est une aventure à longue échéance coupée de détours et de retours sur soi. En somme il se construit comme un vrai roman dont il faut retoucher chaque épisode avec obstination avant de mériter le mot *fin*.

Ce combat singulier entre moi et moi s'est terminé par hasard et le plus simplement du monde l'année d'après, en ville, chez les Delarive. On y fêtait le quinzième anniversaire de Marie en compagnie de tout un troupeau de jeunes invités. L'un d'eux, soudain, a lancé la nouvelle en plein dans le brouhaha du goûter : Désirée, oui, Désirée était morte la veille à l'hôpital des suites d'une appendicite mal soignée. Le silence est tombé, noir. Sur la table, le service en porcelaine bleue, les piles de tartines au miel, le chocolat fumant dans des pots d'argent prenaient un relief incongru. Je me suis mise à trembler, tout comme si j'avais été prise en flagrant délit d'assassinat. Le cadavre de la malheureuse Désirée se combinait aux bonnes choses que nous mangions et buvions, et l'horreur incendiait ma gorge. Marie Delarive m'a souri avec une gentillesse apitoyée. J'avais l'impression de mûrir en accéléré, de vieillir et me ratatiner, et ma vie entière pendait derrière moi tel un fruit pesant et gâté. C'est à ce moment que je me suis rendu compte à quel point mon amie avait changé au cours de ces derniers mois : elle portait à présent ses tresses enroulées en couronne sur la tête, qu'elle maintenait toujours très droite, et j'avais noté aussi sa façon de repousser les garçons qui commençaient à s'intéresser à elle. Il y avait chez elle, j'en étais sûre, un besoin fou de résister à l'inévitable logique en train de la modifier en profondeur. Son sourire m'apparaissait aussi comme une sorte d'appel : ensemble, à condition d'unir nos efforts et de le vouloir avec assez de force, nous serions peut-être capables de rester encore, encore un peu, encore et encore, sous notre abri transparent d'enfance.

Pourtant notre illusion de ce jour-là s'est vite éteinte.

Un soir de l'automne suivant, au cours d'une promenade autour du lac dont le disque d'argent reflétait l'ombre des talus roussis, nous nous sommes arrêtées au pied d'un marronnier, celui que nous préférions pour son envergure impressionnante. Une lettre déchirée en mille morceaux était éparpillée entre les racines, et dans le clair-obscur on aurait cru un parterre de fleurs. Il ne pouvait s'agir que d'une lettre d'amour. Nous avons ramassé le tout et nous avons regagné en vitesse la chambre de Marie où nous nous sommes enfermées à clé. Couchées sur le tapis, nous avons reconstitué le puzzle de la lettre. Bien sûr, c'était de l'amour. Un certain Benoît s'adressait à une certaine Sara qui sans doute lui avait signifié la rupture. Il suppliait, menaçait, adorait, réclamait un sursis. Marie Delarive relisait à voix basse mais distincte le désespoir d'un homme que nous pouvions presque voir gigoter entre nous, à la fois douloureux, grotesque, méchant, servile. Nous étions malades de pitié. Certains mots nous brûlaient. Benoît l'inconnu se démultipliait, prenait consistance, représentait à lui seul tous les amoureux transis du monde, et nous avions mal pour lui car il était du côté du bien tandis que Sara n'était qu'indignité malsaine. Ce mince drame, que le hasard nous avait proposé parmi des millions d'autres tout à fait pareils, collait si fort à nos nerfs que le souffle nous a manqué. Marie s'est mise à pleurer. Je n'ai jamais oublié ce spectacle comme si je savais que notre avenir se chargerait de lui donner plus tard un sens concret. Et cela s'est révélé juste.

Ah ce que j'aime le passé quand il consent à se faire avenir! C'est ma passion, ma sécurité, la mise en jeu de mon identité dont je ne suis que la pliure abstraite.

Le visage de Marie était blanc, figé. Me regardait-elle? Non. Elle voyait un rien, un rien qui nous dépassait. Elle se bornait à poser à ce rien une question affreuse et sublime à laquelle il n'y aurait pas de réponse. Cependant, ce mystère d'amour qui nous avait unies si fort pendant quelques heures a paru voler en éclats.

On nous appelait du rez-de-chaussée. En vitesse, Marie a fourré les morceaux de la lettre dans un tiroir avec des gestes de pirate dissimulant son butin.

Nous n'y avons plus jamais touché par la suite. Pourtant la voix du pauvre Benoît continuait à filtrer hors du meuble, et nous étions forcées de l'écouter, malgré nous. Il lui arrivait de se montrer plaintif, et même résigné. Parfois aussi il élevait le ton en se faisant haineux ou méprisant. Son pathétisme versait dans l'insulte. Avec un cynisme stupéfiant, il osait mettre en cause deux frêles petites filles en quête d'absolu. Nous avions souvent peur de cet homme. Mais la plupart du temps ses jérémiades nous faisaient tordre de rire. Alors nous nous cachions la tête sous une pile de coussins pour éviter que quelqu'un dans la maison ne nous entende.

DESSUS : MARDI JOUR

Le basculement vers l'automne est surtout sensible tôt le matin. Mon reflet brun sourd du miroir entre les deux fenêtres du sud, plus sèchement modelé que mon visage réel. Les incompatibilités opposant ces deux-là essaient d'abord de freiner la prise de méfiance. Mais leur méconnaissance bientôt s'anime et nos yeux se font blessants. Saisie de stupeur, la femme du miroir se caresse les tempes, les joues, le cou. « Tu as vieilli depuis le dernier séjour ici », dit-elle sans remuer les lèvres. Je l'écoute avec attention. Elle attend une réponse qui ne vient pas, puis elle reprend : « Ne sois pas triste, ma chère, le subtil effondrement de ta peau est un pur mensonge puisque moi qui te scrute je reste attachée aux mystères de notre jeunesse. Je t'en prie, sois douce, mon odieuse chérie. Unissons-nous dans le bonheur d'être aujourd'hui près de l'homme que nous aimons toi et moi depuis trente ans. Trente ans, c'est bien court, n'est-ce pas ? Fais un effort. Détourne-toi de ton image. Sois constructive. Prolonger l'affrontement serait une trahison. » J'acquiesce à contrecœur, en pinçant les lèvres. Nous nous ressemblons au point que je ne sais plus laquelle de nous deux s'adresse à l'autre. Malgré cela, nous obéissons à l'injonction par le biais d'une série de glissements flous, et nous nous retirons hors du cadre du miroir.

En quittant la chambre dix minutes avant moi, Jim a dit en aparté, comme dans une comédie à l'italienne : « Je t'aime parce que je suis gourmand. »

Il était là, je le touchais, il n'est plus là. Mais il est encore là sans y être, voilà le prodige. Même absent, je continue à le travailler à la façon d'un dessin bougeant qui ne sera jamais terminé. Il y a sans cesse mille nouveaux traits qu'il me faut fixer sur un fond d'éternité provisoire. Je souhaiterais parler photographiquement de lui : les yeux sombres bien enchâssés sous le dur aplomb du front, le nez busqué, la bouche en forme de sourire, mais je ne peux pas, zut, j'y renonce. Et par ailleurs ce serait insipide, inexact, et surtout fort ennuyeux.

Depuis la table du ponton où je viens de m'installer, je guette son surgissement là-bas au bout du quai, entre l'église et le kiosque à journaux. Dansant et concentré, il approche en balançant un peu les bras mais pas trop. Il grandit selon les lois de la perspective d'une part, de l'autre celles que nous impose le temps. Le Jim d'aujourd'hui sort en direct de ses milliers de formes anciennes. L'enchaînement est sans défaut. Tel était Jim quand nous avons fixé dans la ville étrangère nos racines d'élection, tel il est pendant qu'il me rejoint, s'assied en face de moi pour se plonger dans la lecture des nouvelles du jour. Tel il sera plus tard quand je n'y serai plus.

Un corps d'homme : son incorrigible étrangeté. On se demande quel puissant désir a poussé Dieu à fabriquer sa

26

créature ainsi et pas autrement. Tout en haut remue la boîte osseuse drapée de peau et trouée d'ouvertures, sept en tout, avec son contenu gélatineux convulsif que l'on nomme pensée. Un peu plus bas : le flexible arbrisseau vertébral à quoi s'accroche et pend le sac épais des organes. Plus bas encore : le compas des jambes assurant à l'ensemble sa mobilité et sa dignité. Pour quelle raison cette structure-là a-t-elle été préférée à tant d'autres qui se seraient peut-être révélées plus nettes, moins corruptibles ? Il n'est pas exclu que notre Créateur se soit voulu génial avec perversité. Dans ce cas, bravo, sa réussite est totale. Mais il a dû beaucoup rire en prenant sa décision. Il doit en rire encore. Comme je le fais moi, ce matin, si je songe à l'admirable fragilité de notre équilibre. Quand la tête veut, le ventre se plaît à refuser par esprit de contradiction. Quand le ventre veut, la tête s'oppose. Circuits clandestins de volontés hostiles. Sinistres jeux diplomatiques dans le noir de la lymphe et du sang. Fureurs, bagarres, manigances, trêves, feintes, encore des feintes, attaques, mêlées, issues fatales, un mort finit toujours par payer le divin tribut : par la tête ou par le ventre ? Ça dépend des cas.

Jim est remonté là-haut à son travail tandis que j'ai faim du mien dont j'ignore encore la direction. Mon attitude à son égard est toujours la même : comme j'ai tout oublié de ce qu'il m'a dicté la veille, je dois me soumettre en aveugle à ses initiatives d'aujourd'hui, elles seront bonnes puisque nourries d'une logique assez émouvante où l'absurdité d'un choix quelconque, les fantasmes, l'horreur et l'humour se glisseront à tour de rôle.

Je ne croyais pas si bien dire : à la table d'à côté s'est assis un monstre femelle qui va me mettre en train. Si la partie supérieure de son corps est d'une banalité maussade, le cauchemar prend racine au niveau de la ceinture. Une mini-robe jaune vif dénude le quartier de viande crue des cuisses aux bubons durcis. Cela s'enfle davantage encore à partir des pommeaux lourdement incrustés des genoux. La femme consomme à gestes précieux un coca. Puis elle se redresse et me fait signe de la suivre à travers un réseau puant de ruelles. Voici que nous gravissons l'escalier pourri d'un palais, pénétrons dans une chambre bourrée de coussins et de tapis multicolores. Je m'assieds au bord du lit pendant que ma compagne de hasard ôte ses vêtements. Dieu ! La voilà nue, nue sous le jour blanc de la fenêtre... Mon regard lui est insupportable sans doute. Elle éclate en sanglots, vient à moi en écartant les jambes, là, tout près, et je vois se décoller en douceur les lèvres de son vagin roux. Oui, douceur, j'insiste, et je me sens très émue à la minute où je m'engage entre les piliers éléphantesques d'une telle cathédrale. L'obscurité y sent bon. Je caresse ce qui, peut-être, ne l'a jamais été jusqu'ici. L'inconnue à présent se balance et gémit comme un petit enfant qu'enivre la certitude d'être enfin compris...

Non, trois fois non, mes amis, il n'y a rien de sexuel dans ce contact que je suis libre d'inventer à l'instant même, au bord du bras de mer élargi travaillé par les gouges et les burins du soleil ! En toute connaissance de cause, je me suis permis de céder au prodige inespéré, délicieux, exaspéré de la communication.

En fait je suis restée collée avec application à ma table. Le monstre femelle est parti sans rien savoir de mon secret écart de corruption. Les heures ont filé. La cloche de l'église se charge de m'absoudre à travers un premier battement pointilliste et pointilleux, comparable au doigté d'un musicien distrait affirmant sa cadence. D'autres cloches dans la ville rouge et or, ici, plus loin, sur l'autre rive, partout s'accordent afin de construire en vrille ailée une fugue aux mille échos réfractés : ils couvrent le canal d'un manteau d'assonances dont le tissu volage et sacré déferle. Ça frémit, galope, gronde et rebondit. Dieu se répand. Dieu s'enfonce et vole. Dieu se quitte ici pour se rejoindre là. Dieu se démène. La couverture qu'il secoue se métamorphose en linceul, celui du cadavre de l'humanité. Etrangler ce cadavre avant de lui infliger le supplice de la Passion... Une fois terminé leur voyage aux antipodes, les cloches acceptent enfin de se taire les unes après les autres. Mais elles s'amusent encore un moment à bredouiller, elles font les niaises, elles jouent aux imbéciles.

Le vent qui s'est levé d'un coup balaie les dangers malsains de l'écriture. Travail de salubrité. L'eau saliveuse cogne les pilotis du ponton. Ce serait bon de mourir ainsi en plein soleil, les avant-bras appuyés aux feuillets pour les empêcher de s'envoler. La course bleue du stylo se poursuivrait sans moi. Je serais bientôt réduite à n'être plus qu'un paraphe libéré de la torture d'être.

Vidée de mes doutes et de mes anxiétés, je reste un bref instant suspendue au-dessus de moi-même, déchet d'une royale inconsistance. Tout commence à partir du déchet. Puisque j'occupe en reine l'antichambre éblouissante de ma propre fin, j'ai le droit de m'y comporter en martyre de l'oubli. Ce qui m'a servi de nerfs et de chair est un nœud d'emprunt, et la nouvelle mise en place est spectaculaire. La ville m'a saisie dans son piège doré, grand livre ouvert qu'emplit un texte en négatif : il est de moi, ce texte, il est à moi, et c'est à moi de le rendre déchiffrable.

Raconter en alternance mon autrefois et mon aujourd'hui me permettra de rester au bord de la stupeur, de l'indignation, du plaisir. Je serai claire, puis sombre. Je serai vraie, puis fausse. Je céderai au sommeil de brute de la mémoire ainsi qu'aux suggestions de l'inventeur. Je jouirai en toute équité de mes révélations et de mes reniements.

Avant-hier, l'avion qui nous amenait ici survolait à dix mille mètres d'altitude ce qu'il est convenu de nommer la terre dont nous séparait un tapis de haute laine immaculée. L'appareil, comme frappé d'immobilité, fendait le bleu d'un soleil intégral à huit cents kilomètres heure. Je faisais bouger les diamants de mes bagues, leurs irisations étoilaient nos fauteuils, nos bras, nos genoux, et Jim était pris tout entier dans ce mouvant filet d'astres pointilleux. Un grand bien-être m'a envahie, c'était un peu comme une transfusion de sang. Le ciel, englobant un faux sol moutonneux jusqu'au bord tranché de l'horizon, prévoyait la composition de mon livre avec un naturel stimulant. Je n'avais plus qu'à me laisser faire. Le tapis blanc serait le diviseur horizontal de mes jours et de mes nuits. Au-dessus se dérouleraient les scintillants bonheurs que je ne cesse de vivre, en dessous le noir des malheurs anciens.
Mon « je suis » rapide, infatigable, progresserait en dominant mon « j'étais ».
Là-haut : la succession irrésistible des renaissances.
Tout en bas : l'interprétation des vieilles agonies.
A mon côté Jim était chaud, rassurant, nos mains se serraient fort et de temps en temps je disais « regarde, regarde » car le bien-être en question se nuançait d'une angoisse qui m'est familière : l'impeccable infini soutenant notre vol se

déchirait ici et là sur un trou. Si j'avais été une vraie marcheuse d'atmosphère, j'aurais été aspirée par l'œil de l'un de ces trous. On voulait m'y attirer. On savait que j'étais tentée par la chute au fond des gouffres. On imaginait qu'il serait facile de m'y faire céder. En cet instant de vertige intime, j'ai posé à Jim une question sans paroles, à laquelle d'ailleurs il n'aurait pu répondre : « Sens-tu ce que je sens ? Crains-tu ce que je crains ? » J'ai poursuivi seule l'interrogation en m'adressant à moi-même, ma partenaire ardente et fidèle : « Qu'est-ce qu'un œil humain sinon un trou sans fond ? » L'autre a répliqué oui sans hésitation. J'ai repris : « Si tu dévisages quelqu'un, n'importe qui, soit un proche que tu vois sans cesse, soit un étranger que tu ne reverras plus, eh bien, que tu le veuilles ou non tu lui tombes au fond des yeux. Tout essai de résistance est impossible. Tu tombes et tombes. Tu es perdue. Et tu ne peux te retrouver ensuite que dans la mesure où tu te sais perdue. » L'autre était toujours d'accord. « S'il te fallait rassembler d'un coup les milliers de trous d'œil dans lesquels tu t'es précipitée depuis ta naissance, ça te ferait un drôle de paquet de suicides manqués, n'est-ce pas ? » L'autre a de nouveau acquiescé, non sans marquer une certaine réserve que je connais bien. Notre dialogue commençait à l'embêter, c'était clair. Elle souhaitait que nous nous fichions réciproquement la paix. Elle avait raison.

La descente en cercles au-dessus de la ville étrangère s'est amorcée. Le plateau montant de la lagune basculait tantôt sur la droite et tantôt sur la gauche : ses miroirs éteints se rapprochaient, tournaient, tournaient, léchés sur leurs bords par des centaines de petites langues dodues verdoyantes. Le sol réalisait non seulement une acrobatie mais une démonstration mentale qui m'était destinée en direct. Avec une autorité nuancée de condescendance, il s'opposait à mon dernier fantasme et cherchait à le réduire à néant. J'ai cru en être débarrassée pour de bon à la minute secouante où les roues du train d'atterrissage ont heurté la piste en freinant à mort.

DESSOUS : MARDI NUIT

Marie Delarive et moi n'avons jamais eu la tentation de relire la lettre du pauvre Benoît dont nous avions fourré les morceaux dans le tiroir de la commode. Nous avons remarqué d'ailleurs qu'après un certain temps ses plaintes se sont affaiblies avant de cesser tout à fait. D'une certaine manière je les regrettais. Je continuais à tendre l'oreille, les mots désespérés dansaient encore dans ma tête « Sara ma chérie... pitié... mourir... venir... répondre... avant... toujours... cœur... corps..., etc. ». Ces mots me brûlaient de détresse, ils m'attiraient, ils me répugnaient aussi.

Si je me suis mise à l'époque au dessin, c'était en grande partie dans le but de leur échapper. Chaque jour, je consacrais plusieurs heures à faire le portrait de Marie, laquelle adorait poser. Elle prétendait que chaque trait de crayon sur la feuille de papier à grain lisse la vidait à mesure d'elle-même. Et le vide était, me précisait-elle, ce qui lui plaisait le plus. Je lui interdisais de bouger d'un millimètre, d'ouvrir la bouche, et surtout de rire. Dès les premières séances, j'avais eu la conviction que l'art du dessin correspond à une espèce de *oui* de la pensée alors que celui de l'écriture, tout au contraire, révèle un *non* vindicatif.

Mon opinion n'a jamais varié depuis. Ecrire est la torture par excellence. Dessiner est la libération d'un rêve à l'état pur, une espèce de message d'abord voilé fait de créatures amphibies : on en découvre peu à peu la consistance, elles sont là sans qu'on l'ait voulu, on les aime d'avoir obéi à quelque obscur élan dont la main du dessinateur n'est que l'instrument passif. Par ailleurs l'exercice du dessin ressemble à s'y méprendre à celui de la musique. L'un et l'autre, en pleine complicité, s'arrangent pour amoindrir ou mutiler les mots, car ceux-ci sont inaptes à traduire la vérité d'une physionomie, quelle qu'elle soit.

Par exemple, dès que j'essaie de décrire Jim en alignant des phrases, mon impuissance est totale. A l'inverse, l'usage de crayons plus ou moins durs et bien taillés provoque la composition d'une sorte d'aria. Moi qui ne suis pas musicienne, je suis transformée malgré mon ignorance en musicienne de l'intuition. Cet art mixte m'apparaît juste et justifié : observer le visage de Jim avec sévérité, c'est me mettre sans difficulté à l'écoute d'une mélodie de l'esprit dont je n'ai pas besoin d'être l'auteur.

Un rêve m'a réveillée en sursaut, j'allume deux secondes la veilleuse, ma montre d'or indique trois heures. Sur une route en rase campagne la Vierge Marie s'était fait écraser par une voiture folle. Les gens se rassemblaient autour de son corps disloqué, disant : « Quel malheur ! Que va devenir son fils unique ! »

Jim se retourne dans son sommeil. La mince lueur du dehors filtrant entre les volets à demi rabattus souligne d'un trait blanc le drap qui le recouvre. Et j'y vois encore du dessin, un très beau dessin. Dans le clair-obscur de la chambre, les pieds de Jim sont aussi purs que s'ils n'avaient jamais touché le sol. Je l'entends pousser un soupir à peine perceptible, comme étonné. Puis je me rendors.

Un garçon d'une vingtaine d'années a débarqué chez les Delarive qui devaient le prendre en charge. Harold Moor était le fils de leurs meilleurs amis américains. Il voulait achever ses études de piano et de composition au conservatoire, donner des leçons particulières pour gagner un peu d'argent, et surtout former un petit orchestre de musique ancienne en s'appuyant sur l'aide et les conseils du père de Marie. Je me trouvais là par hasard le jour de son arrivée. Il frappait par son allure autoritaire, charmeuse et nonchalante. Il avait déposé sur le tapis du salon un nombre incroyable de sacs et de valises. Puis, sans façon, comme s'il connaissait ses hôtes depuis toujours, il s'était mis à nous raconter son enfance à New York, son père mort très jeune, sa mère irlandaise qu'il adorait, etc. Il était fort grand, un peu mou, avec un visage d'enfant têtu, une voix aux inflexions caressantes coupées de brèves cassures d'orgueil. Pendant qu'il débitait son petit laïus, Marie s'était retirée dans un coin d'ombre. Elle observait le nouveau venu avec une expression de gêne avide : ses pupilles rétrécies laissaient toute la place au bleu des prunelles. Harold s'était tourné plusieurs fois vers elle d'un air intrigué, mais prudent.

C'est le même soir qu'en rentrant à la maison j'ai pris la décision d'entreprendre mon journal intime. Je me suis enfermée à clé dans ma chambre — jamais encore je n'avais osé cela — pour écrire avec une fièvre pleine d'inquiétude, écrire, écrire à tort et à travers comme quelqu'un qui meurt de soif et de faim. Les notes les plus longues concernaient, bien sûr, la maison Delarive puisque j'y passais tous mes instants de loisir.

La paisible arrogance du jeune Américain y faisait merveille et transformait l'atmosphère du tout au tout. La mère de Marie en particulier devenait de jour en jour plus gaie mais plus lente aussi, altière, comme entravée dans ses gestes et sa pensée. L'alliance qu'elle portait à l'annulaire de la main gauche s'incrustait à présent dans la chair au point qu'elle ne pouvait plus l'ôter : ce témoignage d'une longue vie d'entente conjugale les ravissait tous. Il y avait de quoi : le trio Delarive était maintenant un quatuor et le calme qui les unissait davantage encore depuis l'apparition du musicien tenait, à mon sens, de la magie.

J'enviais cette magie. J'essayais d'en voler ma part. Je ne cessais de la comparer à l'instabilité rongeante de mon propre univers familial. Je m'interrogeais : pourquoi tant de clarté mélodieuse d'un côté, pourquoi l'enfermement plombé de l'autre ? Pourquoi mes frères — Claude le photographe et Romain le chimiste — et moi-même étions le produit d'une espèce de disgrâce de l'amour ? De telles questions me bouleversaient car, chose étrange, je me surprenais à détester la clarté et souhaiter l'enfermement. Pourtant je ne me souciais pas de mes contradictions. Je cherchais au contraire à les absorber, à en étudier l'effet, et je découvrais peu à peu qu'elles étaient déjà et resteraient mon support le plus fécond. Dans le fond je m'employais à les flatter pour mieux me laisser flatter par elles.

Un certain soir à mon retour chez nous — j'avais quatorze ans juste — je suis tombée sur ma petite mère en proie à un accès de fureur plus violent que d'habitude. Elle avait fouillé mes affaires et mis la main sur mon journal. Elle s'est jetée sur moi pour me rouer de coups. Elle criait que j'étais un monstre, oui, un monstre, comment osais-je ainsi traiter les miens ? Elle martelait le sol de ses hauts talons pointus, tordait ses mains aux ongles carminés, montrait les dents, faisait saillir son derrière moulé dans une jupe noire, et de son corps bien rond jaillissait un parfum aussi capiteux qu'obscène. Je notais aussi sa façon géniale de galoper à travers le salon sans rien renverser ni casser sur son passage, cette mégère avait la grâce d'une danseuse étoile.

J'ai couru me réfugier chez les Delarive, encore installés au jardin derrière la maison. Entre les hauts murs de brique, le silence était doux. Marie était assise à même le gazon de la pelouse, vêtue d'une robe très froncée à la taille, bleue, et dont la brise du soir soulevait par à-coups les volants. Elle n'a pas semblé me voir, son regard humide et scintillant filait par-dessus ma tête. Je me suis retournée sec. Harold Moor et elle se scrutaient avec fixité. Aussitôt j'ai compris à quel point le moment était sérieux, pathétique et joyeux à la fois. Une singularité irrévérencieuse, me concernant au plus profond, se nouait là. Marie est devenue toute rouge, alors que je me sentais au contraire baignée d'une tranquillité surprenante. La jalousie qui m'avait tant déchirée à l'époque de Désirée l'indésirable s'éteignait. J'avais une folle envie de vivre, d'aimer. Je ne voulais plus tuer personne.

Il était tard lorsque Harold et Marie m'ont proposé un petit tour en voiture en forêt avant de me déposer chez moi. J'étais assise à l'arrière de leur vieille Citroën vert cru qu'on avait surnommée la Grenouille. Nous roulions sans hâte au long des grandes avenues mouillées d'ombre. Ma main d'écriture mentale ne cessait de dessiner le jeune couple que j'apercevais de dos. Harold et Marie avaient un maintien assez raide, et même compassé. Leurs épaules se touchaient à peine. Un amour était en train de naître, banal, serein, grandiose, mais voué d'avance aux dégradations coutumières.

Le mariage a été célébré trois mois plus tard. A quinze ans je commençais à souffrir sous ma croûte de peau. La maison Delarive était remplie de fleurs, il faisait une chaleur caniculaire, on recevait des télégrammes d'Amérique, les invités, nombreux, forçaient un peu sur la gaieté pour donner du ton à la fête.

S'agissait-il en vérité d'une fête ?

N'était-ce pas plutôt l'entracte essoufflé d'une mascarade qui tournerait tôt ou tard à la tragédie ?

Impossible, impossible, songions-nous tous en nous conformant avec allégresse aux rites de la plus vulgaire pantomime qui soit : émouvante, certes, mais assez ridicule aussi.

On a prié Harold et Marie de s'asseoir sur le canapé du salon pour la photographie. La mariée en mousseline blanche était belle, rêveuse et pâle, des œillets cueillis au jardin ornaient son chignon tressé. Le marié entourait de son bras les épaules de sa femme et sa main d'artiste lui couvrait un peu le sein. A l'instant du déclic de l'appareil, tous les visages se sont figés : les spectateurs aussi bien que les acteurs étaient saisis dans le gel d'une même complicité virginale à peine boudeuse, mensongère.

Parenthèse : j'ai longtemps gardé cette photo que les années semblaient par ailleurs modifier à mesure. Une certaine mélancolie obscurcissait davantage les yeux de Marie, les lèvres de Harold étaient plus serrées tandis que sa haute silhouette allait se tassant. L'image avait donc mené en toute indépendance sa petite vie d'image. Puis je l'ai perdue au cours de mes déménagements. Sans le vouloir on finit par se quitter peu à peu soi-même. On saigne parfois. On a mal. On cesse d'avoir mal. On oublie enfin qu'on a jeté par-dessus bord ses multiples passés devenus à la longue, par force, la somme des illusions d'un cerveau mutilé.

La fête s'est terminée tôt, les gens sont partis. Puis Harold a dit sur un ton d'autorité solennelle qu'il était temps d'aller dormir car il avait cours le lendemain matin, « n'est-ce pas, Pearl chérie ? », et le nouveau couple est monté au second étage qu'on lui avait aménagé.

Pearl ! J'ai sursauté. Le mari inventait pour sa femme un prénom qui marquait avec plus de netteté encore le glissement vers un univers inédit. Pearl, Pearl, me répétais-je.

Et l'inattendu s'est produit juste à la minute où je quittais la maison Delarive : encore vêtue de sa robe blanche, la mariée dégringolait l'escalier, me saisissait par les poignets pour m'attirer contre elle avec une sorte de joie affolée, ce qui m'a détendue d'un coup. Je me sentais bien au fond des yeux de Marie-Pearl. J'aurais souhaité ne jamais en sortir. Enfin nos mains se sont lâchées et nous avons été prises d'un fou rire qui nous ramenait plusieurs années en arrière à l'époque où nous n'étions que deux petites filles sur le chemin de l'école. Le Bois que nous traversions autrefois était proche et déjà si loin ! Le jour vert tombant en pluie depuis le sommet des arbres nous exaltait — et nous nous en souvenions.

« Plus tard je serai exploratrice... » m'avait souvent affirmé

Marie d'une voix de somnambule, et les mots dont elle usait pour expliquer sa vocation lui montaient aux lèvres avec un charme de persuasion irrésistible, entre autres « savane, jungle, banquise, mousson, volcan, liane, singe et crocodile » que nous ne cessions de nous répéter.

J'ai toujours apprécié les contrastes, ils ont le don de fouetter l'imaginaire. En rentrant après la noce, je suis tombée sur mes parents qui se disputaient avec une voracité insolite. Au lieu de gagner ma chambre en vitesse, je n'ai pas bougé, hypnotisée par un spectacle qui, sans doute, durait depuis des heures. Soudain, maman a craché une insulte tout à fait grossière, alors l'Homme gris a perdu le contrôle de ses nerfs en se précipitant sur elle, il l'a empoignée par les cheveux et l'a jetée à terre. Le sang coulait du nez de la femme qui a perdu connaissance. Calmé net, l'homme l'a relevée ensuite avec précaution pour lui laver le visage et la panser. Elle est bientôt revenue à elle, est allée enfiler un pyjama de satin rose — j'avais noté ce détail — avant de s'installer sur les genoux de son agresseur. La tête enfouie dans son cou, elle s'est mise à gémir à la façon d'un bébé qui a faim, et l'Homme gris balbutiait « là, là, là, tout va bien, c'est fini... » en la couvrant d'une foule de baisers et de caresses.

Pendant que je me déshabillais, j'ai pris la décision d'écrire mon premier texte. Il serait court mais brutal, et j'en ruminais déjà le début sous forme d'interrogation : pourquoi Dieu a-t-il inventé deux sexes, alors qu'un seul aurait suffi ? Pourquoi n'avoir pas prévu soit le genre mâle soit le genre femelle, l'un ou l'autre muni d'organes de reproduction ad hoc ? Dieu avait raté son coup de création en se limitant à des solutions vulgaires : un relief qui s'enfonce dans un trou pour y répandre la semence de vie, quelle débilité d'imagination ! S'il avait été doué d'audace, le Vieux, il aurait couvert la planète de machins lisses capables de se multiplier avec la délicatesse d'un pollen performant...

A mesure que j'étais emportée par le sommeil, cette supposition m'enveloppait de ravissement. L'angoisse et le dégoût universels étaient vaincus. Je riais, enfouie sous mes draps. Je me sentais assez lucide à présent pour exiger de Dieu, notre Tout-Puissant enfin maté, un rendez-vous au sommet qu'il n'oserait pas me refuser. Il serait contrarié sans doute, mais il attendrait avec patience que je lui expose mon idée. Je guetterais les frissons de sa physionomie troublée. Il serait contraint de me regarder en face. Il finirait par être surpris, dérouté même. Jusqu'alors jamais personne au monde ne s'était permis de lui tenir tête avec autant d'orgueil.

« Voi-là !... » ferais-je en laissant traîner le mot pour lui donner plus de poids. De ces deux syllabes claquantes sortait un oiseau, soyeux fendeur d'espace.

« Voi-là... » J'ai fini par tomber dans le corps ouvert du mot. Je dormais.

J'avais perdu la partie.

Dieu, une fois de plus, demeurait mon maître.

DESSUS : MERCREDI JOUR

Sur le ponton, certains inconnus me sont devenus familiers à la longue : ils sont enfermés dans leurs habitudes autant que moi dans les miennes. Une femme laide et myope, mongolienne à la limite, tricote un pull interminable tout en essayant de capter mon attention, elle doit me trouver sympathique, sa bouche pâle et lippue ébauche un sourire dont je ne veux à aucun prix. Plus loin est installé un couple d'âge moyen. L'homme invariablement déboutonne sa chemise pour mieux prendre le soleil, une chaîne d'or couvre son poitrail gris, il est absorbé par la lecture de son journal. La femme qui reste inactive s'assied toujours à l'ombre. Jamais ils ne s'adressent la parole, jamais ils ne se regardent. Mais voici qu'aujourd'hui l'homme, sans lever la tête, caresse la main de sa femme comme si le moment venait de lui signifier son amour à la dérobée. Cela devient beau dans son absence de beauté. Ils ne sont rien. Ils sont tout. Je les aime d'être venus se poser à leur insu, là, sur mon échiquier intérieur.

Traîné par deux remorqueurs, un gigantesque navire au mufle de chien fier glisse en direction du ventre lumineux du port. Ses halètements sourds sont soulignés en surface par un fuseau d'écume triangulaire, sa charge de containers multicolores m'évoque une rétrospective ambulatoire de Rothko. « Travaille, travaille, travaille » souffle-t-il en cadence.

J'obéis à l'injonction. Mes yeux sont deux cœurs mobiles au-dessus de la page en cours, ma main droite essaie de traduire les jeux d'une vision qui ne cesse de m'échapper. C'est dur, mais bon.

Ce dur et ce bon, je le dois à Jim. Sans lui j'aurais rangé depuis longtemps mon matériel avant d'opter pour une horizontalité rigide, celle qui préfigure la mort. On aurait beau me dire : « Lève-toi ! Réagis ! », l'ordre resterait sans effet. Couchée sur un matelas à même le plancher dans une chambre mal aérée, je deviendrais la grabataire du siècle, oh merveille ! Le rire cependant resterait mon argument le plus sûr, un écho de mes anciens temps, heureux ou non. On tenterait en vain de m'arracher à l'inertie, et je protesterais : « Ecoutez-moi, vous tous ! Je viens d'être élue Miss Grabat. Je suis la reine du laisser-aller. Oui, chers amis, j'ai remporté le titre après un concours tenté par des milliers de candidats. Je réalise avec brio le chef-d'œuvre de la dégradation. Pas un seul désespéré suicidaire, moribond, clochard, fou, débile mental, infirme, prisonnier ne pourrait m'égaler. Par conséquent Miss Grabat exige d'être honorée selon son mérite. Miss Grabat veut la paix. Eteignez les lampes et foutez-moi le camp. Mon vrai travail ne fait que commencer : il va dériver au fil d'une perpétuelle aurore, en ne réclamant de moi qu'une terrible, délicate et somptueuse fidélité à moi-même. Tiens, tiens ! Je vous dégoûte et vous osez prétendre que je sens mauvais ? Vous me quittez en claquant les portes ? Mais je vous en prie, je ne vous en demande pas plus et faites comme chez vous... »

Mais voilà, Jim est présent, joueur tenace et rassembleur d'énergies.

Un vol de mouettes passe en rayant Miss Grabat d'un trait de plume. Je remarque en passant qu'elles n'ont pas l'esprit de groupe. Chacune s'abandonne à sa propre élucubration : audacieuse et prudente à la fois, elle palpe le vent, ou le souvenir du vent, ou la menace du vent, se prête aux transparences du soleil, vire de bord avant de trancher net le bleu. Car ces satanées filles sont douées pour le libertinage. On les entend geindre « au viol ! » et quand l'orgasme enfin les raidit, leur jupette aux plis amidonnés s'ouvre afin de freiner la chute vers l'eau. Tranquillisées alors, les voici métamorphosées en yoles, en sorcières s'arrachant quelque proie huileusement manipulée par les vagues. « Nos petits corps si blancs et si ronds cachent un cœur de vampire, font-elles sur un ton plaintif, nous symbolisons l'esprit rigoleur du mal... »

Et je suis, moi, leur petite sœur en sadisme secret.

Quelques jours avant notre arrivée ici, depuis ma fenêtre j'avais remarqué tout en haut de l'immeuble à l'angle des deux rues un petit enfant noir qui se tenait penché dans l'embrasure de sa mansarde pour suivre les jeux de la circulation. Il était évident qu'il résistait à la tentation sublime de rejoindre le sol d'un seul bond. Derrière lui, dans le retrait de la chambre, on entendait la famille baragouiner et rire, mais l'enfant s'en foutait. Il était appelé par le vide, et le vide était son ami. Il pouvait le rejoindre s'il voulait, mais il hésitait encore. Et moi je murmurais : « Saute, mais saute donc, imbécile ! Qu'attends-tu, espèce de lâche... » Et j'avais la sensation presque concrète de lancer par les yeux deux éclairs mortels. J'étais en train d'accomplir le crime parfait, un crime de rêve. « Oui ou non, tu te décides ? » Obéissant à mon rayon laser, l'enfant noir a pris son vol et s'est écrasé sur le trottoir, juste à l'aplomb de la pharmacie. Parmi les chairs éclatées, le sang et les os disloqués, les gens rassemblés trépignaient et poussaient des cris. Enfin j'ai retiré mon double éclair, ouf, j'étais pure, quelle délivrance ! et combien j'aimais soudain ce petit inconnu toujours penché au bord de sa corniche en zinc.

Et comme il est doux, aujourd'hui même, d'entendre une voix plumeuse venue du fond du ciel : elle m'incite à glisser sans remords sur l'aile du Temps, elle m'avertit que j'aurai le droit de commettre bon nombre d'autres crimes encore, tous aussi beaux qu'imaginaires.

Je suis bonne.

La chambre est claire et sent l'eau de Cologne. Sans interrompre son travail, Jim dit à voix basse : « Il n'y a plus d'amour ? » Je vais lui poser sur la nuque le baiser rituel. J'aimerais confier à son dos l'énormité de mon angoisse au sujet de mon livre : il est à peine entamé, mais il s'arrange déjà pour maintenir entre nous la distance. Il me juge indésirable, indiscrète. Il peut se passer de moi, pense-t-il, sa juridiction refuse la mienne. Je souffre, tout en sachant qu'il a raison puisqu'il est en mesure de m'injecter ses drogues : mépris, cruautés, folies et douceurs de la fiction, morsures de la réalité. Son adresse est diabolique. Il a le don de pervertir la mécanique naturelle de mon histoire. J'ai beau faire, mon livre est là et je suis ici. Je l'épie en train de m'épier.

Il se fiche de mes terreurs. Dès que j'ose me plaindre, il me traite de menteuse. Il dit : « Si tu m'accordais ta confiance je te donnerais la mienne en échange. Pourtant tu refuses de collaborer, bien que tu sembles réclamer un oui de ma part. Ce serait trop simple ! Ne compte pas sur moi, je te laisse libre de composer un monstre hybride incontrôlable puisque tu l'as décidé... »

Jim est content, très frais, très beau, plus grand que nature après le rangement méticuleux de ses papiers.

Il me demande si je suis triste.

Je lui réponds que non.

Ensemble, nous sommes séparés. Chacun pour soi, tel est le principe rageur et facile auquel nous n'avons jamais failli.

Aplomb sonore des pas sur le sol dallé de la ville qui nous porte et nous guide. L'ombre en dentelles des acacias et des lauriers-roses nous habille en nous poussant jusqu'à l'extrémité du quai, près du port. Afin de consolider notre statut de fantômes sensuels, Jim a calé mon bras sous le sien.

C'est bon de manger quand on aime. Cela revient à dévorer l'autre en train de vous dévorer. On meurt dans l'autre, lequel aussitôt vous rend la vie. Une manne céleste et terrestre nous offre la certitude à la fois paisible, baroque, tendre, comique et modeste que nous sommes deux princes de sang. Les navires à l'ancre, les mets, le marbre et les gens, les mouettes en chapelets mobiles sur les câbles et les bouées, le soleil frappeur et le café noir proposent un synopsis de saveurs intitulé *Etre*.

Un nouveau jour se clôt avec l'instantanéité d'un coup de foudre. Mise à feu du bras de mer dont l'échine écailleuse et bombée évoque un caïman de légende.

Extinction.

Rideau.

Je me sens bien ce soir parce que j'ai travaillé méchamment. Je suis donc justifiée, provisoirement, d'être moi. Nous nous attardons sur le ponton déserté. De l'autre côté, l'église du Redentore est un coffret de cristal d'or et de nacre posé au ras de l'eau. Le silence rend équivoque la proximité de nos têtes, double sphère d'obscurité pensive. On se devine à peine. Jim fume à petits coups, la cigarette émet ses lueurs, que sais-je de cet homme ? La question est absurde. A bas les analyses. La tête de Jim est occupée par un tourbillon à la fois très rapide et très lent de réflexions, et cela se déroule à plusieurs niveaux. Il y a son manuscrit en cours, il y a moi, il y a sa famille, il y a un hier-aujourd'hui-demain auquel adhère une masse d'autres choses de moins en moins claires. Ce compact mobile est orchestré à la perfection. L'accès m'en est interdit. Seules quelques ondes, filtrées par les pores de la peau et des os, finissent par m'atteindre en échos discrets. Et ce qui est vrai du côté de Jim l'est aussi du mien car je possède à égalité mon tourbillon occulte : ses mille nuances resteront cachées là, tout au fond, dans le creuset du fond, Jim ne saura rien de ce que je suis en train de, comment dit-on, « penser » dans la pénombre givrée de nuit lunaire. Mais voilà qu'il incline le torse avec vivacité au point que nos fronts se cognent, et il murmure : « Est-ce que ce n'est pas le bonheur ? » Par conséquent nos têtes contiennent en boule miniaturisée l'infini de l'univers et ses rotations. Nous y réglons nos propres systèmes solaires avec leurs myriades de planètes vivantes ou mortes. Nous avons le pouvoir d'en traverser les éclipses, d'en irradier les déserts et les glaciers, d'en maîtriser les éruptions, les cupidités psychiques, les dilapidations morales ou charnelles. Nous sommes le Tout infime d'un Rien grandiose.

Un éventail de pinceaux clairs s'est ouvert sur le plafond de la chambre du côté des volets entrebâillés, image hypnotique d'un des plus beaux films qu'on ait réalisés jusqu'ici. L'entrée en sommeil de Jim est une plongée ascensionnelle qui lui permet de rafler nos biens communs dont il n'a plus à faire le partage. Ton secteur. Mon secteur. J'aimerais le rejoindre là-haut. D'abord cela paraît aisé : il suffirait que je parvienne à m'arracher à mon pauvre moi. Eh bien non. Je continue à buter contre les vieux obstacles. Où donc se situe avec précision le fleuve ample et calme du plaisir d'être, être, sans plus ? fais-je en me retournant sous les couvertures.

Et voici qu'intervient une joie brusque imméritée, dont je veux profiter à plein. Si j'acceptais avec simplicité l'espace du dessus, là où Jim endormi sait respirer sans effort, je serais entraînée, c'est sûr, en direction d'artères lumineuses où se diluerait le noir de mon sang. Ça vient. Ça vient par fines secousses. Je suis arrachée peu à peu à mes fonds ténébreux. Je n'ai plus mal. Je monte. Je rejoins Jim dont la volonté de jubilation est une seconde nature. Depuis qu'il a pris son vol d'inconscient, il n'a cessé de rire et de dire « viens, viens, viens ».

J'arrive. Je vais être heureuse. Je le suis.

Quand j'étais petite, je me couchais dans l'herbe du jardin pour suivre des yeux la course de deux flottilles de nuages venues du nord et dont le combat-poursuite me fascinait. Les nuages du bas, plus lourds et gris sombre, perdaient du terrain alors que ceux du haut, éclatants de blancheur, filaient à tire-d'aile. Mais de temps en temps sans qu'on sache pourquoi se produisait une inversion dans la double lancée : les premiers reprenaient souffle pour se ruer en avant tandis que les seconds défaillaient, contraints à l'abandon. Les phases de cette compétition me concernaient en direct, j'étais obligée d'y participer de toutes mes forces. Je ne m'en doutais pas à l'époque : l'opéra en train de se jouer très haut et très loin figurait la projection anticipée de mon sort personnel.

Il fait bon vivre au fond du sommeil. En fait il n'y a rien de mieux. Son opacité n'est qu'un subterfuge infantile. A condition d'être à l'affût, on y découvre une grande quantité de couleurs, de perspectives, de sons inédits. On peut y dessiner ses visions avec aisance et sécheresse.

DESSOUS : MERCREDI NUIT

Sol d'oubli, noir du passé, ma faim d'eux demeure aussi ardente qu'à l'époque où Marie Delarive est devenue Madame Harold Moor. Son mariage m'avait troublée au point que je suis restée six mois avant de retourner la voir. C'était à l'occasion d'une soirée musicale qui rassemblait dans leur maison une bonne trentaine d'invités. Il faisait mauvais temps ce jour-là. Le vent du nord soufflait en rafales coupées d'averses, le foyer Delarive m'est apparu tel un morceau de rêve incrusté par erreur dans une réalité dont personne, ici, ne voulait tenir compte. Les pièces étaient surchauffées, les bavardages et les gestes mesurés, un grand nombre de lampes refoulait l'ombre dans les coins du salon. Tout le monde s'est tu à l'instant où Harold, sanglé dans un frac un peu démodé, a soulevé le couvercle de son clavier non sans solennité. Sa bouche, serrée par un orgueil mal contenu, évoquait celle d'une femme à la fois suceuse et puritaine. Les mains levées très haut sont restées d'abord en suspens pour que s'organise partout alentour le silence. Ensuite, avec douceur, elles se sont posées sur les touches, et le début d'une sonate s'est déployé sans hâte en gerbes de feu sonore.

Marie-Pearl s'était installée au dernier rang des auditeurs. J'ai deviné tout de suite qu'elle était enceinte. La grossesse d'une femme n'est pas sensible d'abord par un début d'embonpoint : cela se voit dans le fond des yeux. J'aurais aimé me retrouver seule auprès de mon amie afin de me replonger dans notre autrefois si jeune encore, si fragile et si beau. Je lui aurais expliqué en long et en large que son embryon se trouvait déjà inscrit dans ses prunelles un peu trop claires. Nous aurions ri, sommant ainsi notre enfance à nous rejoindre. Mais la musique interprétée par Harold Moor paraissait scander « trop tard, trop tard ! » et de la tête les invités approuvaient en mesure.

Enfin le mari de Marie-Pearl a conclu le dernier mouvement de la sonate par une série d'accords orageux. Le salon s'est figé net, composant une sorte de tableau à la fois paisible et furieux. Puis Harold s'est détaché de son piano tandis qu'on applaudissait et venait l'entourer. Marie-Pearl, elle, n'a pas quitté son siège. Eloignée du cercle des admirateurs, elle continuait à me scruter avec anxiété. Je le sentais, les retombées de la musique continuaient à l'habiter en la coupant net d'un réel vécu qui ne l'intéressait pas. Je me suis posé la question : était-ce cela, l'amour ?

Tard dans la soirée Marie-Pearl m'a reconduite jusqu'à la grille du jardin que fouettaient la pluie et le vent. « Rentre, tu vas prendre froid » lui ai-je crié. Cependant elle s'accrochait à mes épaules tout comme si elle redoutait mon départ et souhaitait que je l'emmène, et en même temps elle riait de tout son cœur, la tête renversée sous le déluge. Peut-être pleurait-elle aussi, la future petite mère ? Jusqu'à l'instant de la séparation, j'ai refoulé mon désir de lui demander tout haut : « Est-ce que c'est ça, l'amour ? », et ma question aurait signifié en clair : « Est-ce que je connaîtrai un jour, moi aussi, l'amour ? »

Ces quelques heures passées chez les Moor m'avaient tant marquée que, dès le lendemain à l'école, j'ai attiré l'une de mes camarades au vestiaire pour lui raconter comment j'avais rencontré un violoniste d'une beauté sublime : il avait manifesté son désir de me revoir très vite, il n'avait jamais vu encore, assurait-il, une fille aussi captivante que moi, sûrement nous étions faits l'un pour l'autre, etc. Enivrée par mes et cætera, j'inventais mon histoire avec une surexcitation frivole, les manteaux et les écharpes sous lesquels nous nous tenions cachées accentuaient mon délire. Nous nous laissions imprégner par un poids d'odeurs de presque femmes, écœurantes, fades, sucrées, qui libéraient à mesure ma fringale romanesque. En nous quittant quelques minutes après, nous nous sentions si bien que nous nous sommes baisées sur la bouche, mais sans insister, et les lèvres gercées de la fille avaient un goût de beurre.

J'ai traîné dans le quartier avant de rentrer, j'ai mangé un chausson aux pommes pour essayer de calmer mon exaltation. Rien n'y faisait. L'aventure avec mon violoniste se poursuivait dans ma tête, il m'avait serrée contre lui, il voulait m'épouser, nous serions riches, nous irions en tournée partout dans le monde sans jamais nous séparer. Je me suis aperçue alors que mon ultime et cætera d'imagination s'adressait à voix haute aux vitrines illuminées du magasin de mes parents. Par la force de ma pensée je tentais ainsi de pulvériser les services de porcelaine et les lustres de cristal exposés là. C'était une façon comme une autre de briser la coquille d'une enfance dont je ne voulais plus.

Le bébé de Marie-Pearl est né six mois plus tard, on l'a prénommé Jennifer.

Je l'ai vue pour la première fois à l'heure de son bain, qu'on lui donnait sur la terrasse. Il faisait beau, l'ombre des arbres caressait en bougeant le petit bassin au creux duquel gigotait un bout de viande rose vif assez peu ragoûtant. Pendant que la jeune mère la séchait, la poudrait et la vêtait, la petite détournait les yeux avec force, comme à l'écoute d'un plaisir surprenant, tour à tour majestueux, bourdonnant, précipité. Elle ne se trompait pas : Harold et ses musiciens s'exerçaient au troisième étage et, par les fenêtres grandes ouvertes, descendait en cascade une gamme de sonorités composites — viole de gambe, alto, flûte. La vue de ce bébé concentrait mon émotion pleine d'étonnement : je me demandais pour quelle raison je m'étais si violemment attachée à la famille Delarive et ses descendants. D'où provenait la pulsion qui me contraignait à maintenir vivant un contact désormais privé de sens depuis que Marie avait, comme on dit, « fondé son propre foyer » ?

Dès lors j'ai repris l'habitude de passer un moment chez eux, chaque jour, après l'école. C'était là que je faisais mes devoirs, là que je complétais mon journal intime, là surtout que je continuais à dessiner. Je me rappelle avoir composé ainsi tout un roman par images qui relatait les mésaventures de deux sœurs jumelles en fugue. Elles parcouraient des routes, traversaient des villes et des villages, couchaient dans les granges ou les bois, évitaient les gens. Je fignolais leur visage et leur longue chevelure blonde ondulée. Elles se tenaient toujours par la main. Je refusais de leur coller un nom pour mieux les déshumaniser, et ainsi je les aimais mieux encore. « Elles, elles » murmurais-je en inventant chaque épisode au jour le jour. Enfin leur destin s'est arrêté net à la dernière page du cahier. On les y voyait de dos sur une plage déserte à marée basse, vêtues de robes transparentes soulevées par le vent. J'avais concentré tout mon effort sur le tracé des épaules et de la taille, des fesses et des jambes. Leurs visages, invisibles car tournés vers le large, étaient chargés sans doute d'une anxiété comparable à la mienne.

Très vite Marie-Pearl a été enceinte pour la seconde fois. Harold engraissait d'une façon spectaculaire, ce qui rendait assez choquant son air de spiritualité hautaine. Il y avait du monde en permanence autour d'eux. Le jeune Américain qui bégayait avec élégance en cultivant son accent s'arrangeait pour imposer les subtilités de son esprit et l'étendue de son érudition musicale, laquelle était grande. Ses beaux-parents l'admiraient et le respectaient. Jamais il ne songeait à regarder son épouse. Elle lui appartenait, par conséquent il avait cessé de la voir.

Bientôt une jeune femme est venue se joindre au petit orchestre de chambre de Harold Moor. Elle s'appelait Francesca, elle était grande, solide et brune, et douée d'une superbe voix de contralto. Dès qu'elle commençait à chanter, son cou, ses mâchoires et sa gorge un peu renflée prenaient la rigidité d'une statue de marbre, ce qui était assez déroutant car sa bouche à peine ouverte libérait les sons avec une facilité flamboyante. On pouvait se demander à quel niveau se situait au juste ce coffre aux profondeurs intarissables. Sûrement entre la poitrine et le ventre, là où se modulait et se modelait en puissance le lâchez-tout des accords. A part ça, cette Francesca avait de gros yeux pensifs qui ne s'intéressaient à rien. Il me semblait donc que son buste opulent n'était que l'enveloppe en alibi d'un sexe monstrueux, ce qui subjuguait les gens en général et Harold en particulier : dès qu'il l'observait, un léger frisson agitait ses petites lèvres.

Je retournais à la maison le plus tard possible. Si tard même qu'un certain soir j'ai trouvé maman qui m'attendait, toute seule au salon, en train de coudre. Ses mains tremblaient, sa tension était si vive qu'elle a mis une longue minute avant de remarquer ma présence. J'ai eu un choc. La vue de cette femme au milieu de la pièce encombrée d'objets ridicules, l'affreux plancher couleur chocolat, les coussins, les rideaux, la cheminée, tout cela m'apparaissait comme une sorte de vestibule étriqué où il me faudrait attendre longtemps encore l'ouverture de ma vie réelle : jusqu'ici, pensais-je, j'avais été plantée dans un «nulle part» sans murs. Je sentais aussi que l'attente est une entreprise de passion : on doit s'appliquer à y construire le temps au lieu de l'éliminer, et personne au monde ne le savait mieux que moi.

Maman a sursauté en rejetant son ouvrage. Elle exigeait que je lui raconte en détail ma soirée chez les Delarive dont elle était horriblement jalouse. Je n'ai pas pipé mot. La musique entendue un peu plus tôt chez mes amis se prolongeait dans ma tête, me saoulait d'un rare bonheur d'évasion qui, d'une façon assez curieuse en somme, m'évoquait surtout les magnifiques parquets cirés de leur maison. Je l'affirme : ma vénération pour les riches parquets est née ce soir-là pendant que je me disputais avec ma mère. La rousseur odorante d'un chêne travaillé en chevrons n'a jamais cessé depuis lors de m'émerveiller. J'ai décidé sur-le-champ que ma vie tout entière aurait l'étendue d'un luxueux parquet recuit dans ses vieux ors et ses polissures, ses grincements légers, son parfum de miel, sa chaleur, ses reflets.

Mon excitation était si forte que je n'ai pas trouvé le sommeil aussitôt. Une certaine séquence du film *Werther* de Max Ophüls que j'avais vu l'avant-veille m'obsédait en particulier. On y voit un homme traverser une grande salle en direction de la femme qu'il a aimée, qu'il aime encore. Il ne se presse pas. Il avance en faisant gémir le parquet. La femme est loin encore, elle lui tourne le dos, elle est toute nimbée par le contre-jour, elle n'entend pas s'approcher l'amant. Alors je le répète : la montée du bonheur ou du malheur peut fort bien se passer de la participation directe des corps. Le désir et la volupté se contentent de glisser sur le miroir d'un parquet entretenu avec le plus grand soin.

Je me suis mise à pleurer sous mes couvertures. Je n'avais aucune envie de dormir. Je ne souhaitais qu'une chose : marcher, marcher encore, marcher toujours à pas lents, appuyés sur l'envers d'un monde lustré à ma seule intention. C'est là et nulle part ailleurs que ma solitude et ma confiance seraient comblées. J'y serais tour à tour la Belle au bois dormant, l'épouse épargnée de Barbe-Bleue, Cendrillon, Mélusine, la marquise de Pompadour, une fée cracheuse de diamants, Alice au pays des merveilles...

Aujourd'hui encore, pour un peu je fondrais en larmes à l'évocation de ce souvenir d'il y a cinquante ans, et je n'aurais pas honte. En réalité j'aurais dû tenir à jour un répertoire de tous les parquets foulés depuis lors. Cela m'aurait servi de repères dans mon travail, j'aurais ainsi profité d'une source, d'un fleuve, d'un delta, d'une embouchure de rêve. Le nombre de trésors qu'on laisse ainsi passer par négligence ou distraction est incalculable. Ils sont là d'abord, à portée de tête. On devine parfois leur apparition, pourtant on remet à plus tard l'occasion de les capturer et c'est ainsi qu'on perd sans recours leur sang de création. Nous ne sommes plus que des spectres, exquis ou ravageurs. Si j'avais su ! On ne sait pas. On ne sait jamais, même si l'on refuse de se résigner aux ratages du merveilleux.

Mon cœur bat encore sur le rythme de ma vie du dessous bien que le jour soit levé, et c'est un arrachement. Je pense « Jim », première lueur. Marche à marche, me voici remontant à la surface. Si je pouvais mourir là d'un coup sans effort, ce serait doux. La machinerie dont je suis l'enjeu casserait net. « Nous sommes quittes, tu peux filer » disait-elle en substance.

Je mets plusieurs secondes à reconnaître la femme qui me fait face au fond du miroir. « Tu es toi, fais-je, je suis moi, nous sommes nous, rien à faire pour nous échapper, aucune issue nulle part ! » J'ai soudain pitié de son visage pâle et fripé. Je l'aide à se brosser les cheveux. Je fixe mon chignon le plus haut possible en y plantant quelques épingles. Le sang de la joie recommence à sourdre.

DESSUS : JEUDI JOUR

Depuis plus de vingt ans, ce bord de la ville est notre boire et notre manger. Nous sommes écrits sur le ciel du bras de mer élargi, ses mouettes, ses marbres. Cela s'impose avec une telle force que nous avons la prudence de ne jamais en parler. Ainsi sommes-nous les maîtres d'un génie instable qui nous est personnel.

Chaque séjour, léger et moelleux, se range dans ma mémoire en états superposés toujours semblables et jamais pareils. On croit qu'ils se confondent, et ce n'est pas vrai. Ils font penser à un certain nombre de couvertures de luxe rangées dans une armoire. En les examinant de plus près, je me laisse imprégner par tel parfum, telle souplesse, telle couleur, et pourtant leur masse a fini par composer un corps homogène offrant la perception horizontale immobilisée du temps qui passe.

La femme que j'étais et celle que je suis ont ceci de commun : elles s'installent chaque matin pour commencer, poursuivre ou terminer un livre. Leur différence ? L'ancienne laissait nus son cou et ses bras dont elle n'avait même pas la fierté, évitait l'ombre des parasols, courait et riait haut, cherchait à plaire aux hommes, en bref se flattait d'appartenir à la lignée candide des allumeuses. La récente au contraire s'habille avec pudeur et passe inaperçue à travers la foule. Les moments de sensualité gratuite dont elle jouissait autrefois ne se produisent plus. Tel est le sigle exact, cruel, honnête, mais somme toute admirable de la durée. Quoi qu'on en dise, fasse ou pense, la durée ne commet jamais d'erreur. Je m'y suis peu à peu soumise avec sagesse. Pourquoi ?

Parce que au retour de mon vagabondage de l'après-midi, le dos de Jim encore au travail dit sans dire : « M'aimeras-tu toujours ? » ou bien : « Je te dois tout » ou également : « Nous sommes frais l'un pour l'autre ». Grâce à cela je ne suis plus qu'un aujourd'hui fabuleux, un demain clair abrité par un maintenant démesuré. Indivisible, je reste incessamment portée en avant de moi-même.

Les bancs de la place en forme d'équerre sont occupés surtout par les vieilles du quartier qui jacassent à l'ombre des platanes. Je feins de lire pour les observer à mon aise, en particulier leurs tempes, leurs nuques et leurs mains, résumé direct mais parlant du corps. Les cheveux frisant un peu sur le cou, les doigts épais ou fragilisés, les genoux serrés sont autant de chapitres d'un roman qui n'a pas besoin d'être écrit. La vie a su les enchaîner au moyen des malheurs et des plaisirs les plus vulgaires qui soient. Ainsi m'arrive-t-il d'aimer d'amour fou certaines de mes compagnes de hasard. Exemple : celle dont le bras touche le mien se met à rire, et voici que son grand âge se volatilise. La chair a retrouvé sa divine fermeté, les yeux brillent, la poitrine se bombe, les mollets s'arrondissent comme pour engager un menuet imaginaire, elle a vingt ans et la beauté du diable, son charme est contagieux. Têtes rapprochées, les voici qui toutes ensemble se confient des secrets roses de filles à peine dépucelées. Elles se poussent du coude avec espièglerie pour mieux détester, mépriser, redouter, jalouser les hommes qu'elles ont décidé de conquérir. Elles gloussent. La place entière s'est métamorphosée en volière affolée. Elles aiment et sont aimées. Elles ont le droit de trahir ou rester fidèles. Leur innocence et leur liberté sont garanties sur facture. D'où l'éclair qui soudain les revêt d'une immortalité dont elles savent, les mijaurés, profiter à plein.

Stop! La magie déjà s'éteint. De nouveau nous sommes au royaume des vieilles aux larges reins. Elles me dévisagent avec une hostilité sournoise. Je suis l'intruse ici, la voyeuse. Le soleil a coulé derrière les toits, l'air fraîchit, elles se lèvent en défripant leurs jupes et s'éloignent, elles tanguent et roulent sur leurs jambes couturées de varices, elles sont tristes, leurs vagins ne servent plus depuis longtemps, leurs odeurs capiteuses se sont éventées.

Seule est restée une jeune mère au profil méchant. Je lui demande l'âge de son enfant, debout sur le banc. Dix-huit mois, répond-elle à contrecœur. Soudain le petit garçon qui trépigne renverse la tête en arrière, hypnotisé par la voûte miroitante des feuillages. Il tend l'index. Il cherche à dire, à dire... Il hésite. Il est né d'hier en somme, mais il veut, il trouve, et je l'entends bredouiller : « Buio! », obscurité. La syllabe un peu mouillée paraît se creuser en son milieu, on dirait qu'une sueur délicate et profuse perle entre les rameaux serrés des platanes, ruisselle et rayonne, atteint les profondeurs cachées du monde. « Buio! » a fait le bébé : il sait d'où il vient, sait où il va. « Buio! » Dans une quinzaine d'années il lutinera les filles, insultera les vieillards, procréera, saura mûrir, décliner, mourir à son tour... Dans un sursaut de peur instinctive la jeune mère a fourré son fruit dans le landau et se prépare à partir. Mais à la même seconde le bébé plante son regard dans le mien comme s'il voulait me boire. Il y parvient. Me rejette. Disparaît. Ne gardera pas l'ombre d'un souvenir de moi. J'ai froid, mes jambes sont raides. Je suis riche à éclater. Je presse le pas. Je veux rejoindre Jim le plus vite possible et lui raconter. J'ai mal. Raconter quoi ? Rien.

Le bras de mer est nappé de broderies enflammées couleur d'opale. Non, Jim ne me posera aucune question sur ma promenade, ça ne l'intéresse pas et il a raison. Le réseau capillaire de mutisme qui nous protège est un camouflage auquel nous tenons par-dessus tout. Je crains cependant de ne pouvoir achever mon livre d'amour par manque de force et de lucidité. Si la mort me frappait là, sans se faire annoncer, ne serait-ce pas le constat d'échec de toute une existence ? Expliquer pourquoi et comment on est heureux est la chose la plus accablante qui soit, sinon la plus ennuyeuse. La tentative est folle, et même un peu ridicule. Le bonheur n'est pas à dire mais à faire.

Il va, il vient dans la chambre, il est prêt. « Tu tardes ! » dit-il. Il m'apparaît toujours plus grand, plus fort, plus concentré chaque fois que je le retrouve. J'ai posé ma main sur sa poitrine. Cela suffit. J'ai de nouveau faim d'atteindre le mot *fin*. Quoi qu'il advienne, j'irai jusqu'au bout.

Dans le cadre des battants grands ouverts du portail de l'église, l'hôtesse en bois polychrome nous accueille, posée sur un parterre de cierges allumés, baroquisme et folie douce. On l'a parée de ses habits haut de gamme. La robe de soie est un champ de fleurs et de fruits d'or moulant le buste de la plus belle femme du monde. « Femme du monde » est à prendre dans son double sens : la Sainte Vierge est une maîtresse de maison accomplie. Sous la couronne incrustée de pierres précieuses et le voile de dentelle, un sceptre dans la main droite et l'enfant serré au creux de son bras gauche, elle sourit avec réserve parce qu'elle se sait le signe d'un rendez-vous spécial. Le canal peut pénétrer ici, flatter en tourbillons nonchalants les piliers gainés de velours, le marbre ciré du sol, le riche plafond. Le sang de la ville ne s'y figera pas. Si l'on admet Dieu, on se voit entraîné de force dans ce délire mal maîtrisé. La voix du prêtre et ses gestes sont ceux d'un tribun. Par simple mesure d'hygiène, nous recevons sa douche de suavité mordante. Purifiés et contents, nous avons ensuite l'autorisation de poursuivre ce pourquoi nous sommes faits.

Pour le dîner nous occupons toujours la même table, à proximité du vaporetto. Nous assistons toujours au même film dont la foule tient le premier rôle, agile et banal, muet, sonorisé, cinérama de métamorphoses incessantes. Trois corps cependant s'en détachent pour venir à nous, un homme de haute taille assez mou, une petite femme placide et fière dont nous ne savons rien sauf qu'ils ont fait douze ans plus tôt un bébé gueulard devenu aujourd'hui la méchante petite Marina suspendue avec arrogance au bras de son père. Nous échangeons quelques paroles, nous nous comprenons mal, cela n'a aucune importance, nos yeux brillent sans doute autant que les leurs, la longue tresse de Marina se balance comme un serpent de métal noir. « Tu es belle » lui disons-nous. Nous certifions ainsi à ses parents que nous avons été les témoins de leur jeunesse et qu'ils sont aussi les nôtres. Qu'est-ce que je disais ? Le bonheur est tout à fait exprimable : il n'est pas *un*, il est légion.

Nous ferons le tour de la Salute ce soir. A peine avons-nous dépassé l'énorme dondon, là, plantée au sommet de son escalier, exposant sa chair de porc sacré aux contorsions lubriques sous le feu blanc des projecteurs, la proue de la Douane nous retient au seuil du gouffre obscur. Mais nous en refusons une fois de plus les perspectives chatoyantes, ni Jim ni moi n'en avons besoin. Nous nous bornons à contourner les piliers trapus tapissés d'urines séculaires, ombres de l'Histoire qui sont des sorcières en mal d'invention. Ensuite nous ralentissons l'allure au long des Incurabili dont les murs de brique soufflent une haleine encore brûlante. C'est nous, en fait, les incurables. La Giudecca déroule en biais les scintillations de son tapis lunaire. Marchons-nous réellement ? Non. Le rythme de nos corps serrés avance en notre nom, cherchant à nous communiquer l'indicible, à nous offrir l'envers scrupuleux des évidences.

Ce qui manque dans la chambre aux trois fenêtres, c'est le lit large de là-bas. Jim endormi saisit mes pieds entre les siens. Je suis sa prisonnière de nuit. L'échange des chaleurs équilibre un discours que l'on peut qualifier d'acrobatique. Ensemble, nous réalisons nos voltiges d'athlètes rêveurs au fond de deux gouffres distincts. Le sommeil est un sport exigeant du génie. Ne plus se réveiller tout en évitant la mort serait une merveille. On céderait aux dérapages harmonieux, aux points d'interrogation fixes. J'y serais assez souple pour donner corps à ma fondamentale ambition : avoir su composer *un* roman, un seul, qui surpasserait tous les autres.

J'aurais alors la certitude d'avoir accompli mon devoir, et je pourrais m'en aller sans regret.

Rêve : au cours d'un repas en compagnie de gens mondains, une de mes dents se met à branler. Je la tire de son trou saignant pour l'examiner de près. Les témoins d'alentour me détestent, je le sais, et cela suffit pour qu'un rai de conscience me ramène à la réalité en y jetant, une fois de plus, le doute : ce livre d'amour fou que j'ai voulu, que je continue à vouloir avec une obstination fiévreuse, me désire-t-il autant que moi je le désire ? Suis-je faite ou non pour lui ? Jugera-t-il exact l'équilibre entre le bonheur du dessus et mes sulfureux itinéraires du dessous ? Acceptera-t-il sans discussion le trésor de mes vieilles absurdités : paniques, frustrations, désespoirs secs, monstres, accidents, ruptures, en gros les mesquineries de la douleur, tout ce que je traîne en vain derrière moi depuis ma naissance ?

Ma mémoire est une femme fastueuse et folle. Dès que je cherche à l'interroger, elle se dissimule au fond du noir où je l'entends rire. Si je l'insulte, sa fuite se fait plus radicale encore. Elle saute des murs, traverse des frontières, se déguise en terroriste et parvient à me semer. Alors je me fais douce en la suppliant de revenir sur ses pas non plus par le dehors mais par mon dedans le moins exprimable. Car je me suis juré une fois pour toutes d'atteindre, lui dis-je en substance, la perfection du bonheur grâce aux souillures dont elle m'a couverte. Elle finit toujours par accepter le marché avec une humilité farceuse qui m'enchante. Blottie dans mon cœur, je la sens qui remue un peu, très peu, pour la forme : elle a sa fierté et refuse de s'abandonner trop vite à mon désir d'elle. Il suffit d'être patiente. Bientôt, en plein accord avec moi, nous reprendrons ensemble le voyage intime de notre inimitié.

DESSOUS : JEUDI NUIT

Le principal avantage de cette coulée au profond des ténèbres, c'est d'y reconquérir son passé volant, celui-ci comparable à quelque oiseau noir dont se déplient les ailes. Il se charge, qu'on le veuille ou non, de faire le tri entre les choses vaines et les choses profondes. Les lumières qu'il a le don de capter au passage seront bientôt là, arrosant et rythmant son souffle qui ne cesse de dire : va, va, va...

Le second enfant de Marie-Pearl est donc né moins d'un an après Jennifer, et ce fut un garçon nommé Murray. Neuf mois plus tard est arrivée Noémi. Puis toujours avec neuf mois d'écart le petit John.

Cette série de biftecks exposés coup sur coup sur le marché de la vie m'ont attendrie d'abord, et c'est assez normal en somme. L'instinct de famille est une maladie contagieuse à laquelle il est doux de céder. Le poison en est chaud, subtil. Il envahit la pensée, le sang. Il se fait d'emblée nourriture morale. On évite ainsi, avec un naturel sournois, de s'attarder sur l'aspect charnel, graisseux, digestif et protéiné de l'affaire. On s'arrange aussi pour censurer l'appareil intestinal, actif pourvoyeur de caca : il y va de la souveraine perpétuation de l'espèce qu'il faut envelopper de charme, et ce n'est pas rien.

Marie-Pearl s'est révélée aussitôt une petite maman délicieuse, efficace, attentive à la croissance de ses rejetons. Ils avaient tous les yeux gris et les cheveux bouclés de leur père et par ailleurs se ressemblaient au point que Marie-Pearl elle-même confondait parfois leurs prénoms, leurs âges, leurs traits de caractère : elle faisait d'eux un corps unique, volumineux peut-être, mais plus facile à couver.

A cause de ces maternités en série, l'atmosphère de la maison s'était modifiée. Elle faisait penser à une ruche effervescente tout à fait abritée du monde extérieur, celui-ci n'existant plus. Les grands-parents Delarive y vieillissaient avec gentillesse à côté des jeunes générations. On y semblait heureux. Des gestes pacifiques, une gaieté permanente, quelques chamailleries vite étouffées, tout cela m'en donnait du moins l'illusion. Car en fait je suis bonne.

Cependant assez vite j'ai cessé d'être touchée par le spectacle harmonieusement agité de ce nouveau clan, lequel m'inspirait parfois un vague sentiment de répulsion. Bien entendu, je dissimulais ça. De toute façon ces gens excitaient ma curiosité, l'essentiel était là. Mes occasions de bavarder en tête à tête avec Marie se faisant de plus en plus rares, j'arrivais de temps en temps à la coincer dans l'une ou l'autre pièce, à l'écart des pleurs ou des rires, des jeux bruyants, de la musique et des chants. Ou bien je l'entraînais au fond du jardin qui avait été le creuset de notre adolescence. J'évitais surtout de lui poser la moindre question sur sa nouvelle vie, il me semblait que c'était la meilleure stratégie pour traquer la jeune femme dans ses silences, là où je croyais surprendre déjà le germe d'une inquiétude et, peut-être, quelque chose qui ressemblait au doute et même à une certaine détresse. Je suis bonne au fond.

Cependant mon glorieux appétit de cruauté a vite repris le dessus, quel soulagement ! Mes rapports d'intimité avec les Delarive et les Moor avaient failli le détériorer, sinon l'anéantir, ce qui m'aurait démolie pour de bon. Mon constat était clair : sans l'avoir voulu, ces gens-là m'avaient peu à peu capturée, emprisonnée dans une sorte de fiction immobile, soyeuse, pervertie, celle que l'on nomme le bonheur. Danger ! J'avais encore du chemin à faire avant d'y prétendre, chaque chose en son temps, il était urgent de mettre en place un bon système de défense. J'ai paré au plus pressé en espaçant mes visites.

J'avais trouvé un poste de vendeuse dans une belle librairie du centre. Je lisais beaucoup. J'appréciais le va-et-vient de la clientèle. Mais surtout je sentais s'allumer en moi un feu inattendu, celui de l'écriture. Et pour entretenir cette flamme de plus en plus exigeante, tout me paraissait bon, radieux, utile et vrai. Chaque soir en rentrant à la maison, je m'enfonçais avec brutalité dans l'intimité dépaysante du foyer familial. J'écoutais maman raconter par saccades hystérisées les potins de la boutique et remarquais que ni l'Homme gris ni mes frères ne songeaient à réagir, trop occupés qu'ils étaient par le contenu de leurs assiettes. Je découvrais aussi non sans délectation qu'un repas pris en commun n'a rien à voir avec un simple problème d'alimentation. Aussi banal qu'il soit, il propose à chaque mangeur une aventure psychologique et morale on ne peut plus sérieuse. C'est la raison pour laquelle un certain dîner au printemps de cette année-là m'a marquée d'un souvenir brûlant. Comme d'habitude, maman s'était égarée d'abord dans les méandres d'un bla-bla sans queue ni tête que personne n'avait cru bon d'interrompre. Puis les parents étaient montés se coucher en nous laissant seuls, mes frères et moi. Je revois la scène, car c'était une vraie scène. La bonne est venue débarrasser, mais Claude, Romain et moi sommes restés à table sans bouger sous le feu cru de la suspension. Quelque chose d'étrange allait se produire, je le sentais au niveau de mes nerfs, et cela n'a pas manqué. C'est l'aîné, Claude le photographe, qui en a pris l'initiative sans le savoir. Après avoir bourré sa pipe avec soin, il m'a raconté d'un trait à voix sourde mais ferme que l'Homme gris n'était pas mon vrai père, c'est-à-dire mon père de sperme et de sang. J'avais été conçue à travers le malentendu éjaculatoire d'un amant de passage. C'était maman en personne qui avait confié le secret de la chose à ses fils, non sans exultation je suppose. J'étais donc incrustée parmi eux tel un corps étranger, à la fois admis et suspect.

Prétendre que la révélation m'a bouleversée serait faux.

J'étais seulement subjuguée, projetée dans une direction que, sans le savoir, je souhaitais depuis toujours. Mes frères attendaient une crise de larmes de ma part : ils me dévisageaient avec une expression de culpabilité avide. Je me suis contentée d'ouvrir la bouche en laissant éclater mon rire, et c'était soit un défi, soit un ultimatum. Je voulais saigner à blanc le vide qui soudain m'isolait. L'Homme gris se révélait un fantoche, un fantasme, un brave arlequin cocufié. J'étais par conséquent le centre érotique d'un mensonge, ah c'était trop beau, non, non, trop beau pour être vrai !

J'ai croisé les bras sur la table pour y cacher mon hilarité. « Allons, petite, balbutiaient Claude et Romain qui cherchaient à me consoler, tu es notre petite sœur chérie, tu le sais bien ! »

Je suis montée m'enfermer dans ma chambre pour y

savourer seule mon ravissement. La joie m'étouffait. « Vas-y maintenant de tout ton cœur, *ma fille* », me répétais-je comme si j'avais été la première créature de la terre à s'être enfantée elle-même.

Le contrecoup de la confidence n'a pas tardé : dès le lendemain, je suis allée me perdre en forêt avec un garçon que je connaissais à peine et qui se bornait à me manger de baisers, sans plus. Quelques jours plus tard j'ai suivi dans son grenier d'amours illicites un client de la librairie, un brave type qui n'était plus très jeune. Il m'a dépucelée. La séance était d'une drôlerie irrésistible. Le sexe épais que je branlais avec une fougueuse application me semblait une chose bizarre, anachronique.

Quelques jours plus tard encore, je me suis mise à aimer maman en secret.

Mais l'authentique événement dans l'histoire, c'était la découverte de mon pouvoir tout neuf, exaltant, et même suave, de dédoublement. Désormais je me savais capable de me détacher de mon propre corps pour l'observer à distance avec un regard cru, vigilant, objectif. J'étais emballée par l'accélération des faits, par leur méthode aussi, et par leur amabilité à mon égard. Est-ce que je méritais ces gratifications ?

Comme par hasard — mais à l'évidence il ne s'agissait pas de hasard — au mois de septembre de la même année je suis tombée sur Marie-Pearl Moor dans une allée du Bois, et cela m'a fait un choc. Elle poussait le landau du bébé John avec un air à la fois rêveur et figé, ses joues s'étaient creusées, seuls ses yeux avaient gardé une expression d'étonnement frais. Sans hâte, je l'ai raccompagnée chez elle où l'on m'a retenue pour le goûter. Harold et ses musiciens répétaient à l'étage : avec des pauses et des reprises les instruments enroulaient et déroulaient les vibratos plaintifs d'une cantate que dominait une voix de femme, amère et satinée. Sur la table il y avait comme autrefois des brioches et du chocolat, les enfants se taquinaient bruyamment, Marie-Pearl laissait faire et les parents Delarive, retirés à l'arrière-plan, ressemblaient aux images d'un livre débroché. Enfin, la musique a cessé net.

Marie-Pearl est devenue livide. Harold est apparu au tournant de l'escalier, suivi par Francesca vêtue, je me souviens, d'une robe rouge. Sans un mot ils se sont jetés sur les tartines et le chocolat comme s'ils n'avaient rien mangé ni bu depuis des siècles. Les torsions masticatoires de la bouche de Francesca étaient fascinantes. Il s'en fallait de peu que je ne me précipite à ses genoux pour la remercier. Car la regarder, c'était déjà écrire. Voilà ! Mon premier texte s'intitulerait donc *La Bouche*. Pour cette belle femme brune, manger et chanter étaient synonymes ; au-delà des lèvres la nourriture se muait illico en pâtés sonores. Si l'homme n'était pas sourd de naissance, il percevrait les harmonies cochonnes travaillées par l'alambic d'une poitrine de femme. Par bonheur, j'avais l'oreille fine, moi !

Rentrée chez nous, je ne cessais de me répéter avec transport « la bouche, la bouche ! ». Mes parents sirotaient un alcool au salon dont le fouillis m'enchantait pour la première fois : ce bazar un peu fou collaborait à mon travail. Maman croisait et décroisait ses jolies jambes sous une jupe étroite. Soudain, elle m'a fixée avec stupeur. « La bouche ! » pensais-je. Comme si je lui en avais donné l'ordre, elle a écarté les cuisses avec innocence. J'en faisais mon affaire : une bouche, en effet, s'arrondissait là, en bas, intéressante parce

70

qu'elle était l'envers de celle de Francesca la chanteuse. J'étais sortie de ce trou élastique et poilu vingt-trois ans plus tôt, ce qui me contraignait ce soir-là à naître de nouveau, mais à ma manière.

J'ai filé dans ma chambre.

J'ai ouvert le cahier que je venais d'acheter. J'y ai inscrit mon nom, mon adresse et le titre du texte. Je débordais d'un tel bonheur que j'aurais pu en rester là. D'avance, le cahier neuf contenait un message qu'il me suffirait de décoder en y mettant un peu d'astuce et du temps. Je n'avais plus peur de rien. Le premier chapitre de ma vie venait de se terminer, la suite s'allumait au fond d'une obscurité chatoyante que je voulais, que je voulais. Un oiseau de nuit sanglotait dans un arbre du voisinage, à petits coups rythmés. J'ai cru percevoir qu'il répétait le mot *seule*. Obéir aux oiseaux était déjà mon principe à l'époque, et cela se confirmait. Oui, je serais seule dans mon travail, assignée à résidence, c'est-à-dire libre. Mon stylo s'est mis à courir sur le papier, il m'inventait avec une surprise nuancée d'admiration. Il m'inventait sans me demander s'il avait raison ou tort. Il écrivait entre autres :

« Francesca est apparue derrière Harold Moor dont se dressait la tête orgueilleuse. Elle s'est assise à côté de Marie-Pearl. Le petit John avait mouillé sa barboteuse. Ses frères et sœurs étouffaient de rire. Marie-Pearl a rougi. "Sages !" implorait-elle, mais si bas que personne ne pouvait l'entendre. »

Ensuite le stylo a griffonné une ou deux phrases où il était question des lèvres de la chanteuse, puis il a enchaîné sans transition sur celles de ma mère. Ensuite il s'est détaché de la page. Il hésitait. Il ne savait plus s'il saurait continuer son

71

voyage horizontal dont je n'étais, moi, qu'un vulgaire témoin. Cependant la plume d'or s'est mise à briller sous ma lampe, et j'ai cru comprendre que son éclat exprimait l'humour. Elle acceptait de m'aider. Elle acceptait de me sauver. Elle a doucement rejoint le papier.

« De la bouche supérieure de Francesca et de la bouche inférieure de maman sortirait bientôt, par la force des choses, une vérité qui serait enfin, de toute évidence, la mienne. »

Il était minuit.

J'étais exténuée. J'avais dû ramasser mon existence entière en quelques minutes sur un tout petit espace. J'ai fourré le cahier dans un tiroir dont j'ai caché la clé au fond de mon sac.

Mon amour un peu fou des sacs date aussi de cette époque. Celui-là m'avait été offert par l'Homme gris, le mari de maman, et je l'adorais. Il était en maroquin grenat doublé de daim beige. Je ne cessais de le palper, de le fouiller, il sentait bon, il avait la souplesse d'un ventre de femme, et j'appréciais par-dessus tout le clac de son fermoir de métal argenté. J'avais remercié avec enthousiasme mon faux père pour un tel cadeau, tout en m'interrogeant sur le vrai, c'est-à-dire l'individu mystérieux qui avait eu *moi* pour conséquence.

DESSUS : VENDREDI JOUR

Les nuits et les jours s'ajustent en se recouvrant à peine sur les bords. J'admire cette mécanique unifiante. J'ai pris mon bain, je crois sentir bon, je raconte à Jim encore un peu somnolent mon rêve : «Nous nous trouvions dans une grande maison délabrée, couchés côte à côte à même le plancher. Une femme grasse et belle nous y rejoignait. Son cul se collait au mien, pourtant elle n'était intéressée que par toi. Agacée, je m'arrangeais pour la chasser. Alors la maison se transformait en une immense gare à ciel ouvert où nous attendions le train. Je t'appelais, car tu étais resté en compagnie de la grosse femme. Tu finissais par me rejoindre et tu semblais content et très fier. "Naturellement tu as fait l'amour avec ce fumier ?" disais-je, et tu me répondais en riant : "Pas vraiment, elle a ses espèces..."»

Je laisse un silence avant de reprendre : ne trouve-t-il pas ce rêve plutôt comique ? Mais il ne m'a écoutée qu'à moitié. «Intéressant» se borne-t-il à murmurer en se calant le dos avec l'oreiller. Le voici en train de converser déjà, passionnément, avec sa pensée, ses images, ses réminiscences, ses échos. Il me lance un simple coup d'œil en biais, ardent et

73

doux, destiné à me prouver que le mot *espèces*, pourtant insolite, ne l'a nullement frappé.

De quoi donc est formé l'amour ? De substances solides, gazeuses ou liquides ? Pendant que je me coiffe, j'interroge le miroir entre les fenêtres. Si je hais depuis toujours mon reflet, j'apprécie au contraire nos entretiens confidentiels qui se produisent plusieurs fois par jour sous prétexte de mise au net et de maquillage. Me voici prête. Mes cheveux blancs tirés en arrière accentuent le modelé du front, des pommettes et des mâchoires dont la nudité naïve, et comme offerte, m'émeut parfois. La bonne femme qui me fait face en m'imitant avec platitude n'a jamais triché et ne trichera jamais. Un bon point pour elle. J'en éprouve un orgueil honnête, assez excitant en somme. Quel mélo d'être soi et personne d'autre ! Un soi-même conçu quelque part ailleurs avant d'être lancé en orbite sur son aire spatiale !

Un souvenir d'adolescence me revient : dans le vestibule toujours un peu sombre de notre maison, je m'étais approchée du miroir du portemanteau en prononçant à voix haute « l'amour, l'amour » et je laissais le mot se vaporiser en douceur sur le plan froid. Magnétisée, aimantée, ma bouche avait fini par toucher l'autre qui me semblait plus vivace que la mienne. « Embrasse-moi » avaient-elles murmuré ensemble en nous collant contre la glace. Vu de si près, aucun détail de nos masques joints ne pouvait nous échapper, et surtout pas nos yeux fixes et cruels. Mais le spectacle intime de cette fausse étreinte s'était vite révélé insupportable, et nous nous étions séparées d'un bond.

Jim s'est installé déjà sur le ponton pour lire ses journaux du matin. Il a si bien pris la couleur de la ville qu'il n'est plus qu'une figure transparente protégée par le ciel et soutenue par l'eau. Si tout un côté de moi s'apprête à descendre le rejoindre, l'autre côté, qui s'attarde encore un moment dans la chambre, est manipulé par une infinité d'autres temps, vieux, moins vieux, un peu jeunes, moins jeunes. Je ne résiste pas à leurs flux contradictoires, tantôt unissants, tantôt hostiles. Grâce à ce brassage permanent dont je suis l'enjeu, il m'est possible de rester en toute plénitude ce que je veux être, donc ce que je suis. Par une succession de doses tendres, sauvages ou tristes, mes temps anciens m'injectent avec passion le suc de la liberté. Ils m'autorisent souvent à les distinguer les uns des autres, car aucun d'entre eux ne peut ignorer la folie de ma fidélité à leur égard. Je les aime tous. Le seul reproche que je serais tentée de leur faire à la rigueur, c'est d'être délirants de prétention, mes temps. C'est à celui qui se poussera davantage en avant avec l'arrière-pensée d'exclure ses rivaux. Leur désir, clandestin bien sûr, est de tirer profit de mes regards désordonnés d'âme : rater une chance d'être saisi par moi, tel est leur cauchemar. Cependant aujourd'hui même, j'y vois un peu plus clair dans le chaos de leurs combats. La preuve ? Mon détachement. Ils ne parviennent plus à me contraindre, même si je continue à les voir, là, parqués comme des ruminants. Ma soumission s'est renversée en domination. C'est à Jim que je dois ça : il le sait en partie, mais pas assez. Je me tais trop. Je me contente d'être mon propre mirador, mon volcan, mon typhon. J'autorise mes temps à se couler dans mes épaules et ma gorge, mon ventre et mes jambes. Et je surveille leur façon de m'entraîner dans leurs foulées. C'est cela sans doute qu'on appelle être heureux, non ?

Mais j'entends l'autrui prendre la parole : « Expliquez-vous avec un peu plus de simplicité, chère amie, nous avons horreur de vos ratiocinations, on vous l'a dit souvent, on vous le répète.» Ma réponse est vive : «Je hais l'autrui. Je me fiche de tous les autrui, quels qu'ils soient et d'où qu'ils viennent. L'opinion qui prévaut, c'est celle de Jim.»

Dieu que la vie est bonne... Avant de quitter la chambre, je jette un dernier coup d'œil sur sa table de travail. Son âme y reste posée à plat, rectangulaire et tranquille, forte et sobre, secrète, inaccessible. Son âme dort sous sa livrée d'objets : cahiers, stylos, livres, paquets de cigarettes, le gros cendrier bleu, un choix de cartes postales.

Sans lever les yeux il a murmuré un «je t'aime» aussitôt bu par l'air bleui du soleil. La lecture captivée des journaux s'inscrit à mesure à l'envers de son front comme la dictée d'un prompteur : attentats, crimes, émeutes, accidents, révolutions, débats au sommet, scandales, critiques, éditoriaux, sondages en bla-bla, il enregistre tout. Le café se laisse boire, coulée obscure dans nos gorges, vite fait. L'eau ensuite, coulée claire.

Voilà. Les mots enfermés en moi commencent à cogner. Ils ont hâte d'avoir accès à mon bras droit jusqu'à la main qui se chargera de les libérer. Le bonheur est une colonne de cristal imaginaire. J'en suis une aussi. Jim en est une autre. Il me fait un dernier signe avant de remonter là-haut. Chaque séparation, même brève, est comme un départ en voyage, au revoir! au revoir! c'est tout juste si nous n'agitons pas un mouchoir comme cela se faisait autrefois sur le quai des gares. Et maintenant que nous sommes tranchés l'un de l'autre, nous devenons deux réservoirs frénétiques. La pudeur du travail est telle que nous sommes pressés d'être seuls, là où chacun aura le talent de souffrir à sa manière.

La foule interminablement modifiée se trame aussitôt en ordre d'écriture, d'avance elle ébauche une composition romanesque dont j'ai cessé d'être responsable. Ma tête ne m'appartient plus. Elle me sera rendue plus tard. Un papillon d'or brun s'est posé sur l'index de ma main gauche, on dirait le chaton d'une énorme bague. Je retiens mon souffle. Je veux garder ce bijou palpitant aussi longtemps que possible.

Un grand jeune homme s'est assis à la table à côté, correctement vêtu de velours côtelé noir, cravaté, chaussé de baskets. Il se commande une eau minérale puis une bière, il se met à fumer, il perd peu à peu son calme, à gestes saccadés il ôte sa veste et la remet, se ronge les ongles en feignant de lire un journal sportif rose plié en huit. On le croirait possédé par un démon qui lui donne des ordres, il obéit, il ne peut résister, il se détend, ferme les yeux, sa tête pend jusqu'à lui toucher les genoux. Pourquoi suis-je intéressée par cet inconnu ? De côté il me lance un regard vitreux, se redresse, mû dirait-on par un douloureux ressort, s'éloigne par bonds élastiques, se retourne sec pour me saluer à reculons, il me quitte à regret, il se sait malade et peut-être fou, il me réclame à distance un peu de compréhension, il disparaît.

Mon plaisir est tout entier ramassé au niveau de mon poignet droit, on dirait un bracelet d'or, et la ville vient s'y fondre. Dans la chambre aux trois fenêtres, Jim collabore sans le savoir au phénomène. Un fluide que nous connaissons bien permet ce genre de dissolution concentrée. Il écrit. J'écris. Il est lui. Je suis moi. Ensemble, absorbés, dilués, perdus pour mieux nous retrouver tout à l'heure, très loin, très près, nous savons toucher la vérité. Le grincement familier des péniches amarrées flanc à flanc soutient notre effort, et c'est beau : quelqu'un d'immatériel s'amuse, dirait-on, à manipuler des reliures de cuir anciennes, rares, précieusement ridées, pour les faire craquer en douceur sans se lasser. Un imposant canot noir décoré de lions et de draperies jaunes vient se ranger devant les marches de l'embarcadère moussu. On en sort un lourd cercueil de palissandre et des monceaux de fleurs. Le cortège se dirige vers l'église. Ai-je le droit de me signer au passage d'un mort ? Je prends ce droit d'autorité. Le *Capitan Alberto* au large du canal m'approuve de son tranchant d'écume. Ses reins bleu et rouge enfoncés, son glissement vert assourdi sont un témoignage de l'infini : mort et vie, commerce et foi, rapacité du gain ou de la dilapidation, démence et sang-froid... Les passants s'attroupent à proximité du corbillard flottant vidé pour un moment de son contenu. On photographie sous tous ses angles ce top model d'une fascinante étrangeté. Il fait peur. On le préfère quand il est plein, aussi bien l'on guette le retour du cadavre en boîte et du cortège précédé maintenant par un prêtre chamarré. Du vent, un peu de vent. Carillon de l'église traçant à la volée, à même le ciel, sa fugue au phrasé ténébreux. Coups de vent, encore, parchemins transparents déroulés en cadence. Une connivence généralisée nous tient là, tous, dans un respect heureux. Nous sommes émus de nous savoir si vivants, mais prudents aussi : personne ne regarde personne.

Je range mes affaires avec un soin qui s'accorde à merveille avec le cérémonial en cours. On devrait pouvoir dire « il fait heureux » comme « il fait chaud ». Un bien-être à la fois volumineux et léger se dépose sur nos têtes et cela intrigue, inquiète, enchante ou menace sans que l'on songe à s'en débarrasser. Chacun se résigne à jouir en douce, face à ce mort au charme solennel. Quelle est l'identité de la dépouille réinstallée dans son élégant habitacle ? On me le dit tout bas : il s'agit d'une riche bourgeoise du quartier, si âgée qu'il était grand temps qu'elle s'en aille en réglant ses comptes avec le ciel, le marbre et l'eau de la ville. Elle habitait un palais magnifique. Elle avait été belle. Elle portait d'extravagants chapeaux et de gros bijoux. Elle adorait la vie. Chaque jour elle savourait une glace sur le ponton. Elle racontait volontiers son passé de fêtes, l'hôtel quatre étoiles géré par son fils unique. Cependant peu à peu elle avait réduit son espace vital à cause de la fatigue et de l'obésité. « Mon corps me lâche », expliquait-elle en souriant aux anciennes belles, ses amies. Monter et descendre l'escalier du pont était devenu un martyre qu'elle taisait, car elle était fière. Elle aspirait au repos qu'elle croyait mériter. C'est chose faite. On emmène enfin, au large, son corps glorifié.

DESSOUS : VENDREDI NUIT

Sous nos lits parallèles s'ouvre la trappe. Nous voilà aspirés, Jim par un sommeil sans rêves, moi par le tourbillon de mon voyage. Le temps est un régisseur de génie. Il prend tous les pouvoirs. On doit s'y conformer avec plus d'humilité encore selon chaque initiative : ses caprices ne sont qu'apparents. Et c'est surtout quand il se montre trop grave, ou trop superficiel, ou trop caricatural, qu'il exprime dans son ampleur une vérité incontestable, une vérité explosant comme une bombe à retardement téléguidée.

Le printemps était superbe cette année-là, il me couvrait et m'emplissait à la fois, grâce à cela j'étais porteuse d'une pure joie d'être, d'être, sans plus.

L'incident s'est produit au long de l'avenue en pente qui menait sur une place charmante du quartier le plus provincial de la ville. Tout à coup, surgissant de derrière un tilleul, une clocharde m'a barré la route. J'ai voulu traverser. Elle s'est jetée sur moi. Elle était ivre et tenait des propos orduriers en agitant ses bras crasseux. On aurait pu croire qu'elle avait été postée là exprès pour m'apprendre que j'étais vouée au malheur. Elle me l'annonçait, oui, le malheur. Rien ne saurait m'en protéger, et surtout pas les fleurs

80

ornant mes cheveux et mes oreilles, ma robe de soie à volants, ma démarche orgueilleuse, toutes ces provocations seraient inutiles. Elle insistait en trépignant, la folle : je n'étais pas une belle jeune fille mais un péché vivant, un paquet de dégradations futures. Elle hurlait ses malédictions dans la fraîcheur éventée de l'après-midi. J'ai pris peur. J'ai rebroussé chemin au pas de course.

Plus tard, je me suis retrouvée sur le banc d'une allée cavalière du Bois, celle-là même que j'empruntais autrefois avec Marie Delarive. J'ai respiré. L'ombre des hêtres me lavait d'une fraîcheur parfumée d'enfance, et mon épouvante est tombée d'un coup. Des chevaux lustrés de sueur passaient au trot, montés par d'élégantes amazones. Je n'avais plus qu'à attendre. L'attente n'est jamais vaine. Et cela n'a pas manqué. L'attente, c'est la magie par excellence. J'étais presque assoupie lorsque Marie-Pearl Moor est apparue dans la perspective du sous-bois. En m'apercevant, elle a rougi. Tout donnait à penser que nous nous étions fixé rendez-vous là, d'instinct. Pourtant nous avons joué la surprise, incroyable, non ? de se retrouver ici après des siècles de silence... Elle s'est assise. Nous échangions à voix basse et saccadée une série de questions et de réponses en désordre, dans l'espoir de dissimuler notre trouble, comment vas-tu ? très bien, et toi ? très bien aussi, et Harold ? et les enfants ? et tes parents ? oui, oui, faisait-elle en secouant sa petite tête un peu durcie déjà, mais ses yeux étaient restés clairs et brillants. Je ne reconnaîtrais pas les petits tant ils avaient grandi, Harold travaillait comme un fou, oui, oui, peut-être iraient-ils tous s'installer pour un temps à New York, aucune date n'était prévue encore, il y avait un projet de récitals et de cours dans plusieurs villes de là-bas, une telle perspective enchantait les enfants. « Tu sais, a-t-elle ajouté sur un ton cassant, nous avons de la chance, il faut savoir la saisir ! » Et son air absent m'a frappée alors.

Le Bois, la déambulation passive des promeneurs, le cirque un peu pâli des nuages, nous observions tout cela avec une sorte de faim morale. Brusquement, Marie-Pearl m'a fait part de sa nouvelle grossesse. L'enfant devait naître à la fin du mois de novembre, a-t-elle précisé dans un petit rire bizarre, presque arrogant, semblable à un cri.

Elle m'a pris la main pour se la poser sur le ventre. « Tu sens comme il bouge déjà ? Ce sera sûrement un garçon... » Je me suis moquée de sa certitude. Elle a répliqué avec force : « Non seulement ce sera un garçon, tu verras, mais ce sera *quelqu'un*. »

A cette minute-là, et sans qu'on l'ait prévu, l'image incongrue de Francesca la chanteuse s'est glissée entre nous. La voix de Marie-Pearl s'est faite alors hésitante, presque effrayée, avant de poursuivre :

« Harold ! Harold ! sais-tu que nous sommes mariés depuis dix ans déjà ? Il parlait à peine le français quand il a débarqué chez nous, j'avais seize ans et lui vingt. Tout de suite il a voulu m'épouser. Son charme était si rassurant que j'ai répondu oui sans hésiter, il était davantage une espèce d'ange qu'un jeune homme ordinaire. Les premiers mois ont été fantastiques, vraiment fantastiques. Ecoute-moi. Je me rappelle en particulier une certaine nuit de juin, pendant les vacances à la campagne. Nous ne parvenions pas à nous endormir tant nous nous sentions heureux, exceptionnels et beaux. Nous sommes sortis pour prendre un bain de lune. Nous ne marchions pas, nous volions à travers les prés et les champs, sautions les murs et les haies, traversions des paysages de

moins en moins connus et nous nous sommes arrêtés au bord d'une rivière, sous un saule qui nous a fait rire parce qu'on le dit pleureur... Nous étions tout à fait perdus. Nous avons écouté le chant des grenouilles. Nous nous sommes allongés dans l'herbe. Nous avons...»
Marie-Pearl a interrompu net sa divagation. «Alors?» ai-je fait. Moi aussi je commençais à décoller de la réalité. «Alors, rien.»
Il m'a paru évident qu'elle n'irait pas plus loin. Ses yeux m'ont paru d'un bleu cruel, sa bouche tremblait. Il s'est mis à pleuvoir à verse, ce qui nous a donné la force de quitter le banc, ce banc que j'ai surnommé beaucoup plus tard le banc de la révélation. Marie-Pearl était redevenue sèche, naturelle, et trop gaie. Je l'ai raccompagnée jusqu'à son seuil. J'ai refusé d'entrer. Nous étions trempées jusqu'aux os, et meurtries. Nous nous sommes juré de nous revoir plus souvent, surtout si le séjour aux Etats-Unis prenait corps. Et dans ce cas, on s'écrirait à dates fixes, on ne se perdrait plus.

Le temps s'est mis à voler. On aurait dit qu'il voulait m'arracher aux ultimes servilités de l'enfance au fond desquelles il est si commode et si doux de somnoler. Et si l'on m'accordait encore un peu le droit à l'irresponsabilité, il s'agissait d'un privilège dont je ne découvre qu'aujourd'hui la beauté. Pourtant cet état d'euphorie intermédiaire n'a pas duré. Je m'en suis rendu compte à travers une série de petites réalités sans importance.

Je suis montée en grade à la librairie, j'y gagnais plus d'argent. J'ai publié mon récit *La Bouche* dont on parlait dans la presse avec horreur ou satisfaction, l'ensemble s'équilibrait. Ensuite, au cœur du même hiver il y a eu comme un accroc dans le tissu serré, banal et plat du courant des heures.

Un soir, des gens m'ont invitée pour une réunion dite littéraire, et j'y ai fait la connaissance d'un prénommé Youri, vingt-cinq ans, fils unique de réfugiés russes morts depuis peu. Il se prétendait décorateur de théâtre, s'exprimait mal, ne cessait de me dévisager avec la fixité patiente et creuse d'un oiseau de nuit. « Quel rasta ! » ai-je pensé dans un éclair d'intuition dont, sur le moment, j'ai refusé de tenir compte. Il était ivre et me suivait à travers l'enfilade des salons. Ses propos me paraissaient tour à tour sublimes et déments. J'aurais dû filer sur-le-champ. Je ne l'ai pas fait. On a toujours magistralement raison d'avoir tort. Le tort a la perversité de vous conduire à la raison en usant des plus affreux détours.

Nous nous sommes revus dès le lendemain dans la grande salle rouge et moelleuse d'un café du centre. J'avais posé ma main sur la table. Il a posé sa main sur la mienne. Electrisés, nous sommes restés immobiles et muets. J'étais envoûtée déjà par l'ambiguïté de sa physionomie : les yeux bruns obliquement enchâssés brûlaient d'un feu noble tandis que la bouche s'affirmait à la fois molle et brutale et le menton quasi dégénéré : il ressemblait en gros à Charles Quint. J'aurais aimé rire. Je ne pouvais plus. Ma réserve d'humour avait fui. « Encore une bouche ! » pensais-je. Bouche hystérisée de ma mère, bouche d'or de Francesca, bouche froncée de Harold Moor, entre autres. Et voici que la bouche d'un individu troublant s'introduisait dans ma vie, par effraction mais avec mon accord.

Youri, cependant, me broyait les doigts lorsqu'un incident a éclaté à l'autre bout de la salle : un couple s'y disputait, d'abord sur un ton contenu mais très vite la femme s'est mise à crier. Des mots grossiers jaillissaient de ses lèvres tordues par la fureur. A la lettre, elle ne se possédait plus. « Salaud, ordure, fripouille, maquereau, canaille, enculé » sortaient de son buste resté pudiquement dressé. L'homme, lui, ne réagissait pas. Les clients louchaient vers eux avec discrétion, on ne voulait rien perdre d'un spectacle aussi attrayant. J'ai toujours adoré voir se bagarrer les gens. Je souhaitais donc voir la femme sortir des limites de la convenance. A elle seule elle symbolisait toutes les femmes. Elle témoignait sans aucun doute d'un courage exemplaire mais à mon sens elle ne prenait pas assez de risques. J'ai retiré ma main de celle de Youri — que faisait-il à mon côté, celui-là ? Un duplicata de moi-même prenait son vol en direction de la crieuse, souhaitait mêler aux siens mes hurlements cachés. Je me sentais bien, secouée d'espérance. Les portes du café s'ouvraient pour laisser s'engouffrer des troupeaux de femelles venues du dehors. L'immeuble s'écroulait sous la pesée de plus en plus dense des voix. A présent unies dans leur paroxysme, elles composaient un somptueux brocart de protestations chargé d'envelopper la planète, et c'était d'autant plus jouissif que les assistants du sexe mâle, frappés de terreur, couraient se parquer sous les tables...

Ah comme je regrette aujourd'hui encore que les foules soient soumises aux inusables lois du savoir-vivre. Jamais elles ne s'abandonnent tout à fait. Elles se bornent à tirer satisfaction de fous rires mesquins, d'indignations minces, de gestes étriqués, de rictus contrôlés par la distinction. C'est malsain, dans la mesure où l'on évite avec soin l'excès, là où se situerait enfin une honnêteté rigoureusement inhumaine...

Veilleuse allumée, il est trois heures, veilleuse éteinte. Je gagne à pas de loup la salle de bains pour y boire un grand verre d'eau. Sous mes cheveux défaits, mon visage d'un rose affadi est gommé. Il y a une quinzaine de jours environ, juste avant notre départ de là-bas, j'avais noté le curieux comportement d'un homme pas très loin de chez moi : il marchait à fermes enjambées en sanglotant tout haut, sans pudeur, bien que sa tête fortement inclinée trahisse un sentiment de honte. J'ai eu le temps de saisir au passage l'expression de désespoir qui lui convulsait les traits. Je me suis retournée, comme si j'avais attendu quelque chose. Non, il n'avouerait pas sa réalité intime. Non, il ne demanderait rien à personne. Non, je ne l'arrêterais pas pour lui témoigner mon élan de compassion. Non, je ne l'interrogerais pas. Oui, comme n'importe qui, je suis lâche.

Le soir où Youri m'y a entraînée, le Bois était déjà bronzé par l'automne. Il faisait doux pour la saison. Le lac aux lueurs de mercure frémissait sous la lune haute, on entendait ricaner les canards dans l'obscurité. Nous nous sommes enlacés. Le front de Youri était un grand os blafard. Nous nous embrassions, nous nous embrassions jusqu'à l'asphyxie. Il m'a demandé pour quelle raison je gardais la bouche fermée pendant les baisers. Ma gêne n'avait d'égale que ma surprise. Pourquoi ouvrir ? me demandais-je. Fallait-il une fois de plus tenir compte de l'axiome « trou » ? La femme n'était-elle rien d'autre qu'un double trou, celui d'en haut et celui d'en bas ? Cela me paraissait scandaleux, répugnant, assez triste en somme. Le souvenir de mon récent dépucelage m'a traversée en flèche. J'avais presque envie de rire, c'est toujours ainsi aux moments pathétiques. Nous devions être ridicules, Youri et moi, plantés sous le romantique ombrage des hêtres, dans la rigidité du silence. Mon retour à la maison s'est révélé moins comique peut-être, mais fort intéressant : il était deux heures du matin et mes parents ne s'étaient pas couchés pour m'attendre. Maman s'est mise à glapir. Sa fureur lui donnait une légèreté d'attitude impressionnante qui lui permettait de se faufiler partout sans rien casser. Pourtant j'ai eu très peur : au passage elle a heurté du coude la potiche en porcelaine de Canton, de l'époque Ming, et son réflexe a été génial : elle a pu la saisir entre ses bras avec précaution pour la replacer sur le guéridon, ce qui l'a calmée d'un coup. Et l'Homme gris, comment réagissait-il à la scène ? Il avait déposé son journal et croisé les bras. Derrière ses petites lunettes cerclées de métal, ses yeux fanés se coloraient d'attention. Perverse sur les bords, son attention ? On peut s'interroger à l'infini sur la bonté de l'être humain, cela reste ambigu. En tout cas, papa s'évertuait à m'innocenter. Mais ses propos demeuraient, comment dire, blancs, sans effet, car ni sa femme ni sa fille n'accordait crédit à son effort pour intervenir.

Si jusqu'alors j'étais parvenue à survivre aux désagréments de l'enfer familial, d'avance j'adhérais les yeux fermés à une autre forme d'enfer qui promettait d'être plus fertile encore. Aussi, le lendemain même de la fameuse nuit des baisers au clair de lune, j'ai suivi Youri dans un hôtel miteux du quartier de la gare.

La chambre donnait sur les voies du chemin de fer, le boucan était terrible. L'entrelacs brillant des rails m'émerveillait pendant que l'homme ivre dont j'ignorais à peu près tout me faisait l'amour, debout contre l'appui de la fenêtre. Et j'étais cent fois plus captivée par l'incessant défilé des trains que par l'opération qui se menait au bas de mon corps. Fascinée aussi par ce qui se passait dans la chambre à côté où devait s'activer un couple pareil au nôtre. Des chuintements de robinets et de vidange soutenaient en mineur la dramaturgie de l'amour proprement dit, d'abord basse et cadencée. Mais bientôt l'homme s'était mis à grogner et la femme à brailler sans aucune retenue et de plus en plus vite. S'agissait-il de l'imminence d'un orgasme bien mérité ? ou bien d'un meurtre ? Bref, nous nous sentions stimulés Youri et moi en écoutant ces halètements gradués dont les variations se sont conclues par un beuglement doublé. Quelle musique !

L'opéra s'est prolongé jusqu'à l'aube. Nous étions épuisés.

Youri s'est endormi comme une souche. Moi non. Je continuais à scruter la cloison, j'y appuyais les genoux. J'écoutais la cloison. Je posais mes mains sur la cloison. Il ne s'agissait plus du tout d'une cloison, mais d'un terrifiant miroir.

Je suis bonne.

DESSUS : SAMEDI JOUR

Peu à peu, Jim et moi avons appris la ville comme on étudie une langue étrangère imprimée dans un livre précieux. Nous avons su très vite qu'il fallait réduire au maximum notre champ d'espace pour mieux en connaître les nuances. Le bras de mer élargi est devenu le rivage absolu. C'est ici et nulle part ailleurs que se redessine, méticuleusement, minutieusement, maniaquement, les dernières vingt années de notre histoire.

Aujourd'hui le quai a le grain sec et blanc d'un immense rouleau de toile que vaporise un souffle de fête sans programmation. C'est moi la fête. C'est moi le programme. Je me suis enfoncée dans les coulisses obscures du théâtre à ciel ouvert en obéissant aux poussées de la foule en désordre, dense et fluide à la fois, tantôt ralentie tantôt éclatée. J'ai franchi le dos en escalier du grand pont de bois avant de joindre la place qui est une sorte de marmite de cuivre rouge en ébullition. Je me suis assise contre le monument central sur le socle duquel des enfants fous se lustrent infatigablement le derrière.

Illumination.

Le mot *terre* a jailli des sans-fonds dormeurs de mon cerveau. Le Bois et le lac de mon autrefois étaient balayés par le même vent de gala. Mais les gens ne s'y déplaçaient pas comme sur un puzzle de marbre ou de pierre recomposé avec soin : ils se mouvaient avec un parfait naturel *sur la terre*. Les jeunes y bondissaient. Les vieux s'y traînaient. Des millions de pas s'imprimaient *sur la terre*, si accueillante sous les housses rebrodées de l'herbe. La chair parfumée de la *terre* attirait magnétiquement les promeneurs. La *terre* cédait avec docilité. La *terre* voulait être pétrie, modelée, mutilée. Aussi insistait-on de tout son poids, comme si la *terre* invitait chacun à rechercher au fond d'elle une masse de capitaux pourris, mais glorieux. Il fallait donc piétiner, oui, défoncer, oui, creuser, ouvrir ses coffres à coups de talon. La *terre* et l'homme, alors soudés par le même besoin de dévoration, réalisaient l'accord parfait. Les enfants joueurs, les amoureux à la dérive, les vieillards saturés de chagrins, tous étaient mus par l'instinct immémorial de coller, chacun à sa façon, à la *terre*, et cela se révélait plein de saveur, gai, nostalgique et douloureux selon les cas. Sans que jamais personne n'y prenne garde, jour après jour avec une obstination plombée, la *terre* avait le génie de nous injecter ses humeurs parce qu'elle se préparait de toute éternité à les reprendre.

Enterrer : verbe fabuleux. Mot fleuri, sourd, profond, nourri de plantes, de larves et d'ordures, de racines et de germes. Echos fermés, pesées aveugles, chutes.

Mettre en terre : acte inapaisé menant à ce que l'on suppose être le repos intégral.

A l'inverse, l'échiquier minéral de la ville étrangère nie la souveraineté de la fermentation vivante. Les enfants y sont les fouleurs d'un grand plateau horizontal. Ils ignorent la jouissance des bas-fonds dont, autrefois, je respirais les odeurs. Fourmilières éventrées à coups de pied, vers sectionnés à coups de bêche, sable doré des plages qu'on fait couler entre les doigts, champignons roux arrachés dans les bois de pins, étangs putrides entre leurs berges glissantes, chemins argileux sculptés d'ornières, dunes mouvantes, talus vigoureux, trous, monticules, tout cela ne cessait de me répéter que la vie et la mort, si parfaitement ajustées, ont le droit sinon le devoir de se dévorer en toute réciprocité. Excellent potage ! Purée onctueuse ! Bouillie de luxe ! Surprenantes marmelades ! Confitures de premier choix !

Mon intimité avec la mort est née de ce côté-là sans doute. En interceptant ses rayons noirs, mon corps en est l'ombre portée. Pourquoi n'est-il jamais question de « lumières portées » ? Ce ne serait que justice. Les fléaux de la balance imaginaire à laquelle nous obéissons tous à notre insu y trouveraient leur définitif équilibre. Pour la simple raison que je suis vivante, un grand nombre de lumières portées traînent derrière moi, fidèlement attachées, ni morales, ni sensuelles, ni psychologiques et pourtant aussi vérifiables qu'un reflet dans une glace. De qui sont-elles chargées de rendre compte ? De mes morts. Tous. Proches ou lointains, jeunes ou vieux, faux, justes, bons, brillants, stupides, avares, généreux, indiscrets, pudiques, purs, ils ont fini par se rassembler au point qu'on peut à présent les confondre. Leur masse ressemble à quelque très beau pain qui ne cesse de sortir du four de ma mémoire. Je l'enveloppe à mesure d'un linge de protection.

Lumières portées : âmes radieuses. Par affectation, ou bien par désir modeste de ménager leurs susceptibilités, les survivants acceptent de croire qu'elles ont trouvé le repos. Ce n'est pas vrai. Le croustillant compact de mes morts luxueusement m'obsède, mais sans plus me faire mal. Je les porte et les emmène. Car poursuivre sans eux ma course serait une insultante aberration. Je leur dis en substance : je vous ai perdus. Ils répondent : c'est nous qui t'avons perdue. L'expression vulgaire « perdre quelqu'un » n'est rien d'autre qu'une frivole approximation de langage. En réalité, je les ai plantés là, mes morts, détestés ou chéris. Je les ai fuis non sans témérité. Je me suis cachée d'eux. Je les ai blessés, à mort précisément. Il m'arrive assez souvent d'en éprouver de la honte et du remords.

Allons, il va me falloir approfondir la question. Je me suis contentée de l'éluder jusqu'ici, avec une certaine complaisance.

Allons, me dis-je en quittant la place.

L'or des palais brunit à l'approche du soir. Je jure sur mon amour pour Jim de ne jamais plus sauter le moindre relais. Je serai forte et juste. J'ai le devoir de convoquer mes morts pour les aider à reconquérir un ici et un maintenant auxquels ils ont droit. Je m'immobilise un moment au pied du grand pont de bois pour observer le peuple muet des chats caché sous l'enchevêtrement noir des madriers. C'est à eux que s'adresse mon discours intérieur, ils clignent des yeux, ils m'ont comprise. Dès que mes morts m'auront rejointe, moi la femme perdue, ils retrouveront d'emblée un ton de gaieté à peine moqueur pour exprimer leur surprise. « C'est toi ? feront-ils en chœur. C'est bien toi ? Où donc étais-tu passée, ma chère, et pourquoi nous avoir abandonnés si longtemps ? Car tu nous manquais... Ah ! nous te faisions peur ? Ce n'est pas raisonnable de ta part. Mais le malentendu qui nous a séparés se dissipe. Tu souris en caressant un gros chat gris ronronnant, ce qui achève de nous rassurer. C'est nous que tu caresses en réalité. C'est nous que tu regardes. En profondeur, n'est-ce pas ? Ainsi qu'en simplicité. En droiture surtout. Notre seule exigence à ton égard : aime-nous sans l'arrière-pensée de nous trahir de nouveau. Nous sommes bien plus avertis que toi. Tu verras. Ce sera doux et bon de tomber dans les bras les uns des autres comme si nous occupions un sol unique, terre ou pierre, peu importe. Et pour que ce rendez-vous soit parfait, nous les morts n'aurons plus d'âge. Nous serons tous jeunes et bien portants. Alors, tous ensemble, nous pourrons signer un pacte de fidélité éternelle... »

Me voici pardonnée, innocentée, à tel point débarrassée de mon poids de culpabilité que je vole presque en diagonale à travers la dernière place qui est un peu comme un vestibule du bras de mer.

Un gesticulant petit joueur de foot a mal ajusté son tir, bang, son ballon m'a frappé l'épaule à la façon d'un rappel à l'ordre. « Scusi ! » crie l'enfant.

« Scusiiii... » renvoie l'écho doré des murs.

Où suis-je en réalité ? Ai-je été vraiment touchée par le ballon ? ou bien me suis-je contentée d'un choc imaginaire, un choc éclatant sur ma page comme une tache d'encre ? Je suis sur le point de rejoindre Jim dans la chambre aux trois fenêtres, cela est un fait. Mais il faudrait savoir si les faits suffisent, et ce n'est pas certain. Je vais jusqu'à me demander si Jim existe en tant que corps palpable. Peut-être que non, semble indiquer la ténébreuse humidité du sottoportego que je franchis en courant. Oui, enchaîne aussitôt l'air du large. Je respire à fond. J'ai vécu des milliers de fois ce phénomène de morcellement de mon individu. A la même seconde je peux me sentir debout ici même, et couchée là, bondissant ailleurs, perdue, abandonnée, malade, guérie, heureuse, souffrante, condamnée puis sauvée en simultané, seule et entourée, bavarde et bloquée dans mon silence, pleine de sanglots et de rires, idiote, perspicace, de nouveau idiote, hésitante, frustrée, comblée, et toujours, toujours poignardée par les interrogations...

Le dos penché de Jim et sa voix chuchotant la phrase que je guette parce que c'est sa façon personnelle évasive de me dire bonsoir : « Il n'y a plus d'amour ? », ensuite mon baiser sans poids sur sa nuque. Nous sommes aussi ponctuels et répétitifs que deux horloges aux battements mêlés. Cela signifie donc que Jim existait tout à l'heure, qu'il existe maintenant, qu'il existera plus tard, et ma passion de lui peut se couler dans sa main droite où saillent les veines de l'effort. J'ai pris la fixité d'une statue pour laisser jaillir en silence d'entre mes lèvres le récit complet de mon après-midi de vagabondage. Je me vide à mesure, sans hâte, de tous les trésors amassés. Ils sont nombreux. Ils sont menus. Ils sont souvent un peu ridicules dans leur intimisme marginal. Ils sont ce qu'ils sont, mes innombrables trésors, lesquels me rendent à la virginité d'une page non écrite encore. Une pré-page plutôt, dont la blancheur est une attente goulue, ravageante, c'est-à-dire mon moyen de transport favori.

« Viens voir ! »

L'exclamation est poussée par ma gorge d'âme. Jim n'en saura rien. Il est toujours tenu dans l'élan serré de sa petite écriture à nerfs.

« Oh viens voir, viens voir ! »

L'espace entier du dehors a pris feu d'un coup. Le canal,

cent fois plus large que d'habitude, est une lave incandescente, un flux interminable de mots vivants, pourpres, violets, bleus, verts, noirs et gris burinés d'or cru.

« Viens, viens, tu vas manquer un spectacle extraordinaire, poursuit ma gorge d'âme, dans trois minutes il sera trop tard... »

L'exercice de mes sens se conjugue uniquement à la deuxième personne du singulier : il peut se résumer par un *tu* colossal ininterrompu. Regarder signifie *tu*, ainsi qu'entendre, flairer, toucher, goûter. Je dédie à Jim l'ensemble de mes *tu*. Mon corps fonctionne à partir d'un tutoiement devenu organique à la longue. Aucune perception, aussi fugace ou dérobée soit-elle, n'échappe au *tu*. Par exemple : « *Tu* vois le soleil en flammes descendre là-bas ? *Tu* entends démarrer en masse les carillons d'églises, proches et lointains ? Connais-*tu*, dis, connais-*tu* cette comptine de mon enfance que je croyais avoir oubliée à jamais ? » Et le dos concentré de Jim, par voie indirecte irréfléchie, adhère à chacune de mes questions. L'air de rien, il est très attentif, ce dos-là, comme s'il était muni d'yeux ultra-clairvoyants. « *Tu* veux bien m'écouter ? » poursuit avec obstination ma gorge d'âme. « Oui, oui », répond le dos.

Alors je laisse à ma mémoire le soin de me lancer d'une seule volée : « Maudit sois-tu carillonneur — Que Dieu créa pour son malheur — Dès le point du jour à la corde il s'accroche — Et le soir encore carillonne plus fort — Quand sonnera-t-on la mort du sonneur ! » Son rythme, d'abord appuyé, insiste sur la frappe des syllabes avec une espèce d'agressivité à peine voilée, puis s'abandonne à la fatigue en répétant pour la dernière fois : « Quand... sonnera-t-on... la... mort du... son-neur... ! »

95

Le carillonneur a dû se pendre haut et court. Il n'avait plus le choix.

La meute aplatie des vagues galopant d'est en ouest s'est faite laiteuse entre-temps sous un ciel pourpre rayé de noir. Le silence, c'est de l'or en barre. Jim a rangé ses papiers. Quand il se peigne devant le miroir placé trop bas pour sa haute stature, il est obligé d'écarter les jambes à la façon d'une girafe en train de brouter.

« Je t'aime » laisse filtrer ma gorge d'âme.

« Je t'aime » répond la sienne.

Abrégé sans paroles, code magnétique. Nous voici prêts. L'air de la chambre est vaporisé d'eau de Cologne, l'ordre y est parfait. Jim ouvre la porte, fait signe « allons-y » et me lance au passage un seul regard avec ses vrais yeux, profondément logés sous le front, ils sont à la fois nacrés, soyeux, liquides, rongés sur les bords par le noir d'un feu récent, on croirait que des cendres chaudes couvrent encore les paupières et le haut des joues pour descendre au long du nez.

Combinaison chimique de l'extrême du bonheur et l'extrême de l'angoisse. Aurai-je le temps et les forces nécessaires pour boucler mon livre avant d'être biffée de l'ici-bas ? Je ne suis rien de plus qu'une sorte de lessiveuse de rêve dans laquelle ce qui me sert de pensée fonctionne en tourbillon clos. Si je veux mener jusqu'au bout mon travail, il va falloir me comporter plus que jamais en cambrioleur de moi-même. Me pénétrer par effraction. Rafler au hasard. Agir en éclair pour éviter d'être prise en flagrant délit, la main dans le sac. La morale de l'écrivain est en jeu. Visiter à toute allure les caches où somnolent sans cohérence et sans logique un monceau d'informations inexploitées.

Il m'arrive assez souvent de m'arrêter pile, ici ou là, au

fond de ces obscurs lieux de recel. J'ose alors vivement inter-roger mon cerveau sur l'opportunité de telle ou telle de ces rafles, depuis les plus anciennes jusqu'aux plus récentes. Jamais il ne me répond, cet imbécile que la nature a privé d'un outil de réflexion. Il se fiche tout à fait de mes insé-curités. Il est comme il est, c'est à prendre ou à laisser. Pour-tant à la longue — et à la condition d'être opiniâtre — un accord finit toujours par se conclure entre le voleur et le volé, le floueur et le floué, l'innocent et le coupable.

DESSOUS : SAMEDI NUIT

Le cinquième enfant de Marie-Pearl Moor est né au début de l'hiver suivant, j'avais alors vingt-trois ans. Son intuition ne l'avait pas trompée, il s'agissait bien d'un garçon que l'on a prénommé Jim. Harold a voulu que l'on célèbre le baptême avec une certaine pompe, il y avait beaucoup de monde que je ne connaissais pas, surtout des Américains. La fête a pris aussitôt un caractère profane inattendu. Après une cérémonie bâclée dans l'église du quartier, on a regagné par groupes la maison Delarive où des buffets avaient été dressés un peu partout. Francesca jouait le rôle d'hôtesse, éclatante de beauté dans une volumineuse robe de dentelle noire. Bon nombre de convives la prenaient pour la jeune maman du nouveau-né tant elle prenait de place. Dans l'après-midi, Harold a imposé silence pour annoncer qu'il accompagnerait Francesca au piano dans son interprétation d'un lied. Avec sa gorge évasée, ses bras nus et ses flancs lourds, on aurait dit une majestueuse cruche chantante qui tournait avec lenteur sur elle-même, la voix était chaude, coulante, alors qu'au contraire Harold semblait diffuser du bout de ses doigts une série de frissons aussi péremptoires que glacés. Je m'ennuyais. Les assistants s'ennuyaient aussi malgré l'abondance des mets et des vins.

Vers le soir enfin, Marie-Pearl m'a emmenée voir le petit Jim au second étage. Elle l'a sorti de son berceau avec d'infinies précautions, ses mains tremblaient, on aurait dit qu'elle maniait un objet surprenant et fragile, et elle me l'a fourré dans les bras avec une vivacité inattendue. Ma poitrine est devenue brûlante : j'avais la sensation qu'un fluide émanait du corps du bébé pour me traverser la peau et se répandre en moi. J'étais si étonnée que je l'ai dit en riant. Marie-Pearl a pris son air distrait, mais ses yeux se sont remplis de larmes. Nous nous étions assises l'une en face de l'autre et nos genoux se touchaient. L'enfant-Jim, sa mère et moi fusionnions. La situation était singulière, presque délirante et pourtant naturelle, comment expliquer cela ? Le Tout que nous formions ainsi était précisément inexplicable. On n'aurait pu dire ce qu'il atteignait en nous. Par ailleurs nous nous sentions on ne peut plus concrètes, et même banales, ce qui nous engageait à prolonger le tête-à-tête. La nuit tombait. Nous n'avons pas allumé. Dans la pénombre les yeux de Marie-Pearl s'émaillaient et se satinaient, ils m'évoquaient deux feuillets de papier de Chine réclamant l'incision d'un dessin à la plume.

Un rire strident venu du rez-de-chaussée a coupé net notre rêverie. Nous avons rejoint les autres, tous plus ou moins avachis sur leur siège et s'obstinant à bavarder trop haut, fumer, boire et se contorsionner malgré la fatigue et la déception : personne ne songeait à s'en aller, il n'y avait plus de raison de s'en aller. En les regardant s'agiter ainsi, j'ai compris soudain que l'animal humain vaut son pesant de chagrin et de ridicule. Il est pris dans les mailles d'un filet, il s'y débat avec une affectation résignée. Seuls les enfants Moor étaient épargnés. Ils s'étaient retirés dans un coin d'où ils pouvaient tout voir sans être vus. Ils observaient surtout Francesca, couchée à présent sur un canapé, les cheveux défaits et les mains théâtralement posées sur la tête. Il était évident qu'ils se méfiaient d'elle, ils s'amusaient à singer ses gestes amples et gras, ses mimiques provocantes. Je devinais leur pensée à distance : cette femme-coffre, cette femme-amphore, cette corne d'abondances mélodiques incarnait déjà pour eux l'emblème annonciateur du Mal.

Le Mal, oui, dont Youri (que j'avais surnommé dans un moment d'euphorie King Pa) s'est arrangé pour être, lui aussi et presque à la même époque, un envoyé spécial. Je revois une scène en particulier, un matin à l'aube, alors qu'il me ramenait chez mes parents après notre nuit à l'hôtel. Dans le vestibule encore sombre, nous nous tenions serrés frileusement l'un contre l'autre en écoutant s'approcher maman, vêtue d'une douillette de satin rose et casquée de bigoudis. En se précipitant sur nous, elle nous a séparés d'un coup d'épaule avec l'énergie d'un lutteur de foire, l'indignation la transfigurait, l'air s'est mis à scintiller tandis qu'elle abreuvait d'insultes le malheureux Youri. A force de brutalité, l'atmosphère prenait un caractère d'irréalité mystique, les mots hurlés par ma mère se transformaient en nuages pommelés d'assomption. La femme voulait s'offrir en sacrifice à quelque divinité connue d'elle seule : tête renversée et bras écartés, elle était sur le point de quitter le sol, crever les plafonds et le toit de la maison, s'élever, s'élever encore afin de nous prouver que l'envers de la Vierge Marie vaut bien son endroit... D'abord, Youri n'a pas songé à réagir. Appuyé au chambranle de la porte, il se bornait à dévisager sa nouvelle ennemie avec une curiosité réfléchie et fascinée, et sa contemplation aurait pu durer des siècles. Puis, tout à coup, il m'a saisie par la main et m'a entraînée audehors. Nous avons couru jusqu'à l'hôtel du centre de la ville, devenu entre-temps notre nid. Nous y occupions toujours la même chambre, la moins chère parce que la plus sordide. Jusqu'au soir nous avons baisé comme des fous en mêlant nos salives et nos jus, et c'était un travail d'exorcisme que nous complétions par les propos les plus grossiers possible. Ensuite nous nous sommes mis à sangloter comme deux enfants perdus. Ce n'est que tard dans la nuit que nous sommes sortis. Nous étions morts de fatigue et de faim. Youri s'arrêtait dans les rares cafés encore ouverts. Il buvait. Il m'a forcée à boire aussi. Je m'enivrais pour la première fois, ce qui m'intriguait, m'allégeait et me ravissait à la fois. J'ai pensé alors que l'alcool m'attaquait pour me donner une leçon : il cherchait à me rendre noble et me contraindre à marcher droit sur le plan d'une morale que j'avais ignorée jusqu'ici, en bref il me tirait des limbes d'un trop facile inconscient.

A un moment, nous sommes tombés assis sur le pavé d'une charmante place au milieu de laquelle pleurait une petite fontaine de bronze. Elle pleurait sûrement avec nous, elle pleurait pour nous. Je me sentais vraiment heureuse enfin, libérée, pure. J'avais pris ma revanche sur un passé bien court encore, mais n'importe. Maintenant s'ouvrait pour moi un avenir plein de surprises.

Bien sûr, j'aurais préféré que ce poétique univers, à peine entrevu dans les rassurants bas-fonds de l'ébriété, ne se soit

101

pas aussitôt branché sur une découverte contrariante : au mois de mai suivant, mon corps m'a fait savoir que j'étais enceinte. « Non, protestais-je avec indignation chaque fois que je faisais ma toilette ou m'enfermais aux w.-c., ce n'est pas possible ! » « Pas d'erreur ! » répliquait mon corps, ce tyran. Et nous poursuivions ainsi notre dialogue en sourdine, épouvanté de mon côté, cynique du sien. « Je te hais » lui disais-je parfois, saisie du désir de lui flanquer des coups.

Enfin consulté, le vieux médecin de famille a tranché la question : « Mais oui, ma petite fille, le bébé naîtra au début de l'année. » Cependant, maman à qui j'avais caché mon secret continuait à me torturer de questions. Je refusais de répondre. Un soir, dans notre salle de bains où se déroulait l'ordinaire séance de tribunal à huis clos, j'ai perdu mon sang-froid en lui jetant à la tête ce qui me tombait sous la main, savon, peigne, brosse, etc., et je ne cessais d'épier mon reflet dans le grand miroir, la colère me transformait en Gorgone, je commençais à m'aimer un peu, beaucoup, à la folie, parce que je ne me reconnaissais plus. Je triomphais.

L'aspect le plus singulier de mon histoire s'est produit cependant le lendemain, juste avant l'heure de fermeture du magasin où ma chère mère houspillait encore ses employés : l'écho de ses clameurs montait jusqu'au salon où je me trouvais seule avec papa. L'Homme gris s'était allongé sur le divan de velours brun. J'étais assise derrière lui et je voyais en plongée ses cheveux d'argent, son front plissé, ses paupières battantes sous les lunettes. C'est alors que, saisie d'une pulsion irrésistible, je lui ai confié en long et en large le secret de ma future maternité, et Youri l'alcoolique, et mon angoisse, en bref le cul-de-sac au fond duquel j'étais désormais traquée. Vu du dehors, le spectacle devait être stupéfiant de drôlerie car les rôles étaient inversés : moi, assise au chevet du divan, je jouais au psychanalyste intarissable alors que mon patient couché restait enfermé dans son silence. Il y aurait eu de quoi rire, mais non. L'émotion me faisait trembler, j'aurais voulu caresser la tête de cet homme qui ne m'avait pas donné la vie. Il ne m'était rien, je ne lui étais rien, nous étions deux fantômes qu'un hasard fortuit avait indûment rapprochés. Savait-il que j'avais été engendrée par le sperme d'un autre ?

J'ai fini par poser ma main sur son front fatigué, sans plus, tandis que l'étrange mot de « sperme » continuait à voyager sous le mien avec une gentillesse inoffensive : j'estimais qu'il n'avait plus aucune importance.

L'heure du dîner approchait, maman est remontée du magasin, nous attendions l'arrivée de Claude et Romain, ceux-là même qui m'avaient informée de la vérité de ma naissance. Je me retenais de bouger par crainte de couper le fil d'une pensée toute neuve : l'univers n'est rien d'autre, absolument rien d'autre qu'un océan de sperme toujours à marée haute. L'homme est contraint d'y plonger en permanence, tel est son originel devoir de survie. A condition de le remplir avec honnêteté, il devine alors que ce liquide essentiel, dominateur et mouvant, se subdivise au point de former un gigantesque réseau de petites mers intérieures, lacs, fleuves, rivières, ruisseaux. Toutes les capillarités entre les uns et les autres sont autorisées, des plus officielles aux plus clandestines. Les tentations, les caprices, les séductions, les retraits brusqués, les trahisons, en bref les changements de lit ont le droit de se produire sans contrôle légal. Des milliers de sous-réseaux s'inventent ainsi par hasard, lents ou vifs, droits ou coudés, fidèles ou fuyants. Vu sous cet angle de lyrisme peut-être un peu forcé (mais à peine), le paysage de l'humanité soumise à son travail ininterrompu de reproduction prend des couleurs et des reliefs dramatiquement orageux qui n'auraient pas déplu à Gustave Doré. Enfin, papa s'est détaché de son divan de psychotique dès l'entrée de mes frères qui lui ressemblaient beaucoup. Ils étaient à peine moins vieux, également gris de peau, gris de mots, gris de gestes et sans doute gris dans leur tête aussi. D'une manière imprévisible, papa m'a serrée contre lui, mais sans insister, comme pour me signifier qu'il avait enregistré mon aveu et prenait mon angoisse à son compte, qu'il me fallait rejeter toute inquiétude puisqu'il se comporterait dorénavant à mon égard en plus-que-père.

On nous a mariés en vitesse, Youri et moi, trois mois plus tard dans ce qui se nomme « la plus stricte intimité ». Ma famille souhaitait par-dessus tout éviter le scandale d'un « heureux événement » prématuré.

Je raffolais de la robe que maman m'avait cousue exprès : en taffetas à damiers roses et gris dont le corsage volanté dissimulait mon début d'embonpoint. Maman avait soigné le menu du repas. Elle se lançait à présent, presque avec enthousiasme, dans le jeu d'une fiction joyeuse en essayant même de charmer son gendre qu'elle détestait. Papa et ses fils, d'abord un peu guindés, se sont vite détendus. Cependant nous nous observions tous à la dérobée : chacun voulait savoir lequel d'entre nous interpréterait le mieux son rôle. Car il n'y a que ça : des rôles. Aussi ma famille composait-elle un bloc d'irréalité rationnelle. Et moi, la jeune épousée au quatrième mois de sa grossesse, je m'y carrais de tout mon cœur en acceptant par anticipation le gouffre sans fond de l'horreur conjugale. A la réflexion, ce n'est pas tellement désagréable d'être l'héroïne de ce genre de mélo, à condition de faire semblant d'y croire.

Au dessert, les choses ont tout à coup changé de dimension. Nous avions tous un peu trop bu sans doute. Maman a pris Youri dans ses bras en lui demandant ses projets pour assurer matériellement notre avenir. Le « notre » était ambigu. Sa tendresse frénétique, les trémolos de sa voix, la rousseur de son corps dodu donnaient à croire que c'était elle la star du jour. Pour se dégager de son étreinte, Youri a fait un saut de côté en heurtant du coude la potiche en porcelaine chinoise qui s'est fracassée sur le sol. Saisi de peur, il a filé en titubant jusqu'à ma chambre de jeune fille, au second étage, où j'ai couru le rejoindre. Il vomissait sur mon beau tapis. Je lui ai fait respirer de l'ammoniaque, lavé le visage et les mains, bouclé nos valises car nous partions pour Paris le soir même, l'Exposition universelle y battait son plein.

Dans le train, King Pa s'est endormi comme une brute, la tête sur mon épaule, on aurait dit qu'il cherchait à s'y forer un trou.

Nous sommes descendus dans un hôtel assez confortable du quartier Latin, ce qui nous permettait d'imaginer l'ouverture d'un rêve tranquille, rassurant. C'était une erreur, bien sûr. « Descendre dans un hôtel », quelle insolite expression, n'est-ce pas ! Pourquoi « descendre », et non « monter », ou même « prendre son vol » par exemple ? Dans mon cas, le terme « descendre » s'appliquait avec une cruelle exactitude. J'amorçais dès lors, l'air de rien, ma « descente » aux enfers.

Chaque nuit, une fois terminées les contorsions de l'amour, je pleurais en réclamant tout bas maman, ce qui était un comble. Je regrettais déjà ses parfums trop forts, ses crèmes, ses onguents, ses fards, ses belles jambes, et même ses cris.

Un soir, Youri m'a emmenée dans un établissement célèbre à l'époque. Les serveuses aux seins nus, installées sur les genoux de la clientèle mâle, se laissaient mordiller les pointes devant les épouses satisfaites. Plus la réalité d'alentour se faisait sèche, colorée, bruyante, moins j'y participais, elle ne me concernait en rien et même l'enfant qui continuait à grossir dans mon ventre m'apparaissait comme une vue de l'esprit. Youri était aussi un fantasme. Fumisterie ! pensais-je. Fumeuse mascarade ! Il serait urgent désormais de résister à l'assaut d'un grand nombre de faux malheurs qui n'étaient rien de plus qu'un duvet, un souffle de vent, un murmure, un flocon d'écume... Avant tout il me faudrait sauver la face. Vivre à plein mon cauchemar comme on lit dans la détente un roman de plage. Apprendre à dormir ma vie en attendant la sortie du tunnel.

Je pressentais que le parcours en serait très long, très dur. Pourtant je n'ai pas douté un seul instant que j'étais désirée là-bas, en avant de moi-même, de l'autre côté, du côté de la lumière.

DESSUS : DIMANCHE JOUR

Mon rêve de la nuit dernière : Jim et moi étions en villé-
giature dans un petit château baroque transformé en hôtel,
au cœur d'une forêt montagneuse. Pendant qu'il travaillait
dans la chambre, je partais à l'aventure et me perdais dans
un fouillis d'arbres et de buissons au sol accidenté. Je débou-
chais enfin sur une clairière où il était entendu que Jim me
rejoindrait un peu plus tard. J'attendais. Les heures passaient. Il ne venait pas. Sans doute m'avait-il abandonnée...
Qu'allais-je devenir sans lui ? Mourir, c'est sûr. Je poussais
alors un grand cri, ce qui m'a fait remonter d'un bond à l'air
libre.

Le matin est doux, le matin est beau, j'aimerais raconter
mon rêve à Jim, ce qui est impossible puisqu'il dort encore
et, de toute façon, je l'aurai oublié d'ici quelques minutes.

Sur toute la largeur du canal traînent des lingeries de
brume aux nuances nacrées. Le vent frais me tire en avant.
Je suis au début de moi-même. Tout se passe comme si je
n'avais jamais rien écrit, et mon appétit de vivre et d'aimer
se confond avec un besoin fou d'invention. L'eau, le ciel et
les maisons roses de l'autre rive s'ajustent à la perfection,
l'ensemble me fait penser à une machine à écrire qui me

serait réservée à titre personnel. Je le sens : le livre en cours me sera donné par grâce immanente, sans rajouts ni ratures, sans hésitations ni détours. Je respire, donc j'écris.

« Est-ce que tu sens l'odeur du pain grillé ? » demande Jim qui vient de s'asseoir sur son lit. « Oui », dis-je. L'odorat est certainement celui de tous mes sens qui prévaudra lorsque je toucherai la pointe ultime de mon temps. Depuis ma jeunesse, j'ai le don de me déplacer à travers une architecture légère, mobile et transparente de parfums en tout genre : leurs subtilités se combinent pour me soutenir. Leur devoir est de parachever sans effort l'harmonie du monde. Ils ont le privilège de me couvrir de sonorités et de couleurs. En mélangeant des gammes de musique et d'or, de pourpre et de bleu, ils savent que c'est le plus sûr moyen de m'atteindre. Ça baigne, monte et descend, saigne et pâlit, enrage, feint parfois de se résorber. Mais c'est une erreur. Les voilà revenus, aimantés par moi dans la finesse ou la violence, avant de m'emporter sur leurs crêtes chantantes.

Je répète à Jim que, oui, je sens l'odeur du café et du pain que l'on rôtit pour nous. Grâce à ce détail de rien du tout, je me sais liée à la planète où je figure un point nécessaire, infime et provisoire. Impossible de se passer de moi. Ma petite vie est exigée par la grande Vie. On frappe à la porte. Le point qui porte mon nom prend le plateau fumant, emblème de ma nullité fatale. Le bonheur est lourd, une véritable armure de combat. Mais je n'ai pas peur, je n'ai plus peur : sur le voile déroulé de l'espèce, j'aurai le courage d'être un nœud fou microscopique. Je tuerai mon néant. Moi-rien, moi-futilité, moi-faiblesse, moi-cécité, moi-doute, moi-désir, moi-révolte, moi-soumission, moi-silence, moi-solitude, moi-mort, moi-Jim assumeront jusqu'au bout leurs responsabilités.

Sur le ponton, un bébé m'observe du fond de son landau avec la fixité d'un affreux petit médium. Il veut m'empêcher d'écrire. Je ne peux plus détacher mon regard de ses yeux pâles. Il agit contre mon gré d'abord, puis avec mon assentiment. Je réduis de volume. Une coiffe de mousseline à ruchés semblable à la sienne met de l'ombre sur mon front, mes joues, et me voici emmaillotée de lainages roses. En me dandinant avec affectation, je rejoins mon moi-bébé tout excité par mon audace. Il quitte son landau. Nous nous prenons par la main. Nous remontons le quai sur toute sa longueur en titubant comme de vieux saoulards. Bien que nous ne soyons que deux nourrissons fragiles, nous voici doués d'une vigueur d'adulte et sommes subjugués par la multitude aux physionomies plombées. Les passants ont oublié leur manie de se pénétrer dans un lit, oublié aussi qu'une larve plus ou moins souhaitée leur est tombée du derrière avant de geindre, croître, manger, déféquer, se battre pour conserver sa place au soleil. Quelle promenade. Glissé très à l'aise dans l'étui potelé de nos petites chairs, s'active le bijou poli du squelette qui n'est rien de plus que la charmante miniaturisation du néant. Vie d'un côté, ronde et musclée, de l'autre son corollaire osseux d'obscur infini. J'éprouve de la gratitude à l'égard de mon compagnon : grâce à lui, mon enfance retrouvée me propulse au long de chemins rieurs, verdoyants, moelleux, que j'imaginais condamnés.

« Come ti chiamai ? » dis-je en le poussant du coude.

C'est le geste en trop, quelle erreur... Arrêté pile, il ouvre

109

la bouche, une bouche démesurée qui se prépare à une sorte d'accouchement à l'envers. La foule qui se montrait jusqu'ici paresseuse, indifférente, soudain s'excite et se transforme en un interminable boudin noir que mon petit ami, la gorge convulsée par l'effort, déglutit à mesure. C'est qu'il en jouit, le traître! Sans retenue! Ses yeux sont pleins de larmes, il me lance un dernier regard qui signifie « va-t'en, je n'ai plus rien à t'offrir... ». Il pense me signifier ainsi qu'il est repu : la masse humaine enfin soumise aux paradis obsessionnels de son ventre vient d'y trouver un repos sans retour...

La mère a fourré son rejeton dans le landau qu'elle emmène à toute allure. Car entre-temps s'est levé le vent. Un rideau d'encre a voilé le ciel, une lividité phosphorescente allume les pierres et l'eau du canal. En trois minutes le ponton s'est vidé.

Je reste seule, telle une divinité déchue accrochée à ses anciens privilèges. La voix pensée de Jim, par exemple, murmure à travers le souffle blanc de la tempête : « Tu es mon amour » et aussi : « Tu m'aides à vivre », et encore : « Je te réembryonne ». Je deviens ainsi la sœur du vent joyeux. Je le pousse à répandre au ras des vagues ses translucidités, ses baves, ses éclairs longs, ses déchirures. Sur le toit de chaque maison le linge en train de sécher forme une haie de drapeaux de reddition triomphante qui dansent et tirent sur leur hampe. Si je le veux, je saurai m'élever, moi aussi, perdre mon poids, éliminer ma détestable conscience, assister de très haut, de très loin et sans surprise aux représentations les plus scandaleuses. Ah mais! c'est qu'il m'approuve à la dixième puissance, mon frère en rafale... Il s'amuse à développer ses tourbillons, retourner les parasols, emporter les papiers, secouer les chevelures, retrousser les robes, gonfler le flanc des péniches amarrées d'une transe lubrique. C'est bon de participer à ce chambardement et ce n'est que justice après tout. Sans quitter mon impérial petit fauteuil en plastique jaune, me voici entraînée dans une série de cauchemars à peine tranchés ici et là par de brèves lueurs de sens. Je n'ai pas le temps de les fixer. Déjà je les vois s'éteindre sans avoir pu les comprendre. Or je le sais, je le sais, mon devoir consisterait à comprendre qu'on m'a plongée dans les eaux du bonheur.

Si vivre le bonheur est déjà difficile, l'exprimer est une torture. Les mots justes se bornent à traverser ma tête en se refusant, ils se volatilisent à mesure, ils ne m'aiment pas assez, ils préfèrent les folies de la bourrasque.

Je reste clouée à ma place, ivre de solitude et d'impuissance, les mains plaquées sur mes feuillets. Me voici de nouveau visitée par l'intuition qu'on pourrait mourir sans que personne ne s'en aperçoive et sans provoquer la moindre gêne. Jim lui-même ne le saurait pas. Tout se passerait comme si nous n'avions jamais existé l'un pour l'autre. Notre aventure aurait été une simple évaporation moléculaire. Les grandes passions mériteraient de se dissoudre ainsi, telle une poussière étoilée de souvenirs : gourmands, laborieux, tendres, moqueurs, somnolents, furieux, insolents, équitablement partagés entre la lumière et l'obscurité.

Attention, ma chère, il y a toujours une explication planquée quelque part en coulisses, ce n'est pas la peine de te mentir. En fait, tu sais par cœur le pourquoi et le comment de la Grande Partition dont tu espères sauver l'ouverture. Lève-toi, espèce d'hypocrite, au lieu de rester plantée parmi les tables et les sièges en désordre. Je t'ordonne d'obéir. Vois surgir hors du miroir du temps ton ancien jeune double, provocant et rond, naïf, offert, triste ou gai sans motif, corsage moulant, bras nus, tête orgueilleuse et cerveau creux. Laisse-le s'approcher tandis que tu le rejoins, lente et raide. Tu mimes la souplesse et l'agilité avec beaucoup de courage, admettons-le. Enfin ! ton front et le sien frappent ensemble le plan du miroir. Vous jouez chacun la surprise en feignant de ne pas vous connaître. C'est toi qui ouvres les hostilités en l'accusant d'être mal coiffé, mal habillé. Il hausse les épaules parce qu'il s'en fiche. Et d'ailleurs — répond-il — tu es ridicule aujourd'hui avec tes dessous de soie incrustés de dentelles. Mais la farce a ses limites. Ensemble vous vous mettez à rire et vous vous tournez le dos. Toi autant que lui, vous êtes dévorés de jalousie. Chacun souhaite chiper à l'autre ses avantages. Tu vendrais ton âme au diable pour retrouver sa gorge et sa taille. Il se damnerait pour t'arracher en échange tes bijoux, ton parfum, les vêtements coûteux que tu mets pour plaire. Avoue que votre rencontre, suscitée par ma seule imagination, t'effraie et te donne envie de fuir...

Je n'avoue pas. Je n'ai jamais rien avoué depuis ma naissance et ce n'est pas aujourd'hui que j'y consentirai. Telle est ma fierté. D'autre part, l'heure de la jonction entre mon ancien moi et celui de maintenant n'a pas sonné encore. Il est trop tôt. Il faut que je tienne le coup jusqu'à la mi-temps, à la minute où se produira la bonne secousse et la fusion des rendez-vous.

Mon regard est accroché par l'apparition d'un homme, là, au sommet des marches du pont d'à côté. Il est vieux mais robuste. Son torse nu est mangé de poils gris, il est vêtu d'un short gris largement échancré sur les cuisses, il tient ses chaussures à la main, il est ivre mort, il est perplexe, il entreprend la descente de l'escalier, je suis sur le point de croire qu'il me fait signe mais ce n'est qu'une illusion. D'une rampe à l'autre, ses embardées sont terrifiantes mais joyeuses. L'air à sa gauche, l'air à sa droite, devant et derrière sert de murailles à son corps bronzé qui s'y appuie et rebondit. Il est beau et seul. Les mains de la tempête le poussent et le tirent, il se laisse maltraiter. Je tremble pour lui. Il va sûrement trébucher et se fracasser le crâne tout en bas. Il est possible que son destin soit de mourir en ce lieu d'injuste intersection entre verticalité et horizontalité, détachant l'un de l'autre mon passé et mon présent...

Ah la voilà qui recommence à divaguer sur son passé et son présent, elle dépasse les limites de la convenance ! elle nous agace, elle nous irrite, elle nous indigne, elle nous durcit !

Sous les couvertures dramatisées du ciel, la pluie enfin éclate, trempant et tordant la chevelure du vieillard, toujours impassible et souriant, qui rate les dernières marches du pont, non, non, il ne tombera pas, il étend les bras, sa paire de chaussures lacée à son poing lui sert de balancier d'inspiration. Il est déjà très en avant de lui-même. Il n'aura besoin de personne.

A l'heure où la sieste se termine, la chambre est une cage d'or poussée à l'extrême bord du vide. Le vent s'est calmé, il a dû pleuvoir, le quai brille.

Et la révélation de ce qu'est vraiment le silence me vient à l'instant précis où Jim toujours couché reprend conscience, et c'est tout un travail. Ses paupières brunes se déplient à la façon d'un store de rêve, c'est à la fois soyeux, bien articulé, autoritaire et, tout compte fait, féerique. A mesure qu'elles dégagent les larges prunelles vacantes, les paupières se taisent. Elles pourraient grincer par exemple. Eh bien non, elles découvrent et caressent la renaissance des pensées en circuit clos. Elles tuent la mort à coups infimes, réguliers, intimes, ce qui me permet d'assurer qu'elles ont le don de répéter en toute innocence le geste de la mise au monde. On ne se lasse pas de naître.

On a besoin de naître seconde après seconde.

On est fait pour naître, naître encore, naître de nouveau.

DESSOUS : DIMANCHE NUIT

Je suis très intéressée par les tactiques dont use le temps pour me mystifier. Si je tire mon passé hors de ses fonds, il fait exprès de traîner. Il est long, lent, lourd. Insistant et blessant, il creuse de nouveaux sillons, car il connaît aussi bien que moi les vertus de la répétition. Je devrais le détester. Mais ce n'est pas le cas. Il m'aide à mieux comprendre son envers, c'est-à-dire mon présent qui vole avec la rapidité d'un oiseau. Celui-ci a beau savoir qu'il est en plein bonheur, il ne cesse de le craindre et c'est tout juste s'il ne s'en défend pas. Il vire de bord, il a besoin des vieilles obscurités malsaines, des anciens poisons dont il tire de nouvelles forces qui lui permettront de poursuivre sa course. Pourtant il est souvent pris d'hésitation. Et s'il se trompait ? Et s'il était trompé ? Durant quelques moments d'une sensualité bénie qui n'ont plus rien à voir avec les faits, il s'abandonne à sa dérive heureuse, il se contente de jouir, « j'aime la vie et la vie m'aime » se dit-il, une telle évidence traverse en flèche son petit cerveau. S'il a l'intention cependant de prolonger le plaisir en lui donnant son corps de plaisir, il se voit contraint une fois de plus de retourner en arrière, du côté des gouffres familiers... Après tout, pourquoi pas ?

Mon fils est né six mois après le mariage, et c'était le premier janvier. La veille, en pleine nuit, une ambulance m'avait emmenée jusqu'à la clinique à travers les rues couvertes de neige. Mes douleurs étaient la trivialité même. A l'étage au-dessus on réveillonnait, quelqu'un a vomi son champagne au milieu des rires et des bravos, enfin à neuf heures du matin pile, on m'a fourré dans les bras un steak bleu, criard et chiffonné qui ne me disait rien de neuf. Le lien qui aurait dû me rattacher à l'extatique et furieux magma des Mères ne s'est pas noué.

Ma famille est arrivée dans l'après-midi. L'Homme gris m'apportait un hortensia bleu, maman empestait le musc dans son manteau de loutre, et mes frères restaient sur le seuil, comme effrayés. Mon lit clouait le temps. J'étais le moyeu d'une roue tournant avec une paresse irréelle. Tant mieux, pensais-je, cela m'épargnera l'effort de vivre. Je refusais d'être un banal mammifère aux pis gonflés. Je serais une espèce de dieu libre, fort et seul. Mon faux père semblait me comprendre : il me scrutait avec perplexité, le cou tendu comme s'il cherchait à résoudre un problème. Son buste en accordéon, ses jambes écartées entre lesquelles pendaient ses mains m'attendrissaient et m'agaçaient. J'ai failli lui dire que son pot de fleurs était un sacré bluff.

Youri n'a débarqué qu'après le départ des autres, ivre comme d'habitude. Il a posé la tête sur mon oreiller et s'est endormi. Je l'ai secoué. Nous nous dévisagions de très près. Ses yeux d'or se sont remplis de larmes, il a demandé si j'avais l'argent pour payer la clinique. Son menton tremblait si fort que je l'ai calmé d'un baiser. Je flottais loin, ailleurs, saisie par le désir honnête et sourd de mourir sur place, et

116

pourtant je n'étais pas malheureuse. On m'avait vidée de mon enfant, le creux libéré s'emplissait maintenant d'un fruit nouveau. Fruit d'humiliation rêveuse qui plus jamais ne cesserait de grossir.

J'ai repris mon travail à la librairie et confié le bébé à ma mère, laquelle s'en est emparée avec passion. Le soir, j'assistais à son bain, un vrai spectacle. Maman le réinventait à force de jeux de lèvres et de doigts. Sa façon de le savonner et de le poudrer, les torsions qu'elle imposait aux langes évoquaient l'activité d'un modeleur de glaise. Puis elle se mettait à lécher mon petit garçon en grondant. Elle voulait se substituer à moi, jouer un rôle que je n'avais pas envie d'interpréter. Vierge de nouveau, je courais rejoindre Youri dans notre appartement tout proche. Le contraste était saisissant : je trouvais mon jeune mari vautré au salon, un tas de bouteilles vides à ses pieds. Pour exciter sa fureur, je fondais en larmes. Il m'injuriait alors, menaçait de m'étrangler et de mettre — comme il disait sur un ton de gravité inspirée — « les tripes de mes parents à l'air ». Il prétendait être le plus grand homme de théâtre du siècle, Shakespeare ne lui arrivait pas à la cheville, et « tout est là » criait-il en se giflant si fort que j'étais sur le point de le croire. Ensuite il gémissait : « Vite, le seau !... » Le cœur brisé de pitié et d'un petit reste d'amour, je l'aidais à vomir.

Soyons honnête : on est capable de se creuser un nid douillet, sourd et confiné à même l'enfer. Ma passion pour le lit s'éveillait, non pas un lit pour l'amour mais pour le mûrissement des intuitions. Nous nous couchions tôt. Repu d'alcool et de paresse, Youri me communiquait sa chaleur. Cela suffisait pour emplir la nuit d'une clarté spéciale, aussi douce qu'une voix, une main, un parfum, une couleur, qui me dépêchait ses signaux. Je m'enfonçais sous les draps. Cet homme avait besoin de moi et, d'une certaine façon, j'avais besoin de lui. Nous voulions être perdus, livrés aux forces négatives.

Un matin d'automne, alors que la drôle de guerre éclatait quelque part au loin, abstraite encore, je me suis levée comme on sort d'un bain parfumé. J'ai flanqué un coup de pied au tas de linge sale traînant dans un coin, bu du café noir, sorti la poubelle remplie à ras bord, pris le chemin de la librairie sous une pluie drue mais bonne. Chaque pas était la confirmation d'une découverte : la planète est une duperie volontairement ignorée par l'espèce. Les méfaits de l'illusion étaient magistralement entretenus et reconduits : on feint de naître, aimer, se battre et mourir, la brièveté du destin autorisant ce vice fondamental de l'imaginaire. Avec virtuosité on nage dans la souillure ou la pureté. Les regards se font errants par peur de donner corps à la vérité du mensonge. Le génie de la dérobade est si bien consolidé depuis les origines qu'on en fait un jeu triomphal. Mais il arrive parfois qu'un individu, greffé sur le tissu de l'Histoire, ose émettre une réserve, un doute, sur la réalité de ce que l'on a coutume d'appeler « l'ici-bas ». On repousse alors ce trublion, ce truand. On enterre son discours. On lui serine : voyons, très cher frère, nous sommes tous des fantômes, des ludions ! Faim, soif, sexe, chaleur, froid, richesse, pauvreté, intelligence et bêtise sont autant d'alibis ! Et si la vie est un leurre fait à nos mesures, la mort l'est davantage. Alors, boucle-la. Vole, caresse, flotte, file, frôle, fuse, effleure, frise, contourne et fonds ! Laisse-toi porter par les frissons d'une imagerie que notre descendance à son tour honorera...

Ce jour-là, en entrant dans la librairie dont l'odeur de

papier imprimé m'exaltait, j'ai décidé d'être ce trublion, ce truand. J'écrirais, moi aussi. Je débordais d'amour pour les piles de livres qu'on me chargeait d'épousseter : je les aimais tous, qu'ils soient nuls ou superbes, chacun me proposait son énigme. Je serais leur challenger. J'étais leur sœur. J'émettais sans doute des vibrations radieuses car le soir même j'ai pu riposter aux coups bas de Youri. Nous avons gentiment baisé. Nous dormions à moitié lorsqu'on a sonné. C'était maman. Il lui arrivait ainsi de débarquer à l'improviste, tard de préférence, pour mieux gâcher notre intimité. Elle cherchait la crise, elle l'obtenait. Très vite l'excitation est montée. Je jubilais, le jeu touchait au sublime. Maman s'était ruée dans la chambre en traitant Youri de tous les noms, et « vous n'êtes qu'un jouisseur ! » a-t-elle hurlé. Nu comme un ver, Youri s'est levé d'un bond. « Jouisseur ! Jouisseur ! » répétait-elle comme on dit « assassin ! » Le gloria de son oratorio furieux cherchait à nous casser les nerfs, et cela n'a pas manqué. Youri s'est emparé de notre précieux sabre japonais posé sur la commode. Il a dégainé en se précipitant sur la femme. La femme s'est mise à fuir à reculons, ratatinée par une sorte de terreur audacieuse. Ils ont dégringolé l'escalier. Les voisins intéressés entrebâillaient leur porte. Ensuite, ma mère a fait face à son gendre pour lui tordre le bras, et le sabre est tombé, ainsi que le silence. Depuis mon palier je les observais. Ils se sont assis côte à côte, à bout de souffle, sur la dernière marche, formant ainsi un couple grandiose saisi dans une pause unissante.

Mais cela ne me concernait plus. Cet homme n'était pas mon mari. Cette femme n'était pas ma mère. Je n'avais pas eu d'enfant. Cette maison n'était pas ma maison. Une haleine angélique descendue des combles caressait mon visage. Ma vieille intuition se voyait confirmée. Jusqu'alors, j'avais été une déportée, une apatride. Mon véritable *ici* n'avait pas encore trouvé son domicile : il se situait dans le brouillard d'un ailleurs limpide où j'étais attendue depuis ma naissance, où l'on m'attendrait aussi longtemps que nécessaire : j'avais le droit, sinon le devoir, de traîner en route et de multiplier les détours, je m'enrichirais à mesure, il n'y avait rien à craindre.

Mon sort lumineux était joué d'avance.

Comment traduire avec exactitude la gravité joyeuse de cet instant-là ? J'aurais souhaité de toutes mes forces m'enraciner sur ce palier jusqu'à ce que sonne l'heure d'être emportée haut et loin. Le miroir fixé au mur me reflétait dans la pénombre. J'ai cru savoir que j'étais jeune et belle, c'est-à-dire capable d'écrire et d'aimer. Mes joues m'ont paru lisses et mon front bien dur sous les cheveux bruns, ma bouche pleine, mon cou rond. Nous nous sommes souri, elle et moi, notre accord tout neuf avait beau n'être que provisoire, il était signé dans le sang, un sang spécial, plus sec et plus fluide que le sang ordinaire.

Ma fatigue est tombée d'un coup.

Youri a doucement aidé maman à se remettre debout et l'a invitée à prendre un verre chez nous. Elle a accepté, doucement elle aussi. Ils sont venus me rejoindre. L'aube commençait à pâlir les vitres de notre petit salon. Et cela nous a surpris tous les trois.

DESSUS : LUNDI JOUR

Nous ne supportons pas que les repas souffrent la moindre variante dans le choix des aliments, c'est une question de rythme. Une stricte observance dans la répétition du plaisir l'augmente et le raffine : il nous permet de relier nos cinq sens qui n'en sont plus qu'un, toujours sur le qui-vive. Jamais la salade ne s'est montrée aussi mordante, les pâtes aussi onctueuses, l'eau minérale aussi pétillante, le café aussi capiteux. Notre rituel est sonorisé par le choc des assiettes et des couverts, les plaintes grivoises des mouettes au-dessus du bras de mer, le souffle battant des navires, la succion des vagues en guirlandes au long du quai. Cet ensemble nous propose un silence diapré. Jim et moi nous nous retirons chacun au fond de notre propre tête, bolide amarré.

En ramenant la monnaie de l'addition, le serveur lève les yeux avec solennité pour annoncer qu'il va pleuvoir, oui, pleuvoir, on croirait quelque oracle en extase ordonnant au ciel intensément bleu de se couvrir et de s'ouvrir. Jim demande à quoi je pense. Sans doute a-t-il vu traîner sous mon front les obscurités de mon « dessous » dont j'ai peine à sortir. Mais cela ne le trouble pas, l'inquiétude n'est pas son fort. Il se borne à saisir mon bras avec fermeté en disant

121

à bouche presque fermée : « Est-ce que tu m'aimeras toujours ? » Mes obscurités s'écrasent. Je ris. J'ai de nouveau chaud partout. Mon bien-être est tel pendant que nous remontons le quai que je prends la liberté de raconter mon rêve de la nuit dernière.

« Ecoute-moi ça ! dis-je. Je me promenais seule dans un parc inconnu où l'on distinguait deux ou trois pavillons de pierre. De l'un d'eux sortait un troupeau de dauphins nageant à l'air libre et se livrant à toutes sortes de cabrioles et de clowneries. Le gardien me tendait un sachet de graines de ricin qu'il me conseillait de mâcher d'abord : mon haleine ainsi parfumée attirera les animaux, expliquait-il, et je les nourrirai plus facilement. Il avait raison. Les dauphins m'entouraient en bondissant pour me caresser de leurs corps souples, vigoureux, lustrés, dodus, et cela m'effrayait au point de courir me réfugier dans la cuisine où le gardien et sa famille commençaient à manger. Je m'accroupissais dans un coin pour y faire pipi. La déclivité du sol grossièrement pavé entraînait le liquide jusqu'aux pieds des dîneurs, furieux et méprisants. Avec le contenu d'un seau d'eau, la fille aînée m'arrosait les jambes et je fuyais en riant.

« Tu ne trouves pas ce rêve enchanteur ? » dis-je en secouant la main de Jim.

« Tout à fait » fait-il sur un ton pénétré, son regard hypnotisé par une ligne d'horizon intérieur dont je ne saurai rien. Il s'est arrêté pile pour tirer de sa poche le petit carnet rouge qui jamais ne le quitte. Il en couvre un feuillet de son écriture aussi fine et serrée qu'une risée de vent sur le bleu d'un lac. Je proteste en douce : il ne m'a pas écoutée.

« Ecouté quoi ? »

« Le rêve aux dauphins... »

122

Avec la même vivacité il a rangé le carnet et, tandis que nous reprenons notre marche il se penche vers moi, enjoué, sérieux, compact, à peine distrait, ah je n'ai pas écouté ton histoire de dauphins ? et voici qu'il me la répète sans la moindre hésitation comme s'il débitait un poème su par cœur depuis toujours sans en omettre le moindre détail. J'ai beau avoir vérifié des centaines de fois son aptitude au dédoublement actif, cela continue à m'étonner. Il a le don inné de suivre en simultané deux récitatifs, l'un au-dedans l'autre au-dehors, qui n'ont rien de commun. Il n'accorde sa préférence ni à celui-ci ni à celui-là, il se contente de tenir avec habileté les rênes de l'attelage couplé de sa pensée. Il se veut honnête, équitable, ouvert et fermé s'il le faut, performant. Point final.

Comme d'habitude il m'a devancée à grands pas en me faisant signe à distance de hâter l'allure. Je lui crie que nous avons tout le temps, nous ne sommes attendus nulle part, mais rien n'y fait. Léger, glorieux, il s'éloigne davantage encore, son dos solide incliné fend le bleu de ce début d'après-midi. Même quand il est debout, il garde l'aplomb bloqué de l'écrivain au travail. Pourtant il tourne de temps en temps la tête pour m'offrir son profil fier et souriant. Le grand œil brille de biais, la bouche serrée est provocante, le front têtu, le nez gourmand, la mâchoire pleine de mots.

Avant de franchir le seuil de la maison il jette un regard, un seul, vers notre chambre de là-haut comme s'il cherchait à se surprendre lui-même en train de le guetter depuis la fenêtre. Il n'y a pas de doute : une part de sa personne a refusé de nous accompagner pour garder sa place assise devant la table de l'est. Maintenant tout est prêt pour qu'il puisse réintégrer sa forme, reprendre ses papiers et ses livres, ses images. Il a la certitude de les aimer et d'être aimé d'eux, ses collaborateurs fidèles et ses complices. Ensemble, une fois de plus, ils auront le droit secret de boucler leur espace à double tour.

À peine a-t-il dévissé le capuchon de son stylo d'or, il prend l'envergure d'un animal fabuleux mâle et femelle à la fois, père et mère de lui-même, et qui peut tout, veut tout, a raison de tout saisir dans la seconde qui vient. Depuis le lit où je me suis allongée, je l'observe entre mes cils. Un silence d'ambre chaud a repoussé les murs, silence à peine troublé par les craquements discrets de la chaise, la fumée de la cigarette montant en volutes, les vitres rayées à l'envers par le vol fuyant des mouettes, ainsi que le souffle de l'homme qui écrit, tousse, lève la tête, replonge, croise de côté ses longues jambes, se laisse écraser sous le poids de son propre effort, et je pense : chez nous. Nous sommes chez nous. Pour être plus exacte : nous sommes chez moi-lui, notons la nuance. J'aimerais être engagée à plein temps par Jim en qualité d'observateur très spécialisé. Bon salaire, assurances sociales, retraite, tout. Ma tâche serait d'enregistrer ses battements de paupières, ses crispations de sourcils ou de lèvres, ses soupirs, ses vifs raclements de gorge, ses reniflements enfantins. Je serais chargée en outre de surveiller la pousse de ses cheveux, de ses poils de barbe, et suivre le tracé des rides sur le front ainsi que le relief des veines au dos des mains. J'aurais le droit de me reposer dans la coquille des oreilles et des narines, au bord de la bouche. Je serais le radiographe attitré de ses organes en veilleuse, une sorte d'explorateur aux aguets. Je découvrirais chaque pore, grain, pli, trou, pente ou crête de peau. J'écouterais battre partout le fleuve du sang, riche et sourd. Je conduirais mon expédition d'amour scientifique avec tant de légèreté perspicace que Jim lui-même, ce continent sauvage, n'en saurait rien.

Me voici noyée au fond d'un lac de semi-conscience où j'y vois brusquement très clair.

Il y a Jim d'un côté, il y a moi de l'autre. Mon rêve aux dauphins, tout compte fait, n'avait rien d'enchanteur. Et j'en suis à me demander s'il faut ou non le supprimer. J'ai toujours témoigné trop d'indulgence à l'égard de mes paysages de dormeuse sous prétexte qu'ils me refilent des tableaux d'écriture n'exigeant aucune correction, un peu à la manière d'une anthologie aux feuillets à peine décousus. Je crois pouvoir les reclasser dans leur enchaînement logique, chacun d'eux ayant capté une parcelle de mes nombreuses vies. Je me demande pour quelle raison je me suis fiée ainsi à la candeur de mes rêves, à leur grandiose ineptie. Allons, ma chère, ne sois pas rusée mais juste : parce qu'ils t'aiment en retour et que tu te sens à l'aise dans leur vivier naturel...

Jim écrit. Jim écrit. Jim écrit.

Dans mon clair-obscur somnolent, jet d'une révélation : être, tout modestement *être*, implique un état de surmenage épuisant. On n'a pas jugé nécessaire de doter l'individu d'un commutateur cérébral. Appuyer dessus pour établir le contact, appuyer dessus pour l'interrompre afin de sombrer dans la noire innocence du rien, quelle merveille cela aurait été ! Plus de circulation d'images, plus de morcellements d'idées qu'on s'évertue à souder, plus de tentations et de tentatives, bref plus de psychologies interminablement alimentées par nos petits cancers privés. Tic : allumage éclatant de la raison. Tac : repos, miraculeux entracte pendant lequel on oublierait jusqu'à la forme de son corps, ce boudin malheureux. On se saurait libre de, tic, céder à n'importe quel délire prétendu profitable avant de passer, tac, au vertige des limbes. J'ose me poser la question en toute franchise : mon tac serait-il un néant honnête ? ou bien serait-il troué ici et là d'issues malsaines ? Serais-je une splendide morte vivante ? ou bien continuerais-je à ne disposer que de répugnantes énergies ? Le problème est là. Mais il n'y a pas de solution satisfaisante. Scellé sous l'os crânien, mon ordinateur a tout rejeté en bloc. Aucune halte n'est prévue. On nous dit : avance, avance, sois bête, écris, tais-toi, accepte, accepte, accepte.

Sans se retourner, Jim s'est informé dans un souffle si je me sens bien.

Ma bouche met un baiser sur l'air qui le lui transmet. Oui, je vais bien, très très bien, et ce n'est pas un mensonge ou un à-peu-près. Tout se passe comme si deux anges soigneurs se chargeaient de me soulever à mi-hauteur au-dessus du lit pour y retendre les draps. C'est curieux tout de même, le bonheur. Il me coupe net en trois fragments distincts amenés, pour un instant, à se combiner.

« Jim » fait en silence mon moi d'aujourd'hui.

« Jim » ajoute un ton au-dessous mon moi d'il y a trente ans.

« Jim » reprend en différé mon moi d'il y a cinquante ans, quand sa mère Marie-Pearl l'a mis au monde.

Depuis que j'ai commencé ce livre, c'est la première fois qu'une force insolite procède à l'extraction de mes formes les mieux enfouies, celles dont je n'ai jamais voulu parler. Je serre les mains. Serais-je en train de prier ? Bien sûr que oui. Je supplie mes anciens « moi » de ne pas aller trop vite en besogne, de m'accorder des délais. Pourquoi se dépêcher ? Il faut que l'action se fasse en douceur. Une irruption brutale de mes fantômes serait dangereuse. J'ai besoin d'être ménagée, comprise, aidée : j'y ai droit. Si je progresse dans la lenteur, le doute, l'hésitation, c'est parce que je tiens compte de mes bornes.

« Vont-ils m'approuver ? » dis-je enfin tout haut.

« Qui ? » demande Jim en interrompant net son travail, et il me dévisage avec ardeur.

« Personne, personne... » Je ris en mineur, façon comme une autre de chasser les obsessions familières.

Lui et moi sommes à nouveau, paisiblement, deux. C'est magnifique de n'être que deux, chiffre clé, pas de doute. Et nous resterons deux un certain temps encore. Question de mutisme en écho, de musique intériorisée, de lumière avalée réciproque. Je me replie sur le lit. Mais je reste attentive à l'approche d'une rumeur de plus en plus appuyée, vaste, roulant d'abord entre mes tempes avant de se répandre partout : un orage inouï s'est déchaîné sur la ville.

L'homme du restaurant ne s'était pas trompé : sans aucun doute il a partie liée, mystiquement, avec les fureurs d'un ciel sabré d'éclairs et crachant une eau couleur de sang bleu. Je n'ai jamais observé ailleurs un démembrement d'espace d'une telle sauvagerie. Jim a rabattu les volets, allumé nos lampes et nous voici confinés dans un coffre aux plans nets, dorés, blancs, dont la simplicité devrait émouvoir. Quel trésor, une chambre... Nous entendons rugir le tonnerre, trembler les vitres, s'abattre la pluie en torrents démultipliés, et la chambre, indemne, semble s'y déplacer, poussée par une énergie géométrique opposée aux délires. Voilà pourquoi Jim se remet au travail, maintenant doublé par son ombre qui balaie le mur et le plafond. Il ne s'est pas rendu compte que mes passés les plus mortifiés sont venus se réfugier ici. J'ai honte. Jim, ramassé sur son grand cahier, est le roi de l'instant. Sa naissance il y a cinquante ans juste n'est qu'un rush évanescent. L'autre date, la vraie date qui nous a permis de nous reconnaître il y a trente ans : idem. Le seul Jim dont il faille être le témoin vivant : celui d'aujourd'hui.

« Allons-y » fait-il. Et nous voici plongeant à travers le déluge et le vent, mon parapluie se retourne, nous vacillons, nous essayons de trouer l'air devenu fou, nous atteignons au pas de course l'église, déserte ce soir. Dominant avec impassibilité le grand vaisseau, le représentant de Dieu parle aux rangées des bancs vides. L'heure, c'est l'heure. Le devoir est le devoir. Au milieu des buissons ardents des cierges et des fleurs, sa voix s'enfle et résonne. Il se fiche de l'absence des fidèles. Dieu s'en fiche aussi. Ces deux-là se savent carrément chez eux, le reste n'a pas d'importance. Le tabernacle d'or scintille dans la pénombre, révélant et dissimulant tour à tour son cœur en rayons. Ce cœur a la discrétion d'un œil, d'un point, d'un poing. Les voûtes peintes, les piliers gainés de soie pourpre, le dallage miroitant, les statues et les tableaux, l'orgue prennent à mesure, dans la mélodie de la solitude et du silence, la savante convexité d'un nid.

DESSOUS : LUNDI NUIT

Le train des années quarante se composait de deux étages. J'occupais le rez-de-chaussée avec mes proches. On y combattait avec modestie la faim, le froid, la saleté, la peur du jour, l'horreur du lendemain. Le régime était supportable à condition d'ignorer ce qui se passait au premier, là où se déchaînaient la guerre, ses trahisons et ses meurtres. Très vite je m'étais arrangée pour me creuser une espèce de trou de commodité somnolente. Je me voulais aveugle et sourde. J'étais presque bien au fond de mes petites ignominies personnelles : elles prenaient à la longue un charme duveteux fort acceptable. Quand je me remémore cette époque, je suis surtout frappée par la discontinuité de ces épisodes formant une série de blocs isolés, murs écroulés, ruines entassées n'importe comment sur le plateau du temps. Parmi ces innombrables débris, j'ai le droit de choisir ou rejeter. Et si je choisis, c'est par sens du devoir. L'histoire me contraint à ramasser certains d'entre eux pour en construire un ensemble honnête.

Dès le dix mai, Claude et Romain ont été faits prisonniers. Youri, fou de terreur, voulait fuir l'invasion de l'ennemi. A bicyclette nous sommes partis au hasard sur les routes de l'exode. Détail cocasse : nous avons failli nous perdre aux environs d'une ville du Nord grouillant de milliers d'autres fuyards. Où se trouvait donc mon mari ? Loin en avant dans la multitude ? Ou loin derrière ? Le désir d'être délivrée de lui me faisait sangloter d'espoir, mais non, nous nous sommes retrouvés une heure plus tard, le destin est un personnage exigeant qui nous voulait soudés dans le malheur. Secousse fort salutaire en somme. Car au retour d'un misérable et lumineux intermède dans une ville du Sud, j'ai su par anticipation le parti que je pourrais tirer un jour de ma mémoire, terroriste abjecte et super-auteur de polars. Je me suis mise aussitôt à la scruter en aveugle aux yeux pénétrants. La cécité de la jeunesse est une splendeur, un éblouissement, une infirmité de génie que l'on ne saurait trop admirer et respecter — et je l'ai fait, moi, avec délice et rage. Délice, oui, j'insiste : pour fixer par écrit les vieux enfers, il faudrait être capable d'inventer une langue spéciale, heureuse et douce. On peut toujours essayer.

La guerre a cessé d'être un substantif pour se transformer en nom propre dans le fameux convoi à deux étages qui nous emmenait. Au-dessus, Guerre organisait et fignolait peu à peu ses massacres, collaborait ici, résistait là, trahissait partout dans la durée. En bas, Guerre nous foutait la paix ; elle nous autorisait à respirer à feu doux. Chaque soir en rentrant de mon travail à la librairie, je passais une heure près de mon fils dont mes parents s'occupaient toujours. Depuis la captivité de Claude et Romain, maman s'était bizarrement métamorphosée, son corps avait enflé, sa peau prenait le glacis d'un bonbon, et je me suis sentie enfin très proche d'elle. Attention ! il ne s'agissait nullement d'amour filial mais d'une certaine forme de curiosité, la curiosité sèche et ravageante d'un avare à qui l'on propose un nouveau trésor. Un certain soir, par exemple, alors qu'elle se pomponnait dans la salle de bains, sa façon de pointer les lèvres en se maquillant m'a bouleversée au point que j'ai failli, pour la première fois, l'interroger sur le sperme franc qui m'avait produite et dont elle ne m'avait jamais rien dit. Je n'ai pas pu saisir au vol cette occasion d'enquête et je l'ai regretté des centaines de fois depuis lors. Les vérités les moins qualifiables ont toujours été pour moi la tentation suprême, une irrésistible attraction.

Le dimanche, mon fils passait l'après-midi entre Youri et moi. Comme il venait seul de chez mes parents, je guettais son approche depuis le balcon. Il trottinait sans hâte à l'ombre des sorbiers de l'avenue, ramassait un caillou, une feuille, une brindille, n'importe quoi qu'il s'amusait à tripoter. Je lui criais de se dépêcher. Il ne m'entendait même pas, il semblait n'appartenir à personne. Il était si beau que je passais mon temps à le ciseler du regard comme s'il avait fallu plutôt travailler un objet d'art que soigner un petit enfant. C'est peut-être ça le véritable amour maternel.

Un certain jour d'été tandis que Guerre faisait rage, le bonheur nous a saisis tous les trois en coup d'aile. Il faisait un temps radieux, la brise troussait les jardins parfumés du voisinage et nous branchait sur l'insaisissable féerie du monde lorsque la sirène d'alerte a retenti. Nous nous sommes précipités au balcon. Haut dans le ciel passaient les mouches brillantes d'une escadrille de bombardiers. L'un d'eux, touché, a explosé dans un pet nuageux et ses débris sont allés s'éparpiller dans un gracieux désordre au-dessus de la forêt. « At-ten-tion ma-man, a dit alors notre fils avec son application de presque bébé, un a-vion-va-tom-ber-sur-ta-tê-te-

131

sinon !» Et le mot *sinon* chantonné en bout de phrase ressemblait à quelque signal visionnaire. Nous avons gagné la cave en vitesse. Le soupirail nous donnait juste ce qu'il fallait de lumière pour nous permettre de croire encore à la vie. Des loques étendues sur le tas de charbon nous servaient de lit. Nos trois peurs n'en formaient plus qu'une. Les chocs sourds du combat aérien, absorbés dans un lointain irréel, feutraient notre bien-être : il ne tenait qu'à nous de le prolonger à l'infini.

Guerre, cependant, accélérait ou freinait l'allure selon son bon vouloir. Elle a surtout manifesté son sadisme au cours de l'année suivante, en plein hiver. Youri et moi crevions de froid et de faim, l'eau avait gelé dans les tuyaux, on ne se lavait plus, on dormait tout habillé, la vaisselle sale emplissait l'évier, pour les repas on se servait d'une seule assiette et les aliments s'y congelaient. Malgré tout cela, oui, malgré la mécanique journalière du dégoût et du chagrin, un équilibre machinal parce que nécessaire nous tenait en forme. Je me rendais de temps en temps à Paris où sortait mon premier livre. J'allais pomper un peu de chaleur chez mes parents dont la boutique était fermée. Plus que jamais je voulais être belle et ma mère, ingénieuse comme pas une, taillait mes robes dans de vieux rideaux et des draps teints. Je refusais dorénavant de faire l'amour avec Youri. Mais en dépit de la répulsion qu'il m'inspirait, il nous arrivait de rire entre deux bagarres, d'aller en ville, de nous promener avec le petit en forêt — et c'était presque de la joie. Etait-ce une aberration dans la chaîne des événements ? Il ne faut jamais perdre de vue l'imminence des grandes cassures. Un jour, Youri m'a flanqué une chaise à la tête, et la chaise est allée briser une de nos Vierges sous globe. Je lui ai hurlé ma volonté de le quitter. Ivre d'alcool et de repentir, il est tombé à mes pieds en bramant qu'il ne saurait vivre sans moi sa princesse lointaine, et il étreignait mes jambes. Je me suis dégagée à coups de poing et je me suis sauvée jusqu'au Bois couvert de neige. Seuls à troubler le silence, des troupeaux d'enfants hurleurs dévalaient en traîneau les pentes du ravin et leur insouciance m'immergeait dans une espèce de bain que j'ose qualifier de sacré. Une métamorphose s'opérait en moi. Quelqu'un ou quelque chose d'imprécis me donnait enfin le droit d'habiter mon propre double éclatant d'espoir, de m'arracher aux pourritures, de jouir d'une grâce depuis longtemps perdue. C'était bon. C'était un pli de chaleur dans le froid. C'était le doux ronron de mon sang. Il me fallait confier tout ça à n'importe qui. Je suis allée sonner à la porte des Delarive et Moor. J'ignorais tout d'eux depuis que ma vie avait pris un tour abject. Après deux bonnes minutes d'attente Madame Delarive a ouvert. C'est à peine si je l'ai reconnue : elle s'était ratatinée comme une vieille pomme. Un cri sanglotant m'est sorti de la gorge, je souhaitais tomber dans les bras de cette femme. Elle m'a repoussée avec une fermeté surprenante, instinctive. Elle m'a demandé d'un ton sec si je voulais voir Marie-Pearl. « Tu la trouveras au second, elle termine ses rangements. » Mon cœur est descendu d'un cran. De quels rangements s'agissait-il ? J'ai vu alors que le rez-de-chaussée avait été vidé de son mobilier et que des caisses encombraient le sol. « Oui, oui, poursuivait Madame Delarive d'une voix calme et blanche, la maison est vendue, mon petit, nous nous installons dans notre maison de vacances, ce sera mieux pour tout le monde, les enfants grandissent, ils ont besoin d'air pur, d'air pur, d'air pur... » J'aurais voulu pouvoir me serrer dans mes propres bras pour bercer mon angoisse et neutraliser mon chagrin. Je souhaitais mourir là, debout, sans effort. La fin de son discours m'a touchée à travers une sorte de brume. « Jennifer, Murray, Noémi et John y sont installés déjà. Seul Jim est encore ici, il prétend aider sa maman, monte, monte, a-t-elle encore dit, mais surtout ne fais pas de bruit, tu entends ? Harold est en pleine répétition » et ses yeux tremblants et fanés se sont détournés.

Le son du piano, détaché des autres instruments, traversait la maison désertée d'un flux blanc et noir dont la tristesse aurait été déchirante si la voix de Francesca n'y avait flotté, dansante, ronde et sûre.

J'ai rejoint Marie-Pearl dans sa chambre d'autrefois. Elle aussi avait changé : on lui avait coupé ses longues nattes, elle était maigre et ses gestes avaient pris un caractère de dureté tranchante. Dieu que l'enfance et la jeunesse passent vite ! Blotti dans un coin, Jim ne cessait de surveiller sa mère. Nous étions émues. Nous n'avions pas envie de parler. Nous nous sommes simplement assises sur une malle dont la bonne odeur de cuir agissait comme un calmant. Nous nous dévisagions comme deux étrangères, et cela faisait mal. Nous cherchions en vain à rassembler nos souvenirs. Un creux pourri de non-temps nous séparait. C'est alors que je me suis tournée vers le petit Jim en lui disant qu'il était beau. Il a blêmi de fureur, une fureur méprisante qui m'a consternée. Puis il a ri en me scrutant avec une audace ambiguë, laquelle renversait la situation. Jim se comportait en adulte et j'étais une petite fille désemparée, un peu ridicule. J'ai cru qu'on me chassait, je me suis levée d'un bond, ni Marie-Pearl ni son fils n'ont essayé de me retenir.

A l'issue de son quatrième hiver d'exercice, Guerre s'est

mise à déraper. Une série de secousses paralysantes me forçait à m'ennuyer ferme à l'intérieur de moi-même. Les cabinets bouchés ont éclaté en mars au moment du dégel. Un fleuve d'excréments s'est déversé dans l'escalier. La propriétaire nous couvrait d'insultes, elle était l'alliée de Guerre qui lui donnait l'ordre de nous flanquer à la porte. Cependant plus je me sentais menacée, plus je donnais de ma personne une image libre, grimée de rêves et de délires. Je me maquillais trop, me couvrais de fleurs et de bijoux de pacotille, fendais bas mes corsages comme si, à force d'excentricité, je finirais par échapper à mon tunnel de souillures. Je réfléchissais aussi au moyen de poser un premier acte de libération, et très vite j'ai trouvé : l'instinct de conservation ne manque pas de talent. Il me fallait cocufier Youri. Un petit professeur me convoitait. Nous copulions avec gentillesse une ou deux fois par semaine dans son studio du centre. J'ai oublié le visage et le corps de cet homme ; seule la chambre est restée nette dans mon souvenir, surtout son lustre à pendeloques de cristal que j'adorais regarder pendant nos frottis-frottas. J'aurais aimé que cet intermède amoureux se prolonge car il me reposait. Pourtant un soir, nous étions encore au lit, l'homme en question m'a prévenue qu'il partait pour l'étranger pour un temps indéterminé. Il m'aimait bien, disait-il en se tenant penché sur moi, mais il me reprochait ma lâcheté à l'égard de Youri : ma décision de le quitter resterait du domaine de l'illusion, et il me débitait son laïus sur un ton d'indulgence apitoyée, triste, tendre. J'ai pleuré. Nous en sommes restés là. Je ne l'ai plus revu.

Je ne l'ai plus revu pour une raison très simple : trois mois après notre dernière rencontre, j'ai su par hasard qu'il était mort. Pour la forme, j'ai de nouveau versé quelques larmes.

Je pleurais beaucoup à l'époque. Je me suis aperçue alors que j'attendais un enfant de lui. Hum ! Il me fallait donc jouer serré. J'ai gagné le premier set en persuadant Youri qu'il serait bientôt père pour la seconde fois. Je me souviens de la scène, il était minuit, nous étions nus sous les draps. Il a sursauté. Impossible, bafouillait-il, puisque... Mais je l'ai couvert de baisers de circonstance en lui certifiant que, à telle date, oui, nous avions... Après un suspens d'incrédulité stupéfaite, Youri s'est détendu. Je le tenais. Son sourire de gravité perplexe annulait ma trahison. Je me sentais lavée jusqu'à l'os, d'autant mieux qu'une expression d'orgueil illuminait aussi son visage d'alcoolique en lui rendant sa beauté d'autrefois.

Abrégeons.

Après deux interventions d'un médecin marron dont j'avais obtenu l'adresse, l'avortement a failli me coûter la vie. Installée sur un seau, je me vidais de mon sang tout en guettant l'expulsion du fœtus. Ensuite j'ai cherché à en connaître le sexe. Je ne l'ai pas su. Dieu ! si j'avais laissé vivre ce garçon ou cette fille, il ou elle aurait aujourd'hui quarante-trois ans. Il ou elle m'aurait déjà quittée pour bâtir son propre espace, jouir de ses propres doutes et de ses plaisirs, ses manques, ses colères et ses résignations...

DESSUS : MARDI JOUR

Jim serre mon bras avec force. Il a deviné que ma mémoire me donne du fil à retordre. Il n'essaie pas d'y pénétrer. Tout comme je n'essaie jamais, moi, de pénétrer dans la sienne. Nous mettons tant de soin à respecter le domaine de l'autre qu'à la limite nous parvenons à l'étouffer. Etre heureux ensemble consiste d'abord à s'enfermer au-dedans de soi : c'est le prix de l'intimité. Si nous n'étions pas soumis à ce principe de silence, je lui demanderais par exemple s'il a gardé le souvenir de ma visite chez Marie-Pearl à la fin de la guerre pendant leur déménagement. « Tu avais six ans et moi trente » dirais-je et je lui raconterais en riant sa crise de fureur. Il hausserait les épaules, et il aurait raison. Je me détesterais d'avoir osé transgresser un axiome auquel, d'un commun accord, nous n'avons jamais cessé d'obéir.

Cet axiome, ou plutôt ce pacte de non-ingérence devrait assujettir l'espèce humaine en son entier, jeune ou vieille, amoureuse ou sèche, active ou nonchalante, perspicace ou bornée. Ce serait comparable à quelque gigantesque manuscrit d'anticipation romanesque : appris par cœur, on s'en réciterait des passages en découvrant vite que sa monotonie n'est qu'imaginaire. Car il s'agit tout au contraire d'inven-

137

tion pure, ardente et patiente, la fouille de chaque instant vécu. Grâce à cela, Jim et moi avons des rapports de lecture en miroir sans jamais toucher au texte de l'autre : la distance a du bon. Je perçois le récit qui se trace à mesure sur sa peau, de son côté il étudie le mien. Et si l'envers de la trame reste obscur, tant pis.

Ce soir notre traversée de l'église est plus tardive que d'habitude, nous avons raté l'instant où le diseur de Dieu offre à manger à ceux qui ont faim et vont à lui en cortège. Rassasiés, ils retournent à leur banc, comme lissés par la caresse d'une main, ce qui m'intéresse et m'émeut. Mais aujourd'hui le tribun clame « andate in pace ! », poussant ainsi les fidèles vers la sortie. Le vide pèse et déborde en s'écoutant lui-même à l'ombre des piliers. Tout va bien, la casalinga met son ménage en ordre, éteint les cierges, le vide cherche à nous mettre à la porte en nous criblant d'attouchements d'une délicatesse toute maternelle, oui, j'insiste sur le mot. Dieu est une mère. Mieux : Dieu est une maman. Dieu-maman domine ses instincts de tyran et permet enfin à ses enfants d'amour de s'agiter en toute indépendance : ils pourront jouir à travers les folies, les souillures et les haines. « Je vous laverai », dit Dieu-maman, n'ayez pas peur puisque je n'ai peur de rien, je serai toujours là. En tout orgueil et toute humilité, Dieu-maman connaît les vertus colossales de l'attente.
Dieu-maman a sommeil sans doute. Le canal est un immense lit défait dans lequel il se vautre sans pudeur. Les draps enflammés l'entraînent vers le port. Mais juste avant de disparaître, il s'attarde encore un peu pour m'envelopper. Je n'ai plus d'âge. Je ne résisterai pas à sa survolonté

rieuse. Car Dieu-maman est aussi sévère que doué pour le plaisir. Il se laisse emporter par les vagues aux plis coulissants. Il est beau et je l'aime. Tout m'apparaît soudain d'une simplicité merveilleuse. Faut-il raconter à Jim ce qui précède ? Inutile, puisque nous sommes enfermés dans la même nacelle. Son bras me tient, son pas s'accorde au mien. Son visage est doré par le soleil couchant et par la joie d'être, d'être, sans plus. C'est clair : il a pris sa part du prodige. *Dieu* et *maman* sont indissociables, ils ont la robustesse d'une charpente de navire et la légèreté d'un nuage flâneur. Ils glissent ensemble vers un lieu où ni la foi ni la maternité n'ont accès. Dieu se rit de maman et celle-ci se rit de Dieu. Leur champ de manœuvre est aussi rusé qu'excitant. A qui pourrais-je raconter ça ? A personne, personne.

Nous avons une faim de loup, ce sera la friture de poissons ce soir comme hier et comme demain, comme il y a vingt ans, et le vin rouge allume un feu salubre et corsé dans nos poitrines. Manger et boire signifient se répéter, vérifier, découvrir de nouveau ce qui ne cesse jamais de se vérifier et se répéter. Voilà ce qu'est le bonheur que la moindre variante risquerait d'altérer. La preuve : cinq moineaux se sont abattus sans vergogne sur la table afin de picorer le pain dans la corbeille. Ils mangent aussi vite que nous, ils sont de tout cœur avec nous, ils exigent leur part de festin, modeste, moelleux et frais, et le serveur reste un moment à les observer. « San Francesco ! » soupire-t-il avant de retourner à son travail. Un souvenir assez récent se réveille dans un coin de ma tête : mon fils qui vit avec les siens à l'autre bout du monde passait ses vacances d'été dans leur appartement parisien. Un soir que sa femme et lui avaient entendu résonner au-dehors une voix forte, ils s'étaient penchés à leur fenêtre du quatrième étage. Un jeune homme en pull-over rouge marchait à grands pas dans la rue déserte, s'arrêtait net en se grattant le cou avec perplexité, rebroussait chemin. Puis il avait disposé sur le trottoir une masse de vieux cartons pour s'y coucher : tel était son lit. Et pendant toute la nuit il avait hurlé « maman ! » sans interruption. Aucune fenêtre ne s'était ouverte dans le voisinage. L'indifférence à cette invocation désespérée était rassurante en somme, admise par la multitude des dormeurs. Le jeune homme en pull-over rouge n'était rien de plus qu'un porte-voix de l'incertitude et du chagrin. On s'en remettait à lui pour une juste interprétation de la panique démesurée d'ici-bas. On se bornait à l'épier du fond des rêves, et c'était suffisant. « Maman ! » braillait l'inconnu. Le lendemain et toutes les nuits suivantes il avait repris son manège de vieux cartons et renouvelé ses clameurs. Cette histoire que m'avait rapportée mon fils prend aujourd'hui sa place exacte en se glissant entre Jim et moi au bord du canal assombri. Le café fort est un courant à haute tension, je ne me suis pas trompée : le *maman* du jeune homme abandonné est bien doublé par *Dieu* dont les paumes soyeuses, crémeuses et médiumniques soignent des myriades d'enfants perdus.

Moi aussi il m'arrive de crier « maman ! » pendant les nuits difficiles.

La soirée est chaude et brillante, l'air vivant respire à notre place. Nous nous attardons près de la remise aux gondoles dont la théâtralité noire et nue est fort moderne en somme : on attend l'irruption des acteurs, ils ne viendront pas. Les embarcations malades sont couchées côte à côte, on dirait un dortoir de baleines dont luisent les flancs et l'on s'étonne de ne pas les voir monter et descendre au rythme de leur souffle. La tragédie de leur abandon se joue à l'ombre du hangar. Et puisque je retarde en permanence de plusieurs cassettes sur l'enregistrement qui se poursuit dans ma tête, en surimpression des gondoles se détache la grande Vierge aux habits rutilants de l'église. Pour quelle raison la mère du Christ est-elle restée une toute jeune fille à travers les épaisseurs plombées de l'Histoire ? Car elle atteignait la cinquantaine lorsque son fils est mort, elle était au bord de la ménopause, elle s'observait sûrement dans les miroirs comme le fait n'importe quelle femme à cet âge, elle se reconnaissait mal, elle se désolait sans doute d'avoir épuisé si vite son capital de charme mais il fallait bien se résigner. Et lorsqu'elle est tombée au pied de la croix sur laquelle agonisait son fils, elle était vraiment tout à fait vieille. Il semble curieux qu'aucun artiste au monde n'ait eu l'audace, ou simplement le courage, de l'interpréter dans sa vérité physique. On a voulu la garder lisse et fraîche dans la coulée des siècles, préservée des dégradations. Elle était à peine issue de l'adolescence le jour où l'enfant lui était sorti du corps, oui, du corps et depuis lors elle est restée l'adolescente intacte, intouchable, bien que le poids d'une sagesse visionnaire ait eu raison d'elle.

Jim me pose un baiser dans le cou, disant « tu es ma beauté », sur un ton de gaieté retenue.

Souvent j'observe en douce ma vieille Augustina chargée là-bas de lustrer mon intérieur. Malgré la grossière ossature du bassin, des jambes torses et des pieds, son allure est, comment dire, molletonnée. Et sous le haut front bombé ses yeux restés si purs ont l'éclat de fleurs à peine fanées. « Vous avez des bras magnifiques » lui ai-je dit un jour, « oui j'ai des bras magnifiques », a-t-elle murmuré en écho car elle me

141

donne toujours raison. S'il me fallait dessiner l'Immaculée Conception, je prendrais sans hésitation pour modèle ma vieille et belle montagnarde au sourire d'enfant.

Toujours à voix basse Jim ajoute une de nos formules magiques dont nous gardons le chiffre secret : ça ne concerne que nous, et encore ! Dans la rigueur de son imagination, je suis restée la femme d'il y a trente ans qui provoquait sans le vouloir le désir des hommes. Je riais. Je continue à rire. J'étais coquette. Je le suis encore. Et si mon âge aujourd'hui correspond à celui d'Augustina, cela ne signifie rien. Jim et moi avons su franchir le seuil d'un zéro lumineux qui nous protège. Zéro : ce mot superbe et méconnu symbolise le plein de l'amour, un point sacré d'amarrage. Une bulle. Une bombe douce qui fait sauter le temps. Les années ont volé en éclats. « Zéro » a tué mes instincts enragés de stupeur, ma cécité congénitale, ma soumission au flux coriace, rudimentaire, indigent, lâche et malhonnête des anciens malheurs.

Pas si désordonné que ça, l'enregistrement du fond de ma tête ! La sagesse de son anarchie est d'une puissance magnifique et j'obéis à ses rythmes saccadés. D'ailleurs il n'y a pas à résister, me dis-je tandis que nous revenons en longeant le mur de brique aussi chaud qu'un four à pain.

J'ai dû rire tout haut comme je ris au-dedans.

Jim me demande à quoi je pense. Je lui réponds que je ne pense à rien. Et toi ? Lui non plus ne pense à rien, conclut-il avec un geste ample du bras désignant l'espace non fini qui nous contient et nous porte. Nous nous arrangeons pour nous mentir un peu, juste ce qu'il faut pour être sûrs d'exister.

DESSOUS : MARDI NUIT

J'ai détesté les deux années qui ont succédé à Guerre. Elles ressemblent à deux sœurs mongoliennes. J'ai jeté leur dépouille au fond d'un puits. Il n'est pas assez profond sans doute puisque parfois je m'y penche, mue par la curiosité. Son tunnel vertical figure une espèce de télescope à l'extrémité duquel on voit flotter quelques restes dans un rond d'eau croupie. S'il m'est difficile de les identifier, ces restes, je sais qu'ils sont là, et bien là. Ils y seront toujours, bien que j'aie cessé d'en ressentir de la peur et du dégoût. Même aux pires heures de détresse, j'ai toujours évité de retourner en arrière et je tiens à me rassurer, s'il le faut, avec une rage très solitaire : les vieux morts sont tout à fait morts, ils ne sont plus capables de me contaminer.

Une fête a marqué le retour de captivité de mes frères Claude et Romain. On l'avait décidée intime, Youri lui-même n'était pas invité. Maintenant encore cette manie des fêtes me surprend par son souci à la fois hypocrite et candide de ponctuer le temps comme on ponctue un texte. On croit lui donner plus de clarté. La fête est une explication, une balise, un « ouf » qui plonge les participants dans un délire assez intéressant, il suffit d'être attentif. Maman avait choisi dans son magasin — rouvert dès la Libération — son plus beau service en porcelaine fleurie, les mets étaient abondants et, allez savoir pourquoi, les riches nuances du rouge y dominaient comme un rappel de sang.

Nous étions ivres d'une façon agréable, à l'exception de l'Homme gris resté sur la réserve : à mesure que se déroulait le repas il prenait une consistance imprévue que l'on pourrait qualifier d'emblématique. Il nous dominait, et c'était la première fois. On le sentait décidé à jouer à fond son rôle de père, ce qui permettait aux ex-prisonniers de se comporter avec la courtoisie distraite de convives de hasard : je les reconnaissais mal, ils étaient aussi transparents que certains poissons des profondeurs. L'atmosphère est pourtant restée gentille jusqu'au dessert, une tarte aux prunes que papa s'est chargé de découper, et c'est alors que maman a fait éclater la crise : sur un ton de surexcitation inexplicable elle prétendait que l'Homme gris saccageait les fruits et souillait la nappe. Il a rejeté la pelle à tarte. Ils se sont défiés du regard. Alors sans préambule maman a crié qu'il était un incapable, un raté, la preuve — criait-elle en donnant du poing sur la table — c'est qu'il n'avait jamais été rien d'autre qu'un mari *trompé*. Le mot nous est tombé dessus comme une bombe de faible puissance, nous avons lâché nos couverts. « Trompé, oui, trompé, mon vieux. Je vous prends à témoin, mes enfants, j'ai trompé votre père avec n'importe qui pour me prouver à moi-même que j'existais... » Mais au même instant elle s'est élancée en sanglotant vers son époux médusé. « Je t'ai toujours aimé, je t'aime encore... » a-t-elle fini par bredouiller entre deux baisers. L'Homme gris s'était levé avec une lenteur somnambulique. Puis il a saisi maman par les cheveux et l'a traînée hors de la pièce. Ensuite il s'est tranquillement réinstallé parmi nous. Derrière les petites lunettes, ses yeux étaient deux points rouges brûlants et il ne cessait de me fixer, moi qui n'étais pas sa fille en effet, avec une tendresse intolérable. Nous étions tous recouverts par un voile d'irréalité qui nous empêchait dès lors de reprendre la parole, et nous isolait chacun. En évoquant cet épisode, le mot *trompé* me fait rire. Ma mère aurait pu choisir *cocu*, plus directement agressif. Elle ne l'a pas fait. Le respect des convenances subsistait dans notre communauté. Nous acceptions de nous déchirer, mais avec une certaine distinction.

Une diversion était nécessaire : Claude en a pris l'initiative en portant un toast au plaisir des retrouvailles, d'un seul trait il a vidé son verre d'alcool en renversant la tête en arrière, et ses belles narines rondes se sont un peu enflées. J'étais sans doute en forme ce jour-là puisque l'intuition m'est venue soudain que mon frère aîné était un homosexuel en puissance, ce dont je ne m'étais jamais doutée : la singularité restait coincée avec discrétion au niveau des sinus, double coquille d'une espèce d'escargot à peine nasillard. Je me demandais avec stupeur : pourquoi ce léger décalage imposé par la génétique le touchait-il lui et non pas son cadet ? J'étais si troublée que je ne me suis même pas aperçue du retour à table de maman. Elle s'était calmée entre-temps, elle s'était remaquillée, son visage brillait, elle m'a paru très belle.

Un second incident digne d'intérêt s'est produit quelques mois plus tard. On ne fait jamais assez confiance aux jeux de la destinée qui est une romancière géniale, une romancière unique : elle vous pousse dans le dos, elle oblige à progresser, elle a le don d'arranger, manœuvrer, brouiller, éclairer, secouer, harmoniser, démolir, riant et pleurant tour à tour sous les feux de sa propre imagination. Il faut pourtant le constater : de préférence elle ravale ce qui peut être authentique et libère au contraire ce qui est faux.

Un matin donc j'ai reçu une lettre de Marie-Pearl dont j'étais sans nouvelles depuis leur emménagement à la campagne. Son écriture désordonnée pleine de ratures et de fautes d'orthographe ressemblait à un brouillon : elle réclamait avec véhémence que j'aille la voir au plus vite. Le trajet ne me prendrait qu'une heure environ, un tram d'abord puis dix minutes de marche. Elle avait une chose grave à me dire, prétendait-elle.

La maison située à flanc de colline dominait l'étendue des champs, quelques bois et des prairies. Marie-Pearl guettait mon arrivée sur le pas de sa porte et, presque en courant, elle m'a entraînée dans une salle dont les fenêtres ouvraient sur une pelouse. On voyait luire en contrebas un étang. Elle s'est mise à cogner la vitre de son index replié puis elle a balbutié : « C'est là, vois-tu, c'est là que John s'est noyé il y a juste un mois, c'est là, c'est là... » et sans reprendre souffle elle m'a raconté le drame. On aurait dit qu'elle débitait un texte appris par cœur, comme au théâtre : il y avait eu un récital en l'honneur d'un musicologue américain de passage, le temps était beau, l'orchestre inspiré, Harold heureux et Francesca s'était surpassée dans son interprétation d'un madrigal amoureux. Mais le petit John, qui avait en horreur les concerts, avait filé. La nuit est venue, il ne rentrait pas, nous sommes partis à sa recherche, et Francesca la première a repéré le corps à demi immergé parmi les roseaux de l'étang : elle a poussé un cri perçant avant de s'évanouir, Harold a dû s'occuper d'elle tandis qu'on repêchait l'enfant.

On l'avait secoué, battu, on lui avait fait du bouche à bouche, mais en vain. «Trop tard, trop tard, il était trop tard» bégayait Marie-Pearl et, comme s'il s'agissait d'un jeu, elle heurtait mon front de son front. Je voyais de très près ses yeux dilatés d'où les larmes ne débordaient pas. Dans notre enfance déjà, son impuissance à pleurer m'intriguait. Les larmes lui couvraient les prunelles d'une gelée tremblante qui ne coulait pas. A cet instant-là, Jim — alors âgé de neuf ans — est entré avec la raideur d'une marionnette. Sans prononcer un mot, il a enfermé la main de sa mère entre les siennes, et Marie-Pearl s'est effondrée en étouffant un rire de folle. Ensuite elle s'est redressée d'un bond. Je reconnaissais mal sa silhouette à la fois exténuée, sèche et durcie. Ses cheveux étaient gris, coupés court au-dessus des oreilles décollées.

Et ce n'est qu'au moment de la quitter une heure plus tard que j'ai vu qu'elle était de nouveau enceinte. J'hésitais à lui demander quand naîtrait le bébé. Et puis j'ai osé : après tout c'est naturel que la vie vienne se greffer sur la mort... «En février» a-t-elle répondu sur un ton de froideur négligente et mécanique. Une fille se nommerait Clarissa, un garçon Peter, cela s'accordait à Moor. Qu'est-ce que j'en pensais ? J'en pensais du bien.

Dans le tram qui me ramenait en ville, j'ai rêvé sur l'enchaînement subtil des choses. Un enfant naît. Un enfant meurt. Un autre enfant naît pour effacer l'enfant mort dont la disparition se fait acceptable. Le mouvement logique permet d'avancer, de travailler l'espoir et de tuer la douleur, en bref de toucher ce qui peut ranimer, rassurer, éblouir. La vie se comporte en grande gaillarde et ses poussées sont toniques. Elle vous prend aux épaules par la flatterie. Elle vous lèche le cou, elle mordille, elle pince et suçote en exigeant qu'on s'abandonne sans réserve. Pas de vie privée faite à la mesure de qui que ce soit sur cette planète, surtout pas ! Il n'y a qu'une seule vie, la Vie majuscule apte à gérer en gros les intérêts de toutes les créatures. C'est un monstre géant dont la fondamentale obsession est de se débarrasser de nous. Elle n'éprouve à notre égard qu'un souverain mépris, elle s'arrange pour mystifier dans les délais voulus ses détestables enfants chéris. Manœuvre diabolique ! Elle feint de susciter de fausses différences, elle nous fait grands, petits, fous, sages, voluptueux, secs, beaux, laids, sains, infirmes, intelligents, idiots, froids, chauds, riches, pauvres, vainqueurs, vaincus. En fait elle nous mélange et nous foule, nous roule, nous moule, nous coule dans le creuset d'une seule histoire : il n'y en a pas deux. Une seule psychologie, pas deux ! Une seule chair, pas deux ! Un seul cerveau, pas deux ! Une seule morale, pas deux ! Une seule gymnastique, pas deux ! Ainsi donc je n'étais pas en train de regagner mon foyer mais *le* foyer, reproduit partout par milliards d'exemplaires... N'y avait-il pas de quoi se jeter dans un étang comme l'avait peut-être voulu le petit John Moor ?

Youri m'a trouvé mauvaise mine : il m'a gentiment proposé d'aller au cinéma. Cela m'a détendue en effet : un film des Marx Brothers nous a fait tordre de rire. Mais sur le chemin du retour, nous nous sommes bagarrés comme des chiens pour une question de fric. Youri me rouait de coups, je suis tombée dans le caniveau, des agents cyclistes sont intervenus pour l'emmener au commissariat, je les ai suppliés de me le laisser. Je sanglotais tout haut alors qu'audedans de moi je continuais à jubiler. J'avais pensé juste pendant le trajet en tram : tous, sans exception, nous adorons céder aux manipulations obscènes du très cher colosse appelé, Dieu sait pourquoi, Vie... L'alliage des sanglots et de la jubilation est explosif, pas de doute. Car c'est le même soir que j'ai pris l'irrévocable décision de quitter mon mari au mois de mai suivant. Je prenais une date ferme : l'événement coïnciderait ainsi avec mon trente-troisième anniversaire, et Youri le condamné n'en saurait rien d'avance.

Il fallait lui tendre un traquenard : je l'ai préparé avec la minutieuse patience d'un professionnel du crime. Cela s'est passé un samedi. J'avais prié trois amis de débarquer chez nous soi-disant à l'improviste pour qu'ils soient les témoins d'une scène de violence. Juste avant la réunion, Youri était descendu s'acheter un journal, et je guettais son retour depuis le balcon. Plongé dans sa lecture, il marchait à pas lents, paisibles, les pieds en dedans, distrait, émouvant d'innocence, et j'étais sur le point de commettre sur sa personne une espèce de meurtre. Une boule de chagrin me nouait la gorge car j'avais autant pitié de lui que de moi. Mes complices sont arrivés. J'ai servi plusieurs alcools : il fallait que Youri se saoule à mort et finisse par m'agresser, tel était le scénario prévu. On buvait, je remplissais les verres. Cependant Youri, averti comme un médium, ne touchait pas au sien en dépit de mes encouragements. « Bois donc, bois donc ! » disais-je. Il nous dévisageait à tour de rôle avec une expression d'égarement attentif, il se sentait pris au piège. « Bois, Youri, bois ! » ai-je répété avec plus de force. Il est devenu blanc comme un linge et ses mains ont été prises de tremblements. Un faux sommeil commençait à nous paraly-ser. Alors je me suis levée en criant que je le quittais, oui, que je le quittais pour de bon, j'en avais par-dessus la tête de notre vie, mes affaires étaient déjà déménagées, un avocat s'occupait du divorce, etc.

Mes amis se sont levés, eux aussi. Youri chancelait de stupeur et son menton tremblait. Mes amis m'ont entraînée et soutenue dans l'escalier comme une infirme. Youri se penchait par-dessus la rampe. Il était, lui, comme un enfant malade s'interrogeant en vain sur un insoluble problème de perspective : sa femme, la femme qui était son unique univers l'abandonnait, il n'y aurait pas de retour, il n'y avait plus rien d'autre à faire qu'écouter l'air se déchirer dans tous les sens, se déchirer en se plaignant jusqu'à la trame, se déchirer jusqu'à ce que lui, l'homme sacrifié, meure.

DESSUS : MERCREDI JOUR

Dernier café pris ce matin au bord du canal. Nous attendons le motoscafo, notre avion décolle dans deux heures. Les valises sont bouclées, nous avons endossé nos vêtements de voyage, ce qui signifie que nous sommes déjà légèrement partis sans l'être et la journée s'annonce magnifique pour nous le confirmer. Nous ne sommes pas tristes. Etonnés seulement, comme à chaque départ. Nous n'avons jamais su mesurer la distance et le temps qui nous relient à un certain « là-bas » problématique. La seule chose dont Jim et moi soyons sûrs, c'est d'avoir travaillé passionnément. En réalité il n'y a pas eu d'arrivée et il n'y aura pas de départ. La stabilité des pierres, de l'eau, du ciel nous a munis une fois de plus de très singulières racines : elles plongent dans une éternité intermédiaire qui nous appartient en propre, il s'agit là d'un lieu spécial unique. Nous y possédons un capital de transparences, de rutilations, d'échos, de rythmes et de sommeils dont personne au monde ne nous volera les intérêts.

Fort à propos, Jim demande si je suis bien, je réponds oui, et toi ? Il est bien également. Le mot *bien* est un beau raccourci de langage exprimant un infini de confort et tout s'y trouve ramassé sans commentaire. Il est cependant possible que traîne encore au fond de mes yeux l'ombre des véhémences de la nuit dernière : Jim a dû s'en apercevoir.

Tandis que le canot bondissant nous emporte au large du bras de mer, nous voyons se retirer en arrière à toute allure le petit immeuble rouge devenu en quelque sorte notre second domicile. Aussi éprouvons-nous une certaine difficulté à nous en séparer. S'agit-il vraiment d'un banal appartement ? Sûrement pas. Si d'autres humains semblables à nous l'occupent, nous n'en avons rien su. Le silence d'or feutré s'y révèle un isolant rare. Impossible d'imaginer que dans ces chambres aux portes fermées on s'habille, on se dévêt, on fait l'amour, on se bagarre, on adore, on pleure, on rit. En royaux somnambules, partout nous avons aménagé le vide à notre seule intention.

Nous ne nous réveillons, à la lettre, que dans la foule de l'aéroport : trop voyante et trop agitée elle nous agresse sans le vouloir à travers une mise en scène à la fois tragique et frivole, comptoirs, journaux, parfums, cafés, cigarettes, cadeaux, souvenirs, w.-c. hommes, w.-c. dames, salmigondis de langues, embrassades, ruées d'embarquement, ascension brusquée de l'appareil trouant la moquette immaculée des nuages, atterrissage, taxi, et me voici larguée à l'angle de mes deux rues.

« A tout de suite » a dit Jim qui poursuit seul la course. Le « nous étions » d'il y a trois minutes à peine a cédé la place en éclair à mon « je suis ». Inutile d'insister sur la gravité de mon premier geste : tourner ma clé dans la serrure, soulever le rideau du petit couloir, poser ma valise, regarder. Précipice ? Non.

L'ordre lumineux et muet de l'appartement est en attente

152

de moi. Chaque reflet occupe sa place, le parquet grince où il faut, mais mon décor a besoin d'être réchauffé, rallumé, ressourcé et je m'y emploie en ouvrant les fenêtres et en remontant les pendules, en rangeant mes affaires, que rien ne traîne surtout, et dépouillant le courrier en tas. Je ne sais pas encore où je suis. Le dernier café pris ce matin là-bas brûle toujours ma gorge, et les mouettes emportées dans le rebond du courant me passent sous les yeux. Petit à petit cependant mes nombreux miroirs parviennent à ranimer mon double, oui, le voilà, donc j'existe, donc je peux sans crainte écouter le silence. La sonate à deux instruments que nous inventons jour après jour Jim et moi reprend son discours en mineur à la fois plus qu'humain et nullement humain. Nous en prévoyons chaque séquence à merveille avec ses accélérations et ses ralentis, des coups de joie, des pauses respiratoires. Le supplice qui consiste à se survivre à soi-même sans avoir le temps de souffler m'est épargné. « N'est-ce pas, Jim ? » dis-je tout bas. Et l'air de mon intérieur, de nouveau apprivoisé, répond oui. Les fragments dispersés de mon passé et de mon présent retrouvent une cohésion, je suis accompagnée en différé par deux aspects d'une même interprétation du temps. Est-ce un fait palpable ou simplement affabulation ? Pendant que je me prépare à descendre pour quelques achats urgents, l'air m'apporte une seconde bouffée de plaisir. « La réalité n'est pas de ce monde, pas de ce monde, pas de ce monde » enchaîne en cadence le sang sous mes tempes. Il faut toujours donner raison au sang, le plus joyeux régulateur : à bas la réalité telle qu'elle est conçue d'ordinaire et qui conduit à la perdition.

Dans l'autobus est assise en face de moi une fillette, mais

non voyons, pas une fillette, une toute jeune mère qui tient son petit garçon sur les genoux. Elle lui fourre dans la bouche par menus morceaux une brioche aux raisins de Corinthe, ses gestes sont raffinés, discrets et beaux. Un nœud de velours noir retient une mèche de ses longs cheveux blonds au sommet de la tête, ses yeux gris émerveillés — oui, émerveillés — se nuancent parfois de détresse, alors elle hausse les sourcils et crispe un peu la bouche, on dirait qu'elle va fondre en larmes, mais non, la voilà qui rit et je l'entends murmurer à l'enfant qui se tortille et geint : « On arrive bientôt, patience! » Incroyable mais vrai; l'enfant-mère a dit *patience* en ignorant que ce mot soyeux est l'ombre de mon désir, de mon tourment. *Patience!* a soupiré la vie, ma romancière irrésistible, tendre, fine et dure. « Abandonne-toi sans réserve aux surprises de l'illusion, poursuit-elle, je suis ton inspirateur et ton guide. Je propose, je retire et je donne à discrétion. Je parle et me tais. Je fuis et je suis là. Vois comme je suis généreuse en te proposant dans un quelconque autobus une vivante Vierge à l'enfant, petite sœur de la sacrée baby-doll de la ville étrangère. Tu peux me remercier... »

Tombée du soir, de nouveau. Un soir tranquille et roux, stimulant dont je bois un grand verre depuis ma fenêtre. Un reste de clarté givre encore les toits, l'obscurité est une rivière en crue au niveau des trottoirs. L'air est tout autre chose qu'une combinaison chimique : il est fait de morales et de psychismes qu'on suppose inconciliables. La preuve? Il excite la curiosité. D'autres corps prennent le frais dans l'embrasure d'autres fenêtres. Pas beau ça : « prendre le frais »? L'éclosion de la nuit est un événement, on s'applique à déchiffrer sur un grand tableau noir les données d'un problème peut-être insoluble. Dans la maison d'en face, une jeune femme que je connais de vue a croisé ses bras phosphorescents. Elle est veuve, elle élève son fils avec une dignité maussade, il était turbulent autrefois, menaçait les pigeons, les moineaux et les passants de sa petite carabine imaginaire, pan! pan!, mais il s'est résigné depuis. Comme dans les loges superposées d'un théâtre, les spectateurs attendent l'ouverture d'un opéra qui n'aura pas lieu car il tuerait l'innocence que la nuit distribue avec une parcimonie généreuse. On recevra sa part. On la mérite. On la boit. On est un peu heureux. On n'a jamais connu la douleur. « Comme je suis pur! » se dit chacun. « Comme nous sommes jeunes! » Leur âme a rejoint la mienne, belle, fraîche, soulevée d'espérance.

Une fois de plus je m'adresse à Jim comme si je le touchais sans avoir besoin de le toucher. Nous avons mis au point un système de communication visionnaire hors circuit. « Tu es là ? » « Je suis là. » « Tu arrives ? » J'arrive. » « Tu attends ? » « J'attends. »

Une fois ma lampe éteinte et les couvertures rabattues au-dessus de ma tête, je me divise en deux, certitude fluide d'un côté, de l'autre opacité questionneuse. Où se trouve Jim en cet instant précis ? Est-il penché sur ses cahiers et ses livres ? Déjà couché ? Ou bien se promène-t-il en respirant au passage la bonne odeur des femmes ? Seul ? Pas seul ? Curieux ? Excité ? Jouissant ? Tout est possible, mais j'ai cessé d'en souffrir. Le sommeil est une riche eau montante. Je n'ai plus à vouloir. Mon sang, mes muscles, mes nerfs se laissent maîtriser. Et mon devoir consiste à m'abandonner à la source providentielle des souvenirs et des rêves. Je me tourne sur le côté en repliant les genoux. Jim absent couvre mon flanc droit. Et je me laisse envahir par la magie de certaines paroles qu'il m'a dites un jour, somnambuliquement : « Je t'aimerai... jusqu'à... mon... dernier... souffle », mots aussi vivants que des notes de musique ou des feuilles dont le tissu continue à se ramifier, s'épanouir. Je n'invente rien. Il s'agit d'une vérité tactile.

DESSOUS : MERCREDI NUIT

Le cliché « trou de mémoire » est d'une perfection saisissante. Ma mémoire est en effet criblée de trous bien agencés. On croirait une dentelle aux motifs répétés qui ne doivent rien au hasard. Je me souviens ici, j'oublie là. Je me souviens et j'oublie pour consolider ce que j'appellerais mon confort de survie.

Je me souviens donc avec une précision cruelle du temps qui a suivi ma séparation d'avec Youri le fou. D'abord j'étais allée me réfugier auprès de mes parents qui continuaient à s'occuper de mon fils : cela m'a permis de mieux connaître le petit garçon. Ensuite les Delarive et Moor m'ont proposé d'habiter chez eux jusqu'à ce que ma situation soit claire.

Rien ne me retenait en ville, j'avais quitté mon emploi dans la librairie en dépit de mon manque de ressources, j'étais seule mais possédée uniquement par le besoin d'écrire. Une maison à la campagne serait le rêve.

Ma chambre sous le toit donnait sur la cime d'un bois de bouleaux, elle était petite mais confortable. Je me levais tôt, l'été de cette année-là était superbe, je traversais une prairie en pente pour m'installer à l'ombre. J'apercevais le lavoir en contrebas et la ferme rouge des voisins. Pendant mes heu-

157

res de travail, j'entendais dans la distance s'exercer Harold et ses musiciens, je voyais parfois Marie-Pearl s'accorder un moment de repos sur son seuil, il y avait aussi les entretiens feutrés de son père et de sa mère qui commençaient à décliner, les jeux vindicatifs des enfants. Cette masse de sensations, rassurantes dans leur fraîcheur, aurait dû me guérir. Il n'en était rien. Je m'étais arrachée de force à mon enfer. Et j'ignorais encore à l'époque que l'enfer a la vie dure : il me manquait, il me déchirait jour après jour, j'avais la nostalgie des insultes et des coups, il hantait les perspectives de mon nouveau paysage d'où semblait perler une douleur nouvelle, lancinante et familière.

Il m'arrivait souvent de fondre en larmes au-dessus de mon manuscrit devenu, d'une certaine façon, mon unique interlocuteur. Et j'expliquais tout bas au papier que ma vie était foutue. Alors je filais téléphoner à Youri en cachette car j'avais appris qu'il s'était fixé dans notre vieille chambre à l'hôtel proche de la gare. Nous nous y retrouvions. Nous sanglotions dans les bras l'un de l'autre. Nous faisions l'amour pendant des heures avec passion, contaminés par la même tristesse. J'avais l'impression de découvrir un homme neuf, méconnu, trop longtemps sous-estimé. Et tout recommençait à travers une extase qui retombait sec, le soir venu, dès mon retour chez les Moor. Parmi eux, je reprenais de la clairvoyance et de la cruauté, et surtout le sens de l'opportunisme : je me bornais à profiter d'un amour bien mort et de ses fantômes empoisonnés uniquement pour que cela serve plus tard à mon travail, pensais-je en guise d'excuse.

L'image d'une de ces rencontres à l'hôtel m'obsède encore aujourd'hui, Dieu sait pourquoi. Dans sa rage, Youri avait cherché à m'étrangler. Je sens encore ses mains sur mon cou.

J'entends ses propos tour à tour orduriers et suppliants. Je me vois fuir de la chambre dans ma robe en lambeaux et rentrer chez mes amis, ivre de chagrin et de peur. L'automne couvrait la campagne, fastueux et chaud. En poussant la grille du jardin, j'ai eu la surprise d'apercevoir Jim — qui allait sur ses onze ans — juché sur la branche basse d'un sapin. D'un bond il est venu me rejoindre. Il voulait que nous nous promenions ensemble avant le dîner, disait-il avec autorité. Je l'ai suivi sans hésitation. Il m'apparaissait un peu comme le commanditaire de mon destin. Et pour la première fois depuis sa naissance, il me semblait le voir vraiment, ce qui s'appelle voir. Il était très grand pour son âge, mince et nerveux, une petite tête modelée avec énergie. Un sourire creusait l'angle de sa bouche. Les yeux noirs, le nez busqué, le front ample et haut annonçaient déjà sa nature d'homme qui serait orgueilleux et conquérant.

Nous avions beau connaître par cœur les sentiers du bois jonchés de feuilles mortes, nous avons fait semblant de nous y perdre, on s'offrait ainsi l'illusion de découvrir une forêt. «Regarde!» m'a dit soudain Jim : d'une souche d'acacia récemment abattu jaillissait un feuillage neuf, puissant et dru : le printemps futur avait plongé ses racines dans le noir de l'automne en cours. Cette souche, nous l'avions déjà repérée au cours de nos précédents vagabondages en circuit clos, mais nous éprouvions toujours la même surprise. Sans doute un nuage de magie nous enveloppait-il à notre insu. Nous avons fini par nous asseoir au pied d'un chêne dont on nous avait dit qu'il était centenaire et faisait figure de héros.

J'ai interrogé Jim sur ses études au lycée. Il a haussé les épaules avec impatience, de quoi je me mêlais ? je n'ai pas insisté, nous nous sommes tus. D'ailleurs, nous n'avions pas envie de rentrer malgré la tombée du crépuscule. Nous nous y sommes enfin décidés en entendant, étouffée dans le lointain bien que très claire et plaintive, la voix de Marie-Pearl annonçant le dîner. On la sentait fatiguée, anxieuse, sa nouvelle maternité attendue pour le mois de mars suivant lui pompait ses dernières forces, je dis bien : ses dernières. Jim et moi avons alors quitté le bois comme on sort d'un rêve idiot. On a prénommé le sixième enfant Peter, il était le portrait craché de son père.

A partir de là les choses sont allées très vite, trop vite, nous étions dépassés par les événements comme on dit. De quoi est morte en réalité Marie-Pearl ? On a prétendu qu'il s'agissait d'une fièvre puerpérale mal soignée, mais la vraie raison était ailleurs. Mon amie d'enfance n'en pouvait plus, elle était au bout du rouleau après avoir fabriqué un tas de rejetons, dirigé son intérieur, donné à chacun sa ration d'amour, de gaieté, de patience. Et tout à coup elle avait découvert non sans une certaine stupeur qu'il était temps de s'occuper un peu d'elle-même en se réservant un lieu de retrait, de silence et d'harmonie. Et ce lieu ne pouvait être situé ailleurs que dans la mort. Voilà ce qu'elle a dû se dire après un temps de réflexion : il fallait examiner cette idée nouvelle malgré la brutalité de son absolu.

L'agonie s'est prolongée pendant une bonne semaine. Notons au passage que le terme « agonie » est inexact dans sa banalité misérabiliste. Les Delarive, les Moor et moi-même l'avons vécue à la manière d'un gala exceptionnel auquel chacun désirait collaborer. La tâche se révélait sérieuse, concentrée. Le printemps éclatait déjà, sec et brûlant, la végétation ressemblait à l'auvent d'un gigantesque berceau qui nous criblait de lueurs pointillistes et mouvantes. Les enfants ont eu pour mission d'aller cueillir des rameaux d'aubépine en fleur et de lierre pour en bourrer la maison. Marie-Pearl avait demandé qu'on lui dresse un lit dans la salle de séjour pour faciliter les allées et venues de chacun. Mais plus que tout, elle souhaitait occuper le cœur de la fête dont elle se savait la vedette ambiguë. On l'avait revêtue de sa plus jolie chemise de nuit. On la veillait en permanence, tantôt Harold ou l'un de ses musiciens, tantôt les vieux parents, tantôt les petits. Personne ne songeait à lui adresser la parole. D'ailleurs elle n'était plus capable de répondre.

Lorsque venait mon tour de garde, je posais ma main sur sa main. Son visage amaigri avait pris la texture patinée d'un bois ancien alors que ses yeux gardaient tout leur éclat. Elle me regardait souvent. Elle scrutait plutôt une image située fort loin au-delà de moi, intense mais impossible à préciser. J'avais envie alors de me retourner pour m'assurer que nous étions bien seules. D'instinct, nous nous conformions tous à l'atmosphère. On entrait par une porte, on sortait par l'autre, on parlait bas, on voulait aider la mourante sans en avoir l'air.

Le dernier jour il faisait si beau qu'on a ouvert grandes les fenêtres. Francesca est venue s'asseoir contre le lit, très droite et ses beaux gros seins bien rangés dans l'échancrure du corsage. Marie-Pearl l'a fixée avec insistance. Ensuite elle a frissonné. On aurait dit une résurrection : ses joues sont redevenues roses, elle a ouvert la bouche. Nous pensions qu'elle voulait nous dire quelque chose, mais non. Jim se tenait penché sur elle, ses mains appuyées de part et d'autre de l'oreiller. Soudain, elle s'est redressée en riant. Nous avons ri également, un ton au-dessous pour lui laisser le pre-

161

mier rôle. La salle s'est emplie de vibrations colorées. Puis une crise de hoquets l'a secouée avant qu'elle ne retombe en arrière au ralenti, et ses yeux clairs se sont refermés d'eux-mêmes.

On l'a enterrée au cimetière du village. J'ai cessé net mes rencontres clandestines avec Youri. Chaque jour j'allais voir mon fils chez mes parents, le temps s'est mis à déraper à toute allure. Pas mal d'hommes que j'avais connus à l'époque de mon mariage me voulaient. Je couchais avec eux uniquement pour me rassurer sur le poli de ma peau, point à la ligne. Ces gens-là, dont j'ai oublié la physionomie et les propos, me renvoyaient un reflet attrayant de moi-même à travers leurs caresses, celles-ci d'une banalité affligeante. Ça ne me concernait pas. Ça me permettait tout juste de reprendre quelques forces pour me maintenir en équilibre à la surface des jours et des nuits, question d'hygiène, cure de santé dont je suivais les prescriptions avec ma bonne vieille discipline de toujours. Bref, les Moor cessaient d'être mon centre nerveux et je n'en ai pris tout à fait conscience qu'au moment où Harold et Francesca m'ont annoncé leur prochain mariage et leur décision de se fixer aux Etats-Unis avec les enfants.

La nouvelle m'est tombée dessus huit mois après la disparition de Marie-Pearl. Si j'avais été dans mon état normal, j'aurais dû ressentir un choc. Eh bien non. J'avais beau épier les réactions les plus fines de ma pensée et de mon cœur, elles restaient d'un calme plat étourdissant, et pour être honnête cela me plaisait assez. Un pan de ma vie allait tomber. Pourquoi souffrir ? Cela aurait été idiot. Mon instinct me soufflait qu'il serait bon de limiter les dégâts en n'opposant aucune résistance à la franchise carrée, rapide et sans concessions d'une série d'événements qui n'exigeaient aucune explication. Explication : mot clé ! Ne jamais chercher d'explication à quoi que ce soit, tel serait désormais ma tactique. Flotter en aveugle, dormir la vie en économisant ma façon de prendre l'air et de le rendre, de m'inventer des murs transparents de soutien sans rien y comprendre. C'était écrit : j'étais destinée à gagner la partie.

Harold et sa nouvelle épouse ont donné un concert d'adieux juste avant leur départ. Tout le monde était joyeux, excepté les vieux Delarive qui erraient dans leur propre maison comme des fantômes censurés. Moi qui les connaissais à fond, je savais bien qu'ils voulaient annuler l'image de Marie-Pearl à travers leur propre effacement. Et je ne pouvais m'empêcher d'admirer ce courage négatif, lequel était presque de l'héroïsme. Parmi les invités, un homme déjà mûr et massif ne me quittait pas d'une semelle. Je l'avais rencontré deux ou trois fois chez les Moor, je savais peu de chose à son propos, sauf qu'il était architecte et possédait une bâtisse isolée de l'autre côté de la colline, il se nommait Vincent P., il n'avait jamais accroché mon attention. Enfin ce soir-là j'ai découvert la couleur de ses yeux — la couleur des yeux de Marie-Pearl. Un bang de surprise m'a secouée : on me faisait de nouveau signe de ce côté-là, il me fallait donc aller de l'avant, me laisser porter par le flot bienfaisant de l'indifférence.

La famille Moor s'est envolée. Les Delarive m'ont demandé de rester près d'eux. J'ai dit oui. Cependant deux mois plus tard je suis allée m'installer chez Vincent P. Il était veuf depuis plusieurs années et vivait comme un ours dont, par ailleurs, il avait un peu l'allure : noir, court, ventru, velu, puissant mais très doux. Il prétendait m'aimer, il assurait qu'il me rendrait heureuse et je n'avais pas de raison d'en douter. Pour se reposer de ses travaux d'architecture, il peignait, il peignait à tour de bras la nature dont il était fou. Quand ses crises de création le prenaient, il filait dès l'aube par n'importe quel temps, muni d'un lourd attirail qui le faisait ressembler à un portefaix. Il rentrait à la tombée de la nuit, soit mort de chaleur soit frigorifié, les variations de température ne lui faisaient aucun effet. « Viens voir ! » disait-il en disposant sa toile contre un mur avec un orgueil halluciné : il y avait des vergers de printemps, d'été, d'automne, d'hiver, et puis des champs, des fermes, des églises, des granges, des chemins, des bois. Il me demandait mon opinion. J'approuvais, mais avec réticence, ces tableaux médiocres, plombés, et j'étais sûre d'avoir raison. Tout heureux, Vincent montait entreposer son travail au grenier. Il rêvait d'une grande exposition un jour en ville. La chance ne lui avait pas souri jusqu'alors mais elle viendrait, il saurait la saisir. « Le sourire de la chance » était un de ses clichés favoris. A ces moments-là, son corps épais déjà marqué par l'âge se mettait à rayonner. Il avait continuellement besoin de faire l'amour. D'un côté c'était bien, de l'autre fatigant. Pour un peu j'aurais crié grâce.

J'essayais de m'adapter le mieux possible à la maison, vaste, inconfortable et mal chauffée, pleine d'un bric-à-brac sans valeur. Il n'y avait pas de salle de bains, on se lavait dans l'évier de la cuisine, il fallait traverser un terrain en friche pour atteindre la cabane en planches où l'on faisait pipi et caca. Je m'attardais volontiers sur le trou de la banquette pour y jouir d'une solitude qui, déjà, commençait à me manquer. Je m'abandonnais à la paresse en observant le travail des fourmis et des araignées. J'aurais aimé, moi aussi, tisser une toile d'une finesse et d'une originalité admirables. Il m'arrivait de déchirer l'œuvre de ces noires petites fées avec un plaisir sadique. Ce geste ne servait à rien : dès le lendemain elles avaient tout remis en état, ce qui m'emplissait d'un respectueux émerveillement.

Bientôt les Delarive à qui je rendais souvent visite ont reçu des nouvelles de New York, pleines d'une excitation enthousiaste. Les enfants s'étaient acclimatés, Jennifer l'aînée venait de se fiancer avec un jeune professeur de biologie, Peter se développait comme une fleur, et Jim faisait des étincelles au collège. Enfin Francesca était enceinte et Harold Moor, qui donnait concert sur concert, avait dû la remplacer par une chanteuse noire, seize ans à peine et d'une beauté splendide assurait-on. Bref les choses allaient leur train.

La maman de Marie-Pearl me lisait ces messages en soupirant de joie. Il me semblait entendre craquer de partout la maison désertée que lustrait un curieux silence, un silence froid et compassé. J'étais prise alors de panique. Je me sentais traquée de tous les côtés, aussi bien chez Vincent P. que chez les Delarive. Mentalement on me mangerait, on me digérerait, je n'étais plus déjà qu'un vulgaire produit de consommation.

DESSUS : JEUDI JOUR

Jim ne tardera plus : il va paraître à l'angle des deux rues, c'est une question de patience et d'immobilité. Chaque seconde, enchâssée dans chaque minute, est aussitôt remplacée par la suivante, celle-ci menacée à son tour puis poussée en arrière et rythmiquement ravalée. Chaque minute et chaque seconde s'ouvrent ainsi comme une chaîne ininterrompue de lacs prêts à m'engloutir. Le temps ne cesse de désirer que je meure un tout petit peu, bien qu'il connaisse mes capacités de résistance et d'élasticité nerveuse. Pourtant coup par coup il ne désespère pas d'avoir ma peau à travers cette féroce et minuscule partie de bras de fer. Il ne m'aura pas. Mon cœur sait si bien se crisper sur sa volonté de survie qu'il va défaillir, c'est certain.

Je serre les dents, je serre à deux mains l'appui de la fenêtre.

C'est l'heure de la sortie des bureaux, il y a beaucoup de passants et j'observe leur démarche au moyen d'une loupe infaillible encastrée dans mon cerveau : elle fonctionne en permanence. Il ne s'agit pas tellement de mieux voir les corps que de les déchiffrer d'une façon radiographique. A travers leurs vêtements et leurs peaux je réussis à capter les plaisirs et les peines, les manœuvres de bravoure et de dérobade, les faims, les soifs, les chastetés, les perfidies, les refoulements, les aveux. La masse d'observations une fois classée prend la netteté d'une table des matières en fin de livre. Mon attente de Jim me fait soudain dire entre haut et bas : « C'est bon de vivre », et voici que le mot « vivre » se met à vivre à ma seule intention. *Vivre* contient *ivre*, contient *rêve*, contient *rive*, contient *vire*, contient plus simplement encore *vie*. J'ai commis une erreur : *rêve* est en trop, remettons-le à sa place au fond de ma tête aussi brûlante qu'un four, je n'ai pas besoin de lui pour composer un vrai petit roman volatil. Il m'a permis d'étaler ma peur.

Car Jim, enfin, sort du mur d'angle, les pans de son imperméable un peu soulevés par le vent de la marche le font ressembler à un oiseau. J'aimerais qu'il en soit un : il s'élèverait en planant par cercles bien balancés pour me rejoindre par la fenêtre. Il m'a fait signe, il s'est engouffré dans l'immeuble. A partir de là, ce n'est plus par l'extérieur qu'il se manifeste mais par le dedans. Son pas vif et léger dans l'escalier se fait de plus en plus proche, précis, jeune. Une fois atteint le palier, il observe une pause, le temps de remuer dans ses poches ses trousseaux de clés dont il extrait la mienne, elles sont lourdes, elles tintent toutes ensemble, chacune ayant un sens particulier que j'ignore, que je n'ai pas besoin de savoir, que je détesterais savoir. Il me suffit d'écouter le clic dans la serrure, et voici qu'il entre, gagne en trois enjambées la grande pièce, redoublant l'atmosphère d'une netteté morale, mentale, unique, sans histoire mais pleine à ras bord de notre histoire.

Jim sent le frais pendant qu'il dépose son sac et se met à l'aise avant de s'installer derrière le bureau, à ma place habituelle. Tout se passe donc comme si je devenais lui. Il est moi. Il commente en trois mots les événements d'une journée sans événements. J'essaie de poser quelques questions, il ne répondra pas, il vient d'endosser son gilet pare-mots, le voici bardé, protégé, rien ne menacera son château fort, il ouvre déjà le carnet rouge pour y noter à toute allure les frissons d'une pensée — sa raison d'être — qu'il capture au vol. Pour un moment encore il est planté dans notre *ici* qui est la définition même de l'amour, île déserte. Un disque tourne, ce distributeur de magie fait reculer les murs du temps. L'éclat des lampes frappe Jim de côté. La musique le pénètre par tous les sens à la fois. J'écoute Jim en train d'écouter notre sonate préférée : les mains du pianiste font claquer et danser les notes qu'amortit parfois un revers de velours sombre. Ça bat, se répand, parle, perle, chante, vole, roule, crie, retombe et murmure avant de remonter en spirales. L'ancien visage de Jim encore petit garçon se détache de mon passé. Le Jim d'aujourd'hui ne s'est pas rendu compte que je suis seule à comptabiliser mes souvenirs et peut-être quelques-uns des siens. Silence ! il est trop tôt pour ouvrir une brèche de ce côté-là, il faut que j'aménage la cadence de mes espaces avec délicatesse. Ma plus belle preuve d'amour serait de me transformer moi-même en musique. Sur le plan de l'expression un corps est peu de chose sinon rien du tout, peureux sans doute et vaincu par définition.

Pour l'instant je m'accorde le droit d'évoquer une seule image du Jim le plus lointain, le Jim d'avant l'amour. Il était à la veille de partir avec les siens pour les Etats-Unis, l'imminence du voyage plongeait la maison Moor dans une fête anxieuse un peu déréglée, irréfléchie. Il fallait obéir tant bien que mal aux ordres durcis du temps, à ses torsions, ses chutes, ses reprises. Si Harold et Francesca témoignaient une gaieté artificielle, les enfants se laissaient enfermer dans un rêve maussade. A l'exception de Jim : à l'époque déjà il jouissait d'un accord parfait avec sa propre nature et ne souffrait pas qu'on la trouble. On aurait dit un capitaine, maître à bord de son navire. Il l'est aujourd'hui encore : rien ne l'a changé, rien ne le changera, même quand je n'y serai plus. Je m'interroge souvent sur le style de sa performance et j'en conclus que l'enfant-Jim et l'homme-Jim ne font qu'un. Cela intrigue. Cela déroute. On s'adresse à l'homme et c'est l'enfant qui répond. On croit persuader un enfant mais l'homme est là pour contredire.

Mon rôle consiste à le regarder, non pas d'une façon somnolente, approximative, mais avec rigueur : il s'agit d'un travail. Je suis un rayon laser double apte à redessiner chaque trait, modeler, creuser, découvrir d'autres grains, d'autres ombres, plis, volumes. Pas un frisson de peau n'échappe à mon scalpel, pas un os. La discrétion n'est plus de mise, il faut s'enfoncer à l'intérieur du visage de l'homme en train de lire maintenant. Sous les paupières de soie bronzée, les prunelles quittent l'angle initial de l'œil par secousses infimes, glissent jusqu'à l'autre extrémité avant de regagner leur point de départ, elles vont et viennent, légères, infatigables. Elles me font prendre conscience que je ne suis qu'au début de mon exploration de Jim, c'est-à-dire au début de mon propre moi. Je devrais obéir avec une application toute professionnelle aux folies de ma curiosité pour avoir accès, enfin, à la profondeur de son visage. J'y suis presque. Des voies de circulation jusqu'ici dérobées s'ouvriront, je saurai tout, je percevrai l'inouï, je verrai le non-vu, je toucherai l'intact.

L'ombre d'un sourire l'éclaire et sans lever la tête il envoie un baiser au guetteur que je suis, et c'est une information. Il admet la densité de mon enquête, son fluide et sa pudeur. « Je t'aime » fait-il en aparté. Je retire sec mon rayon laser. J'ai cru atteindre le fond, mais je suis restée hors des frontières. « Je t'aime » fait-il de nouveau avec douceur pour me rassurer sur l'échec de ma tentative. Suis-je triste ? humiliée ? déçue ? Voyons donc ! Soulevée d'orgueil au contraire car ma défaite apparente est une victoire. Jim est là dans son intégrité. Nous sommes sauvés l'un de l'autre. Nous avons eu chaud. L'aventure est à reprendre à zéro, l'essentiel est de prendre son temps.

Il tire quelques bouffées rapides de sa cigarette avant d'écraser le mégot dans le cendrier, escalade en vitesse l'escalier intérieur en me faisant signe de le suivre et nous voici allongés une fois de plus sur le lit magique dont craque le vieux bois roux. La chaleur de Jim est une sorte de discours à la fois total et limité. Mon oreille collée à son dos, j'entends battre son cœur, sourd, mesuré, distant, proche et distant sous son bouclier de chair. Possédons-nous un quelconque passé commun ? Non. Nous ne nous sommes pas découverts il y a trente ans. Je n'ai pas tenu contre moi, il y a cinquante ans, le nouveau-né de Marie-Pearl Moor, fruit de mon imagination.

Le cœur du Jim d'aujourd'hui marque la cadence, et le reste est pure fiction.

J'ai cru bon d'inventer un autrefois. Celui-ci n'existe qu'à cause de mon maintenant, un maintenant concret. Je serre l'épaule de Jim qui s'est endormi d'un coup. Il pousse un soupir étouffé confirmant le bien-fondé de mes divagations : nous en mériterions la jouissance définitive. Ainsi serions-nous les élus sorciers de ce qu'on nomme petitement l'ici-bas. Notre rire caché serait ininterrompu. Cependant sous la trame de mon propre assoupissement est glissée mon éternelle angoisse d'extra-lucide. Jim est jeune, j'ai cessé de l'être. Bientôt ma démarche se fera précautionneuse, ma réflexion moins souple, et je n'aurai peut-être plus autant envie d'écrire alors que Jim, plus fortement noué que jamais sur sa création, poursuivra sa course. Il continuera cependant à me poser la même question : « Tu m'aimeras toujours ? » et je répondrai dans un éclat de rire que je n'ai rien d'autre à faire sur la planète. Il me croira. Je ne lui ai jamais menti. Sa confiance est sans réserve. Un fin tissu de temps manipulé dans les coulisses de notre théâtre intime commencera à se déchirer en douceur. Nous n'accepterons pas cela. Nous avons toujours été de grands maniaques. Jusqu'au jour où, en dépit de nos volontés, sonnera l'heure du basculement. Je tomberai, je plongerai au fond d'un silence que nous n'avons eu ni l'envie ni la sagesse de prévoir. On me poussera jusqu'au bord de l'étrange échiquier. Stupéfait, Jim criera au scandale en imaginant qu'on en veut à son intégrité. D'abord il souffrira de ma disparition. Ensuite il se contentera de n'être que malheureux, c'est tout à fait différent. Son chagrin s'adoucira, se feutrera, s'arrondira, se creusera pour panser petit à petit la blessure. Il ne m'oubliera pas, c'est certain. Il oubliera simplement le trop-plein de ma présence au profit d'une vision plus vaporeuse qui saura le protéger. Nos souvenirs communs se conformeront à ce nouvel épisode, non programmé, de notre aventure.

Toujours endormi, il me fait face à présent. Nous ne restons pas inactifs dans notre manière d'être emboîtés l'un dans l'autre, à moins que ce ne soit l'autre dans l'un : il y a toujours un mieux à trouver qui apporterait à la combinaison des formes un confort différent, un velouté plus secret que nous voulons atteindre sans bouger, nous y allons en toute confiance, en paix, en moelleux, avec une patience si bien exercée que, voilà, nous ne savons plus distinguer le tien du mien, nos membres sont à point, chauds et lisses, et nous sommes au bord de réussir la fusion sublime qui résoudrait les problèmes à notre place.

J'aime les trous d'un corps. Ils ne sont pas assez nombreux à mon avis, et c'est regrettable. La nature n'est pas allée jusqu'au bout d'elle-même, c'est-à-dire de nous. Il aurait été utile de nous pourvoir de la tête aux pieds de nombreux orifices supplémentaires, ce qui aurait facilité les moyens de capillarité, les échanges, les surprises, les aires de repos.

En me quittant il a dit « à demain, mange bien, dors bien, sois bien » et les mots continuent à battre un long moment après son départ. Il me faut alors aller vite pour gagner du terrain sur l'angoisse du soir, toujours la même : et s'il ne revenait jamais ? si j'avais passé ma vie à me duper dans l'incertain, l'improbable ? Par chance ma réaction est instantanée. J'abats l'angoisse en gestation. Je monte en courant dans la chambre et sors du placard la robe achetée récemment, neuve encore. En soie noire imprimée de palmes rouges et dorées, elle prend sur moi une fluidité liquide. Mes pendants d'oreilles scintillent, je me recoiffe et me parfume, je m'observe dans le grand miroir-psyché. Psyché : on ne saurait mieux dire. Ma vue basse et le contre-jour créent l'illusion. Je me tiens droite, j'apparais svelte et lisse. Mes bras et mes jambes ont su préserver leurs rondeurs. Prête, je suis prête. J'entre à peine dans ce qui doit être le cadre de ma vie. Je me caresse un peu les flancs, soulève la jupe, apprécie les fins talons de mes chaussures. La jubilation excite si bien mon sang que je commence à danser sur place en obéissant au rythme intérieur de la passion qui jamais ne me quitte. Me voici forte, flexible et brune comme il y a trente ans. Je suis prête, oui. J'ai plu. Je plais. Je plairai. Aucune raison pour que je cesse de plaire un jour, ce serait une fumisterie. Le courant de mon charme continuera à m'emporter. Comment ai-je pu douter une seule petite seconde de mon droit à l'éternité ? La vieillesse et la mort ont été conçues par un esprit criminel, il suffit de s'en persuader pour les rayer d'un trait. Le mot *fin* ne figure pas dans mon dictionnaire.

DESSOUS : JEUDI NUIT

La créature dite humaine est émouvante dans la mesure où, dès qu'elle s'inscrit dans un temps donné, elle s'imagine avoir conquis la stabilité. Elle a bougé, marché, couru, uniquement poussée par le besoin de rencontrer bientôt l'obstacle d'un mur où s'appuyer. L'obstacle s'est métamorphosé en but. Il n'y a plus rien à découvrir au-delà, on peut enfin se reposer. On oublie la terreur d'un autre côté énigmatique. On refuse jusqu'au principe élémentaire d'un problème quelconque. On se réinvente alors un nouveau décor que l'on se jure définitif. On est rassuré. On peut dormir enfin sa vie. On a le droit de confondre l'espace et le temps.

C'est ainsi que j'ai vécu pendant dix ans auprès de Vincent P. dont le cas, en somme, était intéressant. L'architecture l'accaparait trois jours par semaine, il s'y adonnait avec un acharnement d'ouvrier exemplaire, un point c'est tout. Il réservait sa vraie passion à la peinture. « La nature, la nature ! » répétait-il avec une emphase de plus en plus plombée, mais en fait il n'y comprenait pas grand-chose : son impuissance à en saisir le grain m'emplissait de stupeur, parfois même d'émerveillement. Oui, le cher Vincent était un rarissime échantillon de candeur. Après avoir travaillé « sur le motif » une journée tout entière, il attendait mon avis sur sa nouvelle toile. Il ne parvenait qu'à fixer le derme fragile d'un paysage. Je souffrais tout en approuvant de la tête sans un mot. Ses yeux très petits et très noirs me scrutaient de côté d'un air convaincu. Mon mutisme était révélateur. Alors il s'emportait, plaquait le tableau contre le mur et filait dans sa chambre. Je l'aimais bien malgré son manque d'humour car il était bon. Je n'étais pas tellement faite pour la bonté, me disais-je souvent. Ensuite il venait me rejoindre, plein d'enthousiasme de nouveau et les choses repartaient de zéro. Il me faisait l'amour nuit et jour avec une ardeur presque médicale : à chacun de ses coups il croyait m'injecter la certitude qu'il était un génie encore méconnu. Or ça n'existe pas, les génies méconnus. A part ça, l'ordre régnait à la maison. Etais-je heureuse ? Bien sûr ! J'ai d'ailleurs gardé peu de souvenirs de cette tranche amollie de mon existence, excepté que Vincent perdait ses cheveux, prenait du ventre car il mangeait trop, me baisait trop, m'épuisait, m'attendrissait, m'agaçait selon l'humeur.

Une fois par semaine, nous allions en ville. Pendant qu'il était à l'agence, je passais quelques heures chez mes parents. Mon fils a eu douze ans, puis treize, puis quatorze, il me suffisait de le voir se développer à distance, le moins qu'on puisse dire c'est que l'amour maternel ne m'étouffait pas : Vincent souhaitait par exemple que le garçon s'installe auprès de nous à la campagne et je m'y opposais de toutes mes forces.

Mes parents m'ont invitée au repas de son quinzième anniversaire et j'ai cru découvrir un étranger, presque un homme déjà, très sombre et très maigre. Brillant au lycée, il se comportait d'une manière odieuse avec ses grands-parents ainsi qu'avec mes frères : ceux-ci s'étaient mariés entre-temps et ne cessaient de se reproduire. Le soir, la fête de famille s'est gâtée : en portant un toast à la santé de mon fils, l'Homme gris avait eu la maladresse de casser son verre. Maman s'est déchaînée comme d'habitude car l'âge ne l'avait pas calmée, papa a empoigné un coin de la nappe qu'il a tiré avec violence et la vaisselle est allée se fracasser sur le tapis dans les éclaboussures de mangeailles et de vins, ce qui était assez beau. Ensuite il s'est levé, gros, rouge et solennel comme s'il avait voulu détacher de sa personne une ombre massive qu'il pourrait traiter comme un domestique. Accompagné par cette ombre fidèle, il est sorti de la pièce en me lançant au passage un singulier regard de connivence qui me conseillait, en somme, de le rejoindre.

Il m'attendait en effet devant son bureau couvert de paperasses. J'ai soufflé « papa ? », et c'était de ma part une tentative courageuse pour entrer dans le vif d'un sujet que je pressentais inévitable. Pourtant il ne se pressait pas. « Papa ! » ai-je répété avec un soupir interrogatif. Il allait falloir délivrer l'Homme gris de ses refoulements de mari trompé, de ses mutismes, en résumé de ses chaînes. Alors s'est produite une chose étonnante : cet individu qui n'était pas mon père tout en l'étant a fondu en larmes. Il devait avoir mal. Lui qui avait toujours contrôlé ses nerfs avec un calme un peu mou s'abandonnait enfin à la violence d'une vérité qu'il n'avait jamais accepté de reconnaître. « Papa ! » ai-je répété pour la troisième fois. J'ai cru qu'il y consentait. Je me trompais : on a toujours tort de croire au possible. Vieillissant à vue d'œil, il a fait non de la tête. Il ne m'avouerait pas ce soir comment sa femme avait copulé avec le meilleur ami de Claude, comment il avait découvert leur correspondance, comment j'étais née de cette liaison. Il savait tout. Il ne voulait rien savoir. Nous nous sommes embrassés pour clore un entretien qui n'avait pas eu lieu.

Rentré avant moi à la maison, Vincent peignait un champ de betteraves au soleil couchant avec, au premier plan, un troupeau de poules. Les cuisses ouvertes et le dos voûté par l'effort, il était là comme un intrus. Il s'est redressé pour me permettre d'apprécier le travail. J'ai filé à la cuisine, mes pensées en désordre se bousculaient, soutenues par le choc des casseroles et, la même nuit, je me suis refusée aux assauts de l'homme qui cherchait à me violer en riant. Je me suis débattue avant de le gifler, ce qui l'excitait plus encore, il était sur le point d'exploser, gémissait-il. « Tu n'as qu'à t'en prendre à la chèvre du voisin », ai-je crié. Ça l'a calmé d'un coup. Il s'est rhabillé en un tournemain, est sorti après avoir claqué la porte et n'est rentré que le lendemain, harassé de rancune, chez nous. Est-ce bien moi qui me permets d'écrire « chez nous » ? Car il n'y avait pas de « chez nous » pour moi à l'époque. J'avais dérivé jusqu'alors dans un « nulle part » sans perspective. J'étais née, pourquoi ? J'avais grandi, pourquoi ? J'avais fait un enfant, pourquoi ? A travers le monde d'autres couples se pénétraient par millions avant de jeter sur le terrain des millions de « je » innocents. La planète en était bourrée. Chaque « je » grandissait, s'adultisait, croyait se différencier, se reproduisait inlassablement, pourquoi ? On prend. On est pris. On se sépare en souffrant un peu ou beaucoup, pourquoi ? Un bizarre élan m'avait poussée dans le lit d'un individu nommé Vincent P. Pourquoi pas Anatole ? Après dix ans de vie commune j'ignorais tout de lui excepté sa chaleur, ses poils, sa langue et ses mamelons rouges, son exécrable peinture, et par-dessus tout

177

son odeur devenue à la longue un pervers excitant pour ma cruauté.

Admirons cependant les initiatives du Temps.

Un matin de l'été suivant, Vincent m'a déclaré que nous nous quittions, sa décision était ferme. « Qu'est-ce qui te prend ? » ai-je répliqué en repoussant mon assiette car nous étions à table. Eh bien il avait rencontré une institutrice toute jeune, modeste, joyeuse qui saurait lui donner la paix dont il avait besoin pour créer. Soudain, il était sublime de beauté, ce qui ne m'émouvait pas, soyons honnête, au contraire j'étais soulevée par un bonheur déchirant. Alors que tout se terminait entre cet homme et moi, il commençait à m'intéresser à la façon d'un rare spécimen de la nature : insecte, oiseau, caillou, poisson, crustacé.

J'ai bouclé mes bagages. Il n'y a eu ni scène ni pleurnicherie. Mon départ était sec et, d'une certaine manière, triomphant. Je suis allée tout droit chez les parents de Marie-Pearl comme on retourne au pays natal. Ils m'ont installée dans la chambre autrefois occupée par le jeune couple : spacieuse, ensoleillée, encore pleine de souvenirs restés intacts. Quand je me glissais le soir dans l'ancien lit conjugal, une sensation aiguë de nouveauté m'envahissait. J'étais en train de changer de case sur le damier de ma vie. Récapitulation : j'avais traversé un premier petit enfer auprès de Youri dont je n'avais plus aucune nouvelle, puis un bref paradis avec Vincent, mais il s'était agi d'un paradis inconsistant suivi de deux ou trois purgatoires peuplés d'amants furtifs. Il me fallait donc sortir d'un cul-de-sac. J'avais plus de quarante ans, je travaillais chez un avocat de la ville, je m'étais contentée de flotter jusqu'alors à la surface d'un temps nul.

Mon intermède de passivité a pris soudain couleur et sens.

Je me suis remise à écrire, cette fois avec sérieux : je projetais un roman où l'amour serait vu sous l'angle de l'ennui, de la damnation, de l'erreur, de la fatigue, du mensonge, en bref du forfait pur et simple. Je prouverais que l'amour s'invente seulement pour vous arracher à vous-même. L'amour est le piège majeur à fuir dès qu'il s'annonce à travers la vulgarité de ses manigances. Il fallait donc s'en passer en se couvrant d'un glacis d'indifférence, même feinte. Glisser au hasard des circonstances. Eclairer avec cynisme la détestable complicité reliant l'amour à la mort. « Nous y sommes, oui ? » pensais-je. La mort m'inspirait, précisément sur les lieux où Marie-Pearl avait cru bâtir un bonheur durable. Elle s'était creusé un nid d'apparence incorruptible. Total : elle en était morte. Avec une fébrilité morbide, je m'amusais à généraliser. Que sont les morts en réalité ? Des égorgeurs-nés, des rapaces. Et pour mieux illustrer mon topo, j'inspectais la chambre où rien n'avait été modifié depuis le départ des Moor. J'ouvrais les tiroirs, je fouillais, je remuais des vêtements abandonnés, lisais des cahiers et des lettres et finissais toujours par m'installer devant le piano de Harold. Moi, si peu musicienne, j'inventais comme en rêve des mélodies destinées à tuer la mort. Souvent mon plaisir était doublé d'angoisse. Serais-je capable de me débarrasser de ces fardeaux pourris ? Dans le silence et la lumière de la maison, je me croyais apte à les vaincre et j'arrivais à m'y déplacer avec un orgueil sournois. En occupant le lit à deux places, je réussissais à ne plus avoir Marie-Pearl agonisante pour voisine. Je me promenais au jardin sans la trouver au détour des allées. Je pouvais même replonger dans la mémoire de notre enfance commune sans en avoir peur. Par exemple, je nous revoyais attelées à ce roman que nous avions entrepris toutes les deux, et le fantôme ahuri de Désirée ma rivale explosait enfin pour de bon. A leur insu, les vieux Delarive se rangeaient de mon côté dans cette entreprise compliquée d'exorcisme. On recevait de bonnes nouvelles de New York. Francesca soignait les enfants Moor et son propre bébé avec autorité, elle avait définitivement renoncé au chant, les derniers récitals de Harold avaient remporté un triomphe, Jennifer était enceinte, Jim s'était mis à écrire : son premier récit paraissait chez un grand éditeur, on parlait déjà de génie à son propos.

De tels messages, qui nous arrivaient avec ponctualité, me faisaient pénétrer posément, bien que par effraction, dans le tissu d'un certain bonheur, un bonheur particulier, le bonheur qui consiste à écrire sa vie au lieu de la vivre. Je découvrais l'énormité du verbe *être* que l'on peut conjuguer à tous les temps et sous toutes ses formes. *Etre* réclamait le préalable de l'écriture. *Etre* sauvait de l'horreur d'être.

Je répondais à mes amis par retour du courrier avec fougue. Une certaine intimité commençait même à se nouer entre Francesca et moi. La chanteuse aux gros seins se substituait honorablement à Marie-Pearl. On se découvrait l'une l'autre non sans surprise. Elle m'a bientôt annoncé sa seconde grossesse et tout le monde autour d'elle était enchanté. Harold gagnait enfin beaucoup de dollars, on pouvait économiser. L'amour était donc, en fin de partie, battu à plate couture. Foutues ses représentations angéliques malsaines ! Renversées les montagnes ! Desséchés les fleuves ! Eteints les volcans ! Périmés les orages ! Horizons libérés, oui, encore oui, toujours oui !

DESSUS : VENDREDI JOUR

Jim a du retard, il ne faut pas s'inquiéter, il a beaucoup à faire en ce moment. Comme toujours cependant mon attente a du bon, elle est pleine d'intérêt. Je m'astreins à découper avec minutie la forme géante de chaque minute, puis chaque seconde dans la minute. L'effort est d'une telle ampleur qu'il serait possible d'en tirer un roman-fleuve et je l'intitulerais *Le Livre des secondes*. Sa construction collerait à merveille avec le spectacle de la rue observée depuis mon cinquième étage. Les trottoirs ont été éventrés. Une armée d'ouvriers occupe le terrain huit heures par jour et leur outillage est souvent monstrueux, de la brouette au marteau-piqueur, de la pelle à l'excavatrice, du seau au camion-foreur juché sur ses hautes roues à quadruples pneus. Je passerais mon temps à les voir fonctionner, chacun concentré sur un travail précis, indépendant des autres, médiéval d'une certaine façon. On plonge aujourd'hui dans les boyaux du sol comme on devait le faire autrefois pour ériger une cathédrale, rien n'a changé dans la folle et rudimentaire pratique des fouilles. On dispose des kilomètres de canalisations neuves avant que la terre, préalablement déplacée, ne les recouvre à nouveau. On entreprend ensuite le nivellement du sol et la repose des grandes dalles mesurées au cordeau. Tout sera terminé ce soir. J'admire la finesse de ces longs puzzles de pierre semblables à quelque précieuse marqueterie : pas un millimètre de rejointoiement n'est négligé, l'horizontalité de chaque plan est calculée à l'aplomb et maintenant les machines ont quitté les lieux comme par enchantement, les hommes aussi, harassés sans doute mais peut-être un peu contents sans le savoir : grâce à leur souci de perfection ils ont réalisé une espèce d'œuvre d'art exigeant un instinct de la beauté ainsi que le secret de ses rythmes.

Jim est en retard et je ne suis pas inquiète.

Les passants, eux, ignorent l'œuvre d'art en question qu'ils ont pourtant le droit de fouler en long et en large, ça leur appartient et les rassure, la solidité du sol permet à chacun de piétiner, l'air de rien, les intimités les plus opaques du temps sans la crainte d'être happé au passage par une imprévisible calamité. Seules les très vieilles femmes semblent deviner la proximité de ces mystères, et même les moins vieilles, et même les presque jeunes : elles sont les sorcières d'un réel dont elles ne veulent à aucun prix. Par exemple, deux d'entre elles se sont rencontrées juste à l'angle des rues où la vitrine de l'antiquaire les reflète : leurs hanches oscillent, leurs jambes frémissent, leurs bras s'écartent et retombent, elles se rapprochent jusqu'à se cogner le front puis s'éloignent sans pour autant interrompre leur interminable entretien, elles pivotent sur elles-mêmes en échangeant leur place, elles ressemblent à deux toupies lentes...

Jim est en retard, et je suis inquiète.

... Bien qu'elles ne s'aiment pas, elles se confient une quantité de lamentations complices qui, pour un moment encore, les revêtent d'une petite gloire privée. Elles éliraient volontiers domicile en ce lieu. Elles s'y sentiraient libérées de leurs sordides malheurs et de leurs plaisirs mesquins. Elles s'y croient uniques et préservées. Pourtant elles ne cherchent pas à s'y enraciner, au contraire. Leur désir profond, inexplicable, est de s'arracher au sol tout en demeurant liées par leur caquetage dont l'écho vient jusqu'à moi. Ce qui se passe entre ces deux femelles exténuées est, si l'on y réfléchit bien, une tragédie qui reste au niveau de la répétition : elle est depuis toujours inachevée bien que le décor et la mise en scène soient au point. Il n'y aura jamais de générale, jamais de public, il n'y a pas d'auteur. La mort seule pourrait à la rigueur sauver les apparences. Mais je le vois bien, moi, qu'elles trépignent sur leur bout de trottoir sans avoir envie de mourir, quelle idée! Alors, presque avec brutalité, elles se séparent en s'adressant un ultime adieu. Elles se retournent encore deux ou trois fois, se font signe en secouant la tête d'un air entendu, elles se retrouveront ici demain sans faute, « pas de problème! ».

Jim enfin apparaît pour s'immobiliser au seuil de la pharmacie dont entre-temps les lumières se sont éteintes. Il attend que je descende le rejoindre, oui, je viens, oui, j'arrive, le temps de fermer la fenêtre, donner un tour de clé à ma porte, dévaler l'escalier, plonger dans le dehors tout empli déjà d'une eau de nuit aux riches nuances. « Il fait violet ce soir » dis-je pendant qu'il me prend le bras. « Violet » est un mot sur lequel il serait bon de délirer un peu, mais pas maintenant, Jim est là qui m'entraîne à vive allure du côté du fleuve. J'ai beau lui poser deux ou trois questions sur son travail et ses rencontres, il n'a rien à me raconter et c'est fort bien ainsi : nous ne sommes pas deux bonnes femmes sur le retour, nous, et le silence est notre lot. Juste avant de quitter la ville étrangère il m'avait dit de sa voix sourde, légère, enflammée : « Le silence partagé est un don de Dieu. » Je garde ces mots sous mon front avec émerveillement. Je lui tairai donc mon histoire de trottoirs éventrés puis refaits, et d'ailleurs les mots sortiraient de ma bouche sans l'atteindre, ils s'évanouiraient en vapeur, fondraient dans le crépuscule que nous traversons en fraîcheur calme, lui et moi, lui qui est mon autre moi, lui qui est mon seul vrai moi tout compte fait, lui et moi qui sommes un *nous* préservé. Le fleuve paraît plus large à cette heure, brun-vert un peu crémeux, à peine liquide et sur la rive opposée les flancs des longs palais sont dorés de phosphorescences à l'abri des arbres : ceux-ci ont pris la consistance d'une chair à peine agitée. La vie est belle puisque je vis.

Le velours incarnat du restaurant nous réserve sa coquille habituelle, chaude et tranquille sous un lampadaire aux rameaux torsadés, et Jim se plonge illico dans la carte des vins. En douceur son visage se met à resplendir. Je me tais, j'attends, il ne faut pas troubler son intimité passionnée avec les vins, avec certains vins. Le mieux que j'aie à faire est d'entrer dans son front puis de m'accouder paisiblement au cadre de ses yeux pour y jouir du paysage. Embusquée ainsi, j'aperçois des champs de vignes et des coteaux roux aux rayures soignées. La circulation du sang s'y fait à ciel ouvert, l'hémorragie est en direct, combinant des rouges et des verts qui se ramifient à l'infini. Jim pousse un soupir en murmurant : « Que dirais-tu d'un... ? » alors je peux me retirer de ses yeux que l'imaginaire incendie. Il faut le savoir : ce n'est pas moi qu'il regarde à présent, mais la perspective de son intuition. Il est heureux. Il sourit. Pour la première fois depuis que j'ai commencé ce livre, l'enfant Jim et l'homme Jim se rejoignent. Je leur en donne l'autorisation puisque, après tout, je suis l'auteur. Averti sans le savoir, Jim continue à se comporter en élément étranger. Il a décidé de se retrouver seul au creux de son enfance, il n'a que faire de moi qui suis embrumée par un souvenir sans conséquence. Accompagné de sa famille il occupe des petits châteaux somnolents bordés de pelouses, contemple un fleuve au port splendide, se partage entre l'odeur salée de l'océan et l'odeur sucrée du raisin, en nourrit son propre sang, un sang qui se mue aussitôt en écriture dont il est, jusqu'à ce jour, le manipulateur triomphant.

Le soupir que je pousse aussi est très différent. Me voici contrainte à repousser l'ancien Jim inventé de a à z. Dans notre valve capitonnée à deux places, je rejoins le Jim vrai, le Jim de maintenant. La perfection consiste à savoir que la vie en son entier est un seul repas. Nous sommes attablés ici depuis trente ans. Nous mangeons le temps avec application. Nous buvons à petits coups l'air sacré, nous évitons des gestes trop crus qui rompraient le rythme, en résumé nous décidons de reconduire les joies de l'appétit, ce qui signifie que nous aurons faim dans un siècle, faim encore et toujours. Le chat de la maison engoncé dans sa fourrure est venu se frotter à nos épaules en ronronnant, il est le vieux roi Temps en personne, il tient son rôle d'incorruptible témoin. Jim demande : « C'est bon ? » Oui, très bon. On ne peut douter de rien puisque la viande s'est savoureusement défaite sous le hachoir de nos dents, ainsi pouvons-nous manger ce que nous écrivons tout en écrivant ce que nous mangeons, nous avons réussi à tuer toute distinction entre la pensée et le corps.

J'adore l'illogisme stupéfiant des associations d'idées : qu'est-ce qui me pousse à raconter à Jim la lettre reçue cet après-midi même ? Depuis l'autre pays on m'annonce que Youri est sur le point de mourir. On a dû l'emmener à l'hôpital au cours d'une crise aiguë d'éthylisme, on me précise l'adresse, les numéros de la chambre commune et du lit d'hôpital en question, on suppose que j'aurai la décence de lui rendre une dernière visite, simple devoir de morale, bien sûr ! J'avale de travers, secouée par une quinte de toux je m'étrangle. Avec gentillesse Jim me frappe dans le dos, l'affreux passé que je croyais annulé pour de bon m'est flanqué à la tête et je n'en veux à aucun prix. J'y vois très clair cependant : la mort imminente a retiré du visage de l'homme déchu les bouffissures parce qu'elle rayonne de bonté. Le voici redevenu tranquille et singulier. A-t-il conscience qu'il est en train de passer de l'autre côté du miroir ? Oui et non sans doute. Plutôt non que oui, bien que cette part ténue de oui soit là, ensommeillée mais nette. Je n'existe plus pour lui. Il a même oublié que nous avions un fils. L'épaisseur de milliers de jours d'ébriété a sclérosé son esprit, gratté jusqu'au souvenir des trois pointes de notre triangle de famille : le père, la mère, un enfant. Aujourd'hui, cinquante ans après, je me trouve ici près de l'homme que j'aime. Le fils de Youri vit loin au-delà des mers avec sa propre famille. Chacun de son côté, paix à nos âmes. Nous ne nous sommes jamais appartenus. Nous nous connaissons peu et nous ne le regrettons pas. Au seuil de sa mort, Youri se voit purifié, mon fils est là-bas dans un pays lointain, et moi je suis pure ici.

« Il ne faut pas pleurer » fait Jim.

Je n'avais plus pleuré depuis des années et des années, ça

me fait un bien fou, il faudrait pouvoir remonter aux sources de ce plaisir d'autrefois, si richement vitaminé. Ah revenez à moi, vieux chagrins fastueux de ma jeunesse! Rendez-moi votre feu! Prenez-moi! Absorbez-moi!...

Dès que nous sommes rentrés j'allume toutes les lampes pour y voir plus clair en moi. Jim a répété plusieurs fois : « Ne pleure pas » avec une gravité déjà distraite. Les sourcils froncés, il relit le dos de la pochette d'un disque menant sur son plateau sa fine ronde en satin noir. Un peu plus tard et toujours sans me regarder, il affirme avec autorité qu'il n'y a aucune raison d'aller voir Youri. « Il n'existe plus pour toi, tu n'as plus à tenir compte de cette époque périmée de ta vie. » Ces paroles dites assez bas et légères en apparence viennent confirmer ce que j'avais déjà décidé intérieurement. La pitié n'est pas mon fort, ne l'a jamais été, ce n'est pas aujourd'hui qu'il me faudra changer de cap, bien au contraire : je tiens par-dessus tout au confort de ma cruauté qu'atténue, non sans un certain charme, un très doux glacis de lâcheté consentie. Je m'y complais, ça me soulage et me rend plus attentive encore aux procédés de ma paix présente. Je pleure agréablement sur mon passé difficile, je ne pleure pas le moins du monde sur le destin du malheureux Youri. Quel repos!

J'ouvre grande la fenêtre pour laisser entrer l'air de la nuit. La cantate continue à déployer ses ailes de souffrance glorieuse. Décidément la musique est apte à résoudre n'importe quel problème : à travers elle Dieu s'adresse à Jim qui le mérite, ainsi qu'à moi qui ne le mérite pas. La multiplication tressée des voix tour à tour s'élève tout en haut et descend tout en bas. La musique a le don de nous aspirer sans faire le partage entre le bien et le mal. Je me laisse absoudre avec une facilité presque insolente, ce qui va jusqu'à m'étonner moi-même et c'est un comble. Les larmes ont séché sur mes joues qui sont raides et froides. Je suis bien parce que violemment actuelle. J'ai perdu tout relief au point d'être comparable à un feuillet de papier vierge. On peut y commencer un texte neuf équilibré, tramé par l'amour. L'amour n'a ni endroit ni envers. Je vis parce que j'écris. J'écris parce que Jim est là, vivant. Cercle vicieux phénoménal. Je ne suis pas coupable d'avoir assassiné mes peurs.

DESSOUS : VENDREDI NUIT

Au moment où la blessure entre mon jour et ma nuit se rouvre, Jim le sait par intuition. Pour me guérir il prend mes pieds entre les siens avec détermination dès que nous sommes couchés. Ce vieux remède a gardé son efficacité d'ange. Maintenant le sommeil peut venir, le sommeil vient, nous l'attendons sans bouger, Jim saute en premier du haut de son plongeoir. La demi-clarté venue du dehors en planant se combine à l'obscurité de la chambre. Le ciel et les couvertures, la lune et les draps, les étoiles et nos souffles bientôt confondus forment un univers unique adapté à nos corps. Dès lors, j'ai le droit sinon le devoir de retourner sans crainte vers le Jim ancien.

Les parents de Marie-Pearl sont morts à quelques mois de distance. Cela s'est passé sans la moindre difficulté et presque sans chagrin. Leur disparition avait le naturel d'une souriante mise à la retraite. Les derniers temps je les avais fort peu vus. J'occupais un modeste appartement en ville, j'avais quitté mon emploi et me bornais à publier mes livres. J'ai refusé d'assister à l'enterrement des Delarive. A l'époque déjà, je détestais ce genre de formalité, elle me paraît aussi humiliante pour ceux qui s'en vont que pour ceux qui restent. Leur maison a été aussitôt mise en vente. Malgré les jours heureux et les jours malheureux que j'y avais connus, son souvenir ne me touchait plus. Car entre-temps j'avais appris la légèreté. Pour quelle raison ? Parce qu'il me fallait absolument trouver un centre dont j'ignorais encore le lieu. Puis une lettre de Francesca m'a soudain avertie qu'ils étaient sur le point de quitter les Etats-Unis à l'exception de Jennifer et de Murray, fixés la première à New York et le second à Washington, tous les deux mariés et pourvus de marmaille. Harold rachetait une grande maison dans le sud du pays, au bord de l'océan dont il avait gardé une vieille nostalgie. Il avait gagné pas mal d'argent pendant leurs dix années à l'étranger et tout donnait à croire que cela continuerait maintenant qu'il était connu. Noémi avait vingt-cinq ans, Jim tout juste vingt, il était temps de songer à leur proche avenir. Jim avait d'ailleurs l'intention d'habiter la capitale pour y terminer ses études de lettres mais il voulait plus que jamais continuer à écrire, oui, écrire, ce qui contrariait un peu son père du reste : Harold Moor aurait aimé qu'il collabore à ses recherches musicales d'abord, à la direction de son orchestre ensuite, etc. Bref, le ton de la lettre de Francesca, désordonné, bavard et véhément, m'informait ainsi des modifications intervenues chez eux, cela m'intriguait beaucoup.

Mais pourquoi donc m'inquiétais-je ainsi au sujet de la famille Moor ? me suis-je dit dans le train qui m'emmenait vers eux quelques mois à peine après leur réinstallation en France. Et d'ailleurs pour quelle raison avais-je accepté si facilement leur invitation à passer deux ou trois semaines dans leur nouvelle maison d'en bas ? Car je la surnommais, j'ignore pourquoi, « la maison d'en bas », sans doute parce que je la supposais lumineuse, fraîche et tout arrosée d'embruns. J'essayais aussi de comprendre l'étrange attraction que ces gens exerçaient sur moi par-delà les années. Autrefois il y avait eu Marie-Pearl et ses parents. Ensuite Harold, puis les enfants et finalement Francesca. Aujourd'hui, c'était une autre force qui m'appelait là-bas, mais laquelle ?

Un repas de fête m'attendait. N'importe quel repas de famille peut concentrer en deux ou trois heures les mystères de l'humanité tout entière : quelques personnes assises autour d'une table suffisent pour être les révélateurs de ce microcosme aberrant. Harold et Francesca étaient devenus presque obèses, impérieux. Tout de suite j'ai pensé qu'ils avaient plongé des racines dans les corps des disparus. On a tendance à croire que les familles se ressemblent au point de se confondre à travers les plaisirs de la vanité, les mêmes soucis d'incompréhension. C'est faux. En les regardant bouffer et boire, il apparaissait évident qu'ils ne pouvaient s'épanouir qu'à la seule condition de consommer leurs morts, c'est-à-dire les vieux Delarive, le petit John, Marie-Pearl. A la façon de plantes voraces, ils cherchaient leur nourriture là où ils étaient certains de la trouver sans effort. Au moyen de leurs pieds collés au sol ils pompaient le sang des morts depuis longtemps cataleptisés, ils en aspiraient les muscles et les nerfs illusoires, ils avaient besoin de ça. Ils en retiraient des éclairs de vitalité capables d'armer leur maintien et leurs propos d'une espèce de morbidité placide qui les unissait avec plus de vigueur.

Jim n'a fait qu'une brève apparition à l'heure du café, ce qui m'a fait un choc : le bébé que j'avais vu naître vingt ans plus tôt dominait tout le monde par la taille. L'éclat de ses yeux sombres, la mobilité de ses gestes et de ses expressions étaient fascinants. Je lui ai demandé s'il me reconnaissait, s'il se souvenait de moi. Il a secoué brièvement la tête et l'on ne pouvait savoir s'il s'agissait d'un oui ou d'un non. J'aurais aimé l'observer plus longtemps, mais il s'est éclipsé presque aussitôt. Les Moor m'ont alors expliqué que Jim, dès son arrivée dans le pays, était tombé amoureux d'une chanteuse de cabaret en ville. Il découchait de plus en plus souvent et si Harold ou Francesca commettait l'imprudence de faire allusion à son aventure, il opposait à chacun un silence de roc. Ça les inquiétait ferme : qu'allait devenir ce beau garçon dont l'intelligence et la ténacité, déjà, étaient légendaires ? Réussirait-on à discipliner ses dons ? On me demandait mon avis, je me suis bornée à hausser les épaules d'un air évasif.

J'ai pourtant eu l'occasion de revoir Jim quelques jours après pendant que je me promenais seule dans le parc de la propriété. Il a surgi au détour d'une allée comme par magie. L'automne était humide et doux, ensoleillé. Jim marchait si vite que j'avais de la peine à le suivre, ce dont il semblait se ficher. Il foulait l'épaisseur des feuilles mortes en écoutant avec attention leur bruit de ressac, comparable, m'a-t-il dit, à la retombée des vagues sur une plage. J'essayais en vain de lui refiler les conseils que les siens m'avaient priée de lui transmettre. Mes propos, que je trouvais par ailleurs saugrenus et choquants, tombaient dans l'oreille d'un sourd. Son mutisme s'imposait comme un acte d'imparable autorité. Il s'arrêtait net parfois, les mains nouées dans le dos, puis se retournait pour me dévisager avec une joyeuse insolence. J'ai ri très haut. Juste avant de regagner la maison, j'ai osé lui parler à mots couverts de sa maman et je l'ai vu pâlir. Le relief accentué du front, la mâchoire ferme et le nez courbe, la bouche serrée, on le sentait, voulaient protéger un espace intime et nu, lourd de mémoire et de chagrins refoulés. Voyait-il de temps en temps Marie-Pearl dans sa tête ? Souvent ? Peu ? Pas du tout ? Il m'a répondu sur un ton coupant qu'il n'avait rien à dire sur la question, puis il m'a plantée là.

Plus tard au cours d'un dîner où les Moor et moi étions seuls — Jim était au cinéma avec Peter son demi-frère — Francesca prise de malaise a dû quitter la table. Harold m'a confié alors qu'un enfant de plus enrichirait son foyer au début du printemps suivant, et il se rengorgeait en articulant avec sécheresse le mot « enrichir ». Tout frémissant de fatuité contenue il s'est pesamment installé à son piano pour y jouer une sonate de Schubert. Je suis remontée quatre à quatre dans ma chambre. Le cœur me battait. Quand donc prendrait fin l'interminable et tragi-comique farce de la reproduction ? Les gens naissaient, croissaient, se multipliaient avant de crever avec hâte comme si, d'instinct, ils redoutaient l'espace d'un creux, d'un vide, d'un spasme de néant susceptible de rompre la chaîne sacrée. Chacun était responsable de la solidité de cette chaîne, de sa continuité. Un seul maillon manquant provoquerait la catastrophe. Donc il fallait s'acharner, c'est-à-dire dissimuler à n'importe quel prix la terreur secrète. Ce rôle fondamental réclamait de la part de chaque individu une application à la fois démente et scolaire, un œil cru, une oreille creuse, bref un sens du devoir touchant à l'héroïsme et même à la passion du suicide par intérim.

Je me souviens de m'être couchée ce soir-là dans un pur

193

sentiment de révolte comme si l'on m'avait obligée à m'enterrer vive. Un goût de terre emplissait ma bouche et mes narines. Je suffoquais. Cependant juste avant la détente du sommeil s'est produit un incident curieux jamais éprouvé encore : il ne s'agissait pas d'un rêve mais plutôt d'une apparition très forte et très brève : revêtu d'un habit lumineux d'une coupe tout à fait banale, Jim venu du dehors enjambait l'appui de ma fenêtre restée grande ouverte sur les arbres du parc. Avec naturel il s'asseyait à côté de mon lit. L'étrangeté de sa présence consistait précisément à ne pas être étrange. On m'aurait demandé de décrire ses vêtements que j'en aurais été incapable en raison de leur fluidité, je sais seulement qu'il y avait du bleu et du blanc. Les gestes du jeune homme avaient au contraire une sécheresse on ne peut plus réaliste : il croisait et décroisait ses longues jambes, fumait à petits coups nerveux, me souriait aussi d'un air entendu. Je me suis accoudée à mon oreiller : « Qu'est-ce que tu viens faire ici ? » ai-je dit sur un ton de surprise et presque de reproche. J'ai voulu lui toucher la poitrine. Je me suis aperçue alors que l'image corporelle de Jim n'avait été qu'illusoire. Un rayon de lune sabrant la pièce de sa diagonale en forme de fuseau m'avait permis de la susciter.

Dès le lendemain j'ai décidé de quitter la famille Moor afin de retrouver mon chez-moi qui n'en était pas un vrai à l'époque. Etre ici, être là, être ailleurs n'avait ni signification ni importance. Chaque fois que je me préparais à franchir le seuil de l'immeuble — dont j'occupe encore aujourd'hui le cinquième étage — j'étais prise de perplexité en fixant le portail et ses motifs de fer forgé. Je doutais. Avais-je ou non le droit d'entrer là ? Je me répétais dix fois de suite le numéro inscrit un peu plus haut, il me paraissait tellement insolite que j'avais envie de fuir. Pourtant je passais outre. J'escaladais les marches en courant. J'entrais dans ma grande pièce où rien ni personne ne se trouvait pour m'accueillir, j'avais peur de m'être trompée de domicile.

Ainsi j'essayais d'apprivoiser au jour le jour un décor inachevé à force de discipliner mon temps et mes réflexes. Comme jamais je n'ai cessé de le faire depuis lors, je me levais tôt. J'écrivais jusqu'à midi. Les mots devenaient un peu comme les habits du silence et je me suis rendu compte que c'était eux qui m'apprivoisaient et voulaient bien me prendre en charge.

Plusieurs hommes occupaient simultanément ma vie. Leurs visites étaient programmées avec soin. Si l'on avait envie de m'avoir, je n'opposais la moindre résistance à quiconque. Cela me semblait aller de soi. J'ai oublié la tête et les tics de la plupart de ces partenaires fugaces : ils débarquaient à tour de rôle, matin, midi ou soir. Je m'arrangeais toujours pour abréger chaque séance qui me forçait à interpréter un rôle auquel je ne comprenais rien. J'essayais bien de singulariser tel ou tel corps, telle ou telle attitude, mais je n'y parvenais pas. Chaque homme ne me laissait de lui, au mieux, qu'une odeur, oui, c'était surtout l'odeur qui primait. Ou parfois quelque autre détail anodin : des ongles plus ou moins soignés, un torse plus ou moins velu, des cheveux plus ou moins épais. Ou bien encore l'idée d'un rythme plus ou moins saccadé dans les mouvements. A part ça, rien. Ni regard, ni voix, ni discours, ni même un silence qui soit intéressant. La sécheresse intense du sperme suffisait à combler mes jours, et parfois, mais rarement, mes nuits : je protégeais mon sommeil comme un bien sacré.

Il me fallait à présent donner un sérieux tour d'écrou, c'est-à-dire trouver un autre air à respirer.

J'ai recommencé à voir mes parents qui se plaignaient d'ailleurs avec beaucoup de discrétion d'avoir été si longtemps négligés. Ils n'avaient pas tort, les pauvres. Attention : *pauvres* est une figure de style. Car depuis qu'ils avaient cédé très avantageusement leur fonds de commerce, ils avaient fait l'achat d'une villa cossue dans un quartier résidentiel au nord de la ville. La pauvreté dont je parle était devenue la trame la plus intime de leurs conversations, leurs muscles raidis par l'âge, l'économie de leurs mouvements. Maintenant qu'ils étaient passés dans l'ultime compartiment de la vie, ils ne se quittaient plus. Il était clair qu'ils avaient signé entre eux un pacte d'accord secret. Chacun avait renoncé à soi. L'Homme gris n'était plus l'Homme gris. Maman n'était plus la mijaurée agressive d'autrefois bien qu'elle ait gardé ses fards, ses chichis et ses cheveux crêpés. Ils échangeaient des regards fondants. Parfois même ils se prenaient furtivement la main sans motif spécial. Ils s'approuvaient. Ils s'aimaient enfin d'un amour qui s'était résigné aux lois du genre. C'était beau. C'était consternant.

On a fêté leurs noces d'or dans l'intimité, une intimité bien relative du reste puisque Claude, Romain et leurs épouses amenaient avec eux leurs enfants. Malgré le bruit, l'atmosphère demeurait voilée par une grisaille d'inconsistance qui ne pouvait incommoder personne. Sauf moi sans doute, infectée de naissance. A vrai dire, je regrettais presque les drames cimentés d'autrefois. A l'instant où nous savourions l'inévitable tarte aux prunes nappée de crème fraîche, un vent de tristesse m'a soudain secouée. Mais au lieu d'attaquer en direct le nœud velouté du problème et celui de mes parents nichés sur leur siège à coussins, j'ai trouvé bon de provoquer avec hargne la femme de Romain, la cinquantaine environ, jambes arquées, verrue à poils au coin de la bouche. « Tes enfants sont des porcs » ai-je déclaré, parce que l'aîné venait de cracher sur la nappe un noyau. Un grand froid est tombé avant que le père ne prenne la défense de son épouse. « Simone, a-t-il répliqué, a rempli son devoir de mère, *elle* — et il appuyait sur le mot — alors que tu t'es désintéressée de ton fils, *toi*. Connais-tu seulement son âge ? » « Vingt ans juste » ai-je dit après un bref calcul. Papa et maman nous ont fait taire, et l'altercation en est restée là.

Je les ai quittés tôt, j'en étais pour mes frais d'hostilité. Pendant le trajet du retour chez moi, je me suis payé la représentation imaginaire de la même scène si nous l'avions vécue à l'époque où mon petit garçon venait au monde sans avoir été désiré. J'entendais fuser les clameurs de ma mère tandis que l'Homme gris, sortant de son apathie coutumière, lui reprochait de l'avoir trompé, insistait sur le scandale de ma propre naissance, etc. Bref j'ai continué à fignoler le spectacle à peine ébauché un peu plus tôt parmi les miens mais poursuivi avec exaltation dans ma chambre tard dans la nuit. Je ne parvenais pas à trouver le sommeil. J'avais mal partout : l'harmonie unissant aujourd'hui les membres de ma famille apparaissait comme un préalable monstrueux à leur mort et ils ne s'en doutaient pas, une telle idée ne pouvait même pas effleurer leur petit cerveau ranci, ils se bornaient à prêter leur médiocre talent d'interprète à la plus grande tragédie qui soit, celle de la répétition génétique.

« C'est le désespoir absolu, le désespoir absolu ! » ai-je crié en me redressant dans le lit, et je frappais du poing les couvertures.

Réveillé en sursaut, Jim a demandé ce qui se passait. Le jour à peine levé frôlait la lucarne d'une certaine forme de vide encore lourd d'obscurité, un vide actif et provoquant qui me donnait envie de pleurer.

« On se calme, on se calme... » a bredouillé Jim afin de parer au plus pressé, ce qui lui a permis de se rendormir net. Je me débattais seule au fond du trou que je m'étais creusé. J'aurais beau appeler à l'aide, personne ne m'entendrait. Rien ne pourrait me sauver, pas même Jim. Ma damnation avait commencé dès ma naissance. Maman m'avait faite en hurlant, elle aussi, ignorant, la malheureuse, qu'il me faudrait un jour prendre le relais de ses cris. Je découvrais enfin, partout sur l'étendue de mon corps, les marques indélébiles de ce vieil accouchement. J'étais seule, abandonnée, là, tout contre Jim enfermé à nouveau dans son rôle de dormeur sain. Avec une horrible crudité je me rendais compte que des millions d'autres vieux enfants, tout à fait semblables à moi, souffraient du même mal partout, partout, d'un bout à l'autre de la terre. Et si l'on avait rassemblé nos voix on aurait obtenu la symphonie la plus déchirante de tous les temps enrichie à mesure depuis des millénaires et de générations en générations, sans la moindre rupture dans la complicité de ses accords.

« Désespoir absolu ! » ai-je répété plus tard quand je me suis levée.

Je suis descendue dans la grande pièce où les choses commençaient à luire, humbles mais belles. J'ai bu un grand verre d'eau glacée, me suis baigné le visage et les mains. Mes oripeaux métaphysiques tombaient un à un. Je me sentais ranimée par l'odeur du pain grillé, du beurre frais, du café brûlant.

DESSUS : SAMEDI JOUR

Midi. Je n'avais pas envie de manger chez moi. Je suis sortie comme s'il m'avait fallu arracher de moi-même une forme neuve, plus ferme et mieux branchée sur le monde extérieur. Le snack du carrefour voisin est parfait pour cela, j'apprécie son décor et son animation. L'anonymat d'une foule a le don d'aiguiser mes sens. Projeter mes antennes d'œil de tous les côtés à la fois, épier les physionomies et les attitudes, surveiller les arrivées et les départs, capter au vol des bouts de conversations, et me voilà criblée de milliers de points de jouissance qui sont à la fois isolants et communautaires. Une bande électro-magnétique enregistrée me passe sous le front et je m'y reconnais rush après rush. Ainsi puis-je participer au ressassement universel. En suivant au plus près le jeu des mimiques et des sons qui m'est offert gratis, je me regarde et m'entends ressasser. Car si l'on me fait payer l'addition du repas, je ne débourse pas un centime pour profiter d'un incroyable capital d'informations en tout genre. Quel placement ! Dont les intérêts sont colossaux ! On n'en finit pas de toucher les dividendes ! L'humain est, par excellence, l'admirable ressasseur, il est fait pour ça. Donc je revendique le droit de ressasser au même titre que mes sem-

199

blables. Nous n'avons pas honte de ce soi-disant défaut. Au contraire nous le portons avec fierté. Ainsi je peux me fondre dans la maniaque rumeur de l'ambiance qui m'emporte et me révèle. Parmi les autres je suis une amibe imprégnée d'automatismes et de clichés. Nivelée ! Noyée dans un Tout qui n'est rien d'autre que l'océan de l'Histoire. C'est bon de n'être rien, me dis-je en savourant ma cuisse de poulet, et je sais que mes voisins ruminent leur petit rien personnel avec le même aplomb de bonne conscience et de sérénité heureuse ou malheureuse, qu'importe ! Le ciel et l'enfer sont jumeaux.

A travers la vitre de la baie j'aperçois en profil perdu un homme que je connais peu mais depuis longtemps, il est attablé seul sur la terrasse. Comme il a vieilli ces derniers temps ! Il suit d'un regard ahuri les gens qui entrent et sortent en le frôlant, surtout les femmes, il boit une bière à brèves goulées gourmandes, je sens la fraîcheur amère lui couler dans la gorge, sa mâchoire inférieure en saillant lui donne un air de l'enfance à laquelle, c'est sûr, il n'a pas voulu renoncer, il lève haut les sourcils, comme dévoré par la surprise et la curiosité — il n'a pas tort —, sa main gauche rougie aux phalanges étreint le verre comme on serre un corps de fille dont on attend beaucoup, il tourne la tête dans un sens puis dans l'autre, il rêve, il est malheureux avec une énergie presque insupportable, sa vie entière s'est condensée ici pour l'accuser : il a mal géré son capital et maintenant il est trop tard, beaucoup trop tard pour le sauver. J'ai pitié de cet homme candide et retors qui s'est contenté d'être un doux fumiste. Je me rappelle avoir dîné chez lui autrefois. Sa femme est grande, molle et blanche avec une bouche venimeuse et de gros yeux transparents. Nous n'avions rien à nous dire malgré l'entrain cocasse et glacé de la conversation. Personne n'écoutait personne entre deux tentatives émouvantes pour créer l'impossible contact. Notre échec n'était même pas mélancolique puisque chacun de nous s'inventait à mesure un narcissisme vierge.

Etrangeté de la seconde en cours : sur la terrasse mon cobaye s'est volatilisé, je n'ai pas eu le temps de le voir disparaître, à croire qu'il n'a été qu'un prétexte imaginaire à plaquer de force sur ma page. Un jeune couple l'a déjà remplacé, on croirait un numéro d'escamotage. Tout romancier doit être avant tout un prestidigitateur. Jamais il ne se montrera assez vif, assez souple, capricieux, désordonné, dans sa performance.

Ce que j'ai mangé était bon. Quelques courses à faire dans le quartier vont me permettre de contrôler mes facultés de dédoublement. Me dédoubler, c'est peu dire. Me centupler plutôt. J'adhère frénétiquement à toutes les sources de ma vie, j'en décolle, je longe le boulevard jusqu'à l'Uniprix où j'ai mes habitudes, le boulevard est inondé de foule et de soleil, le boulevard est désert et jonché de feuilles mortes, le boulevard est trempé de pluie, le boulevard est muet sous sa couverture de neige, le boulevard est arrosé par l'ombre des jeunes feuilles, j'échange quelques mots avec mes belles petites caissières cambodgiennes au sourire oblique avant de rebrousser chemin, je suis ivre d'espace et de temps, la magie du travail en cours me fait m'asseoir en simultané sur un banc de la ville étrangère à côté d'une très vieille femme au front travaillé de rides, j'aime son regard presque tendre glissé de biais, j'aime le minuscule anneau d'or lui perçant le lobe de l'oreille et son col brodé, ses mains veinées de noir, ses genoux pointus, ses souliers à brides,

201

et les propos incompréhensibles que nous échangeons en faisant oui-oui d'un air entendu tandis que le soir monte, et «buio! buio!» bredouille de nouveau dans ma tête le bébé du début de mon livre en montrant du doigt la voûte frissonnante des platanes, mais voici que je m'arrête net à l'angle de mes deux rues devant la vitrine de la pharmacie : elle va me servir d'écran à une autre vision, si belle dans son récent passé. Car le matin même de notre départ de là-bas Jim et moi rendons visite une dernière fois à l'église dont on vient d'ouvrir le portail et cette église est comme le corps d'une femme qui a trop bien dormi, toute chaude encore et légèrement enflée dans son bien-être et soufflant une haleine d'or. Les reflets du bras de mer élargi entrent pour couronner de fleurs bougeantes le sommet de ses piliers, les statues et les tableaux, on peut imaginer qu'une casalinga de nuit a cédé la place à sa collègue de jour en train d'allumer les cierges, flatter d'un chiffon doux les marbres, les bois et les bronzes afin de réveiller leur foi, cette grosse petite blonde qui circule avec tant de légèreté ressemble à une barque oscillant sur son lac d'ambre ciré, et quelques intants plus tard nous nous asseyons un moment sur le ponton avant de prendre congé d'une part tout à fait cachée de nous-mêmes. Pendant que nous regardons les manœuvres des mariniers sur leurs péniches au repos, Jim dit soudain à voix basse mais distincte : «Je l'aime» et puis : «Elle me manque encore plus quand elle est là.» C'est de moi qu'il parle ainsi, la tête renversée au soleil, souriant, les yeux clos, comme s'il s'adressait en direct au Verbe. Le Verbe est un personnage : il nous dirige et nous maintient vivants. Par le biais de ce détour fuyant, Jim consent à m'informer que je suis non seulement un corps mais un moi abstrait, musical et silencieux. Cela ressemble à une espèce de baiser mental qu'il mettrait à mon intention sur le tableau illimité de l'air. Je ris et me demande si ma forme de chair est aussi vraie que son image. Et maintenant comme s'il s'agissait de me rassurer davantage il ajoute encore à la troisième personne : « Elle est belle. » J'entre alors au cœur de la confidence dont je suis l'objet. Je la prends à sa source la plus privée, celle d'avant tout sentiment ou raison : elle a le don de me faire bondir en avant, elle me pousse dans le dos, elle me persuade qu'il faut se fier sans réserve à ses conseils, « marche, marche » souffle-t-elle en substance...

... Et je me retrouve en effet dans les rues de mon quartier, c'est un soir de l'été dernier quelques jours avant notre envol pour la ville étrangère, tout comme si le secret que Jim me fera par la suite était déjà riche d'effets rétroactifs.

« Elle est belle » est valable en permanence, il n'y a pas à tenir compte d'un hier, aujourd'hui ou demain pour savoir miens ces mots.

La chaleur est étouffante, devant le grand café du carrefour si laid sous son néon bleu, l'allure des passants est réticente, accablée et je m'en éloigne aussi vite que possible.

« Laisse-toi aller » continue à souffler l'impondérable haleine. Je me coule dans un bain d'ombre et de silence au-delà des deux hôtels de luxe, mausolées-frontières détestés. Maintenant les rues sont seulement habitées de reflets et d'échos irréels et ce no man's land ne me lâchera plus, à moins que je ne le combatte en y mettant mes forces. Car si d'un côté on me dit d'aller, d'aller, de l'autre on me retient. Voilà. Je suis sur le point d'atteindre l'entrée de mon immeuble lorsque je m'arrête net pour en observer la façade crevassée : il faudrait y deviner les traces d'un grain pur depuis longtemps dégradé. Mes os tremblent d'un bonheur d'ambition tout à fait spirituel alors que ma peau n'est pas concernée : elle doit se contenter de n'être qu'un prolongement superflu, une espèce de déchet. Mon cœur bat tout haut, comme une voix impatiente.

Au même instant, depuis l'autre extrémité de ma rue surgit un homme qui s'approche, tour à tour saisi sous le rayon froid des lumières et l'eau de l'obscurité. Il se tient droit, dansant, raide, le torse bombé pour ne pas perdre un pouce de sa taille plutôt moyenne. Il est coiffé d'un feutre assez chic laissant à nu le front à peine ridé, les cheveux blancs coupés court sur les tempes. Il arrive à mon niveau, il va me dépasser, son visage rose vif est concentré, sans doute ne m'a-t-il pas remarquée. Je crie son nom. Il s'immobilise, soudain méditatif et penché, hésitant, les sourcils froncés. Je l'appelle de nouveau sur un ton d'insistance assourdie. Et voici qu'il me fait face et ses yeux sombres s'emplissent d'éclairs. Il me tend la main et secoue la mienne longuement. Je lui demande comment il va. « On ne peut pas se plaindre » répond-il. Il a gardé son humour d'autrefois et je note ce détail sans m'étonner. L'humour chez un homme qui est mort depuis plus de cinq ans n'est pas un phénomène ordinaire, pourtant je l'admets sans réserve. Une petite joie secrète m'étouffe, n'est-il pas triste de nous avoir quittés si tôt ? là où il est à présent, jouit-il d'un certain confort ? etc. Il hoche la tête en me souriant de profil. Pour feindre d'avoir oublié la brouille qui nous a séparés après plus de vingt-cinq ans d'intimité, je lui parle de l'objet précieux qu'il m'avait donné un jour en cachette, combien j'y suis attachée, comment j'ai failli le perdre et la chance qui m'a permis de le retrouver. D'un coup de pouce il fait basculer en arrière son feutre gris, serre les lèvres avec une expression de rancune, se détourne, recule, disparaît.

Cette rencontre avec un de mes morts n'est ni la première ni la dernière sans doute. La chose m'arrive assez souvent avec un naturel qui m'emplit de perplexité. Il y a une semaine par exemple, j'ai aperçu dans la foule mon père et ma mère morts il y a vingt ans. J'ai couru pour les rejoindre, j'avais peur de les perdre, je les ai pris par le bras et me suis mise à pleurer mais ils m'ont dévisagée avec indignation comme s'ils avaient eu affaire à une folle. Maman était démodée dans son accoutrement, papa avait maigri, ce qui prouve que les morts vieillissent aussi. J'ai voulu les retenir, sans succès, ils se sont éloignés bras dessus bras dessous. Une autre fois, c'est Marie-Pearl que j'ai croisée à l'autre bout de la ville, elle était accompagnée par John son petit garçon noyé. J'ai raté là aussi le coup des retrouvailles bien qu'elle m'ait lancé au passage un regard gentil à peine anxieux. Je pourrais multiplier les exemples de tels rendez-vous fortuits. Je ne le ferai pas. Ce genre de chocs m'épuise. Un dernier cas malgré tout, qu'il serait malhonnête d'escamoter : il y a juste un mois je suis tombée sur Youri devenu clochard et le trottoir étant étroit nous avons failli nous heurter. Il s'était laissé pousser la barbe, ce qui lui donnait de la dignité. J'ai baissé les yeux, lâchement, pour l'éviter.

Il est minuit, il est une heure, il est deux heures, je n'ai pas trouvé la fente du sommeil. Contrairement aux idées reçues la vie et la mort font excellent ménage. On a voulu bâtir entre ces deux-là un mur que l'on imagine à toute épreuve et c'est une grossière erreur de conception. En fait elles ne cessent de se balader ensemble avec l'insouciance de deux amies intimes. Tantôt c'est la mort qui confie à sa compagne tel ou tel secret et tantôt c'est la vie. Leurs échanges équilibrés prouvent qu'elles sont complices et se moquent des réactions venues de l'extérieur. Pour ma part je ne suis ni méfiante ni surprise. Troublée seulement. Car on pourrait m'accuser de délirer. Or je ne délire pas du tout. Il ne faut jamais obéir aux décrets de la raison qui se révèlent toujours mesquins, chétifs et rassurants. Je m'y suis trop souvent soumise, censurant ainsi par paresse ou chagrin ma part audacieuse.

Aujourd'hui je le déplore. Cela ne se produira plus, promis-juré, il n'y a plus de temps à perdre. Chaque fois que je serai mêlée à la foule, ici ou ailleurs, je saurai qu'elle se compose d'un nombre égal de morts et de vivants, bien qu'il soit difficile de les distinguer à première vue. Car le principal défaut des morts, c'est qu'ils pensent avoir droit à la clandestinité : ils se déguisent alors en leur contraire. Donc il faut apprendre à les coincer sous leur masque de comédie. On s'aperçoit alors que nous appartenons tous, sans distinction, à la même famille.

DESSOUS : SAMEDI NUIT

L'insomnie peut être une bénédiction. Quand je revois les faits d'il y a trente ans je prends mieux conscience de leurs télescopages. Maman est morte après les fêtes, frappée dans son sommeil par une crise cardiaque. On avait fermé les volets de la maison et, dans la pénombre, la chambre ressemblait à une boîte dont maman était la poupée toute lisse, un peu rose encore, vêtue d'un chemisier à col de dentelle, d'une ample jupe à fleurs, et chaussée d'escarpins vernis. Une livrée aussi charmante devait lui plaire sans doute car elle souriait. Claude, Romain et leurs femmes, papa et moi nous l'avons longuement observée avec une réserve incrédule : nous avions l'impression qu'elle allait se dresser sur le lit pour nous faire une scène.

On a voulu me garder à dîner. J'ai refusé sec. J'étais pressée, j'avais rendez-vous avec un homme célèbre venu de l'étranger pour quelques jours. J'ai juste eu le temps de me changer avant qu'il ne me retrouve. Son visage durement marqué par la gloire et l'abus de l'alcool ne manquait pas de beauté. Je n'ai gardé qu'un très vague souvenir du cabaret russe enfumé où nous avons beaucoup mangé et bu. L'orchestre tzigane rappelait à cet homme son pays d'ori-

207

gine, ça le saoulait, ça le bouleversait au point qu'il s'est battu avec le barman en refusant de lui payer l'addition. Il m'a entraînée ensuite jusqu'à son hôtel du centre de la ville. La chambre était sinistre, vieillotte, confortable et sentait le renfermé. Nous nous sommes couchés tout de suite. J'avais le plus joli nombril du monde, assurait cet homme célèbre en me détaillant de la tête aux pieds. Il était myope, exténué, avide, amer et tout compte fait un peu ramolli. Une telle rencontre m'aurait sans doute déçue si elle ne s'était pas terminée par un énorme fou rire sous le jet d'eau d'un bidet dont il était impossible de bloquer le robinet. L'image m'est restée tout à fait nette : nus, inondés, suffoquants, trépignants, nous ressemblions probablement à deux enfants dépassés par leurs jeux. Je n'ai jamais revu cet homme par la suite, cela nous paraissait inutile à tous les deux, le souvenir d'un accès de gaieté folle est suffisant pour entretenir la sympathie. Il y a environ cinq ans, les journaux ont annoncé son suicide, là-bas, dans son île du Nord : il se savait fort malade depuis un certain temps, vieux, condamné.

Mais tout ce qui précède est une simple parenthèse. Je reprends.

La disparition de ma mère ne m'atteignait pas vraiment, aussi me suis-je abstenue d'assister à l'enterrement, ce qui a provoqué l'indignation de mes frères et leurs épouses. J'ai eu droit à un déluge de reproches — mérités du reste — auxquels j'ai répondu par quelques pleurnicheries on ne peut plus conformistes et bien tempérées, ce qui a paru les calmer. En fait, ils ne m'ont jamais vraiment pardonné. S'ils ont eu raison à l'époque, ils continuent d'avoir raison maintenant, ils auront raison pour toujours.

Seul dans la famille, l'Homme gris a su me garder intacte

sa confiance. Mieux que cela : la disparition brusquée de sa femme l'avait atteint en profondeur et resserrait nos liens. Il semblait partir à la découverte d'une fille qui n'était pourtant pas tout à fait la sienne. Et de mon côté je découvrais un père qui n'était pas le mien. J'ai pris l'habitude de lui rendre visite plusieurs fois par semaine. L'air de la maison s'était fait duveteux, décoloré, sourd, comme pour s'adapter mieux à la nouvelle situation. C'était à la fois dur et doux de voir le veuf se ratatiner de jour en jour dans son fauteuil où il prenait racine. Nous causions pendant des heures. Nous nous taisions aussi. Nos propos demeuraient superficiels et précautionneux, nous redoutions d'altérer le climat de notre entente, laquelle a fait d'étonnants progrès. Un soir du mois d'août suivant — et d'une façon abrupte imprévisible — l'Homme gris m'a lâché le secret de sa vie intime qu'aucun membre de la famille, jamais, n'avait soupçonné : une femme de ménage appelée Nina avait travaillé chez eux quelque temps, il l'avait aimée, elle l'avait aimé, c'était une très, très grosse femme, expliquait papa en me détaillant les épisodes heureux de cette liaison qui s'était prolongée pendant une année entière. Elle avait surtout un cul d'une ampleur impressionnante, oui il avait osé dire le mot. « Mais elle était aussi bonne que belle, vois-tu. Tu veux savoir comment les choses ont commencé entre nous ? Eh bien, elle ne savait ni lire ni écrire ni compter, et c'est moi qui lui ai tout appris. » Rouge d'abord puis très pâle ensuite, papa m'a précisé la suite et la fin de l'aventure : un petit garçon leur était né et Nina était rentrée dans son pays en l'emmenant avec elle. Jamais depuis lors elle n'avait envoyé de ses nouvelles « et de mon côté je n'ai jamais cherché à les revoir... ». Les mains de l'Homme gris se sont mises à trembler sur les accoudoirs

209

de son fauteuil. Un silence est tombé ensuite entre nous, non pas de gêne mais de connivence. J'étais plus proche de cet étranger que je ne l'avais été de quiconque. Je l'ai quitté presque en courant. Un certain vernis de douceur m'empêchait de rentrer aussitôt chez moi. Il pleuvait. Je pleurais au hasard des rues. J'ai été accostée par un Américain, mais quand il a découvert mon visage ruisselant de larmes sous le parapluie ruisselant, il a filé, saisi d'effroi. Du coup mon chagrin s'est apaisé. Une fraîcheur dérobée s'annonçait, se rapprochait de moi sans hâte, il fallait lui laisser l'initiative de m'atteindre en temps voulu.

Jusqu'en octobre de cette année-là, j'ai vécu avec une légèreté prudente, immobile, j'économisais mon souffle, mes gestes et mes propos. Mon intérieur m'était encore impersonnel et j'en examinais le décor avec perplexité. Des hommes venaient m'y voir sans se rendre compte qu'ils manipulaient un fantôme déguisé en femme. Je me contentais d'attendre, et l'attente ne me déplaisait pas : vaporeuse d'abord, elle prenait la fluidité d'une eau courante. J'apprenais ainsi que l'espace et le temps combinés ne sont que rythme, rythme et rythme et que je survivrais à condition de m'y abandonner. L'automne plongeait la ville dans un lent tourbillon de fermentation dorée. Francesca m'a téléphoné : elle et les siens passeraient quelques jours à Paris, leurs chambres étaient retenues à l'hôtel, ils installeraient Jim dans le studio qu'on venait de louer pour lui, il avait vingt-deux ans, il publiait son premier roman, l'éditeur donnait une réception à laquelle j'étais invitée, bien sûr, pourrais-je venir ? J'ai promis.

Pourtant j'ai failli ne pas m'y rendre, je redoutais la foule pour rien, les bruits et les rires pour rien, les lumières et les odeurs pour rien. Je m'y suis décidée à contrecœur à la dernière minute. Cela se passait au premier étage d'un restaurant fort élégant. Il y avait en effet énormément de monde. Je suis allée embrasser le clan Moor, assis à l'écart avec fierté et discrétion. Mais en apercevant Jim, j'ai eu un coup au cœur : depuis notre promenade à travers le parc de sa maison du Sud il avait tellement grandi qu'il dépassait les gens d'une bonne tête et il leur parlait avec un air de défi à la fois ombrageux, espiègle et concentré. J'essayais de faire le lien avec le garçon d'autrefois, sans y parvenir. De loin il m'a souri puis est venu droit à moi en me prenant un instant par les épaules, il tentait ainsi de maîtriser un trouble dans lequel je n'avais aucune part directe, cela se passait entre lui et lui, c'était évident, c'était drôle, c'était grave, c'était enfantin et solennel, c'était déchirant. Je ne pouvais l'aider en rien : j'en étais réduite à une espèce de froideur inquiète doublée d'étonnement. Je plaisais à Jim, c'était sûr, exactement comme j'aurais plu à n'importe quel homme rencontré pour la première fois. Nous nous sommes à peine parlé. Il m'a demandé cependant si nous pouvions nous revoir la semaine suivante dans un endroit tranquille, et le « oui » que j'ai soufflé presque malgré moi s'est fondu en brouillard de rêve, un rêve non respirable dont il fallait se méfier. Rien d'autre ne s'est produit ce soir-là, sauf un très petit incident dont je n'ai compris la drôlerie que beaucoup plus tard : en descendant l'escalier du restaurant, j'ai manqué les dernières marches et me suis étalée de tout mon long. Jim, vivement, m'a remise d'aplomb et nous avons ri. Harold et Francesca restés hors scène, eux, ne se sont aperçus de rien.

Le café où nous nous sommes retrouvés au jour convenu n'existe plus : un magasin d'antiquités le remplace, ce qui brouille davantage encore le clair-obscur de mon souvenir. Le rêve avait beau se préciser, j'y croyais de moins en moins, en fait je refusais d'y croire. Nous étions enfoncés dans de profonds fauteuils de cuir capitonnés, une musique sucrée voilait nos paroles, j'avais renversé la tête contre le dossier du siège, et cette attitude de délassement ne m'est pas habituelle. Je me préparais en quelque sorte. J'étais prête mais prête à quoi, je me le demandais encore.

Tout s'est passé ensuite avec la plus grande simplicité. Soudain Jim a déclaré fermement qu'il m'aimait. Je n'écoutais que le son de sa voix, non pas les mots. Cette voix d'homme me frappait par sa rondeur autoritaire alors que les phrases me passaient par-dessus la tête comme pour atteindre un but éloigné improbable.

« Je t'aime » a répété Jim avec plus de sérieux en appuyant son épaule contre la mienne. Il y avait de quoi rire : moi, moi, je serais donc aimée par un jeune homme qui venait tout juste d'avoir vingt-deux ans ? Aujourd'hui encore je me demande si j'ai fait tout haut cette réflexion ou si elle est restée dans le profond de mon cerveau. Ce dont je suis certaine, par contre, c'est qu'un flux de bonheur brûlant, brillant bien qu'incrédule encore et réprimé, borné, immédiat m'a inondée. En douce j'ai osé regarder Jim. Il restait de profil, sa belle tête bien droite et les lèvres serrées, l'œil très noir. J'ai eu froid. Je me suis mise à trembler. J'ai proposé que nous prenions un petit alcool. Puis la tension s'est relâchée. Puis Jim a enchaîné avec une logique persifleuse et rassurante : « Je suis quelqu'un de très bien, tu sais ! » La chaleur est revenue d'un coup. J'avais le sentiment qu'un

remède inespéré, décisif venait de m'être injecté de force :
il me ranimait en me réinventant, il m'apportait du sang, de
l'électricité, de l'oxygène, bref tout un concentré d'éléments
abstraits, concrets, inséparables les uns des autres.

Nous avons quitté le café à la nuit noire. Je n'avais pas
envie d'aller chez Jim qui n'a pas demandé à venir chez moi.
Nous nous sommes promenés dans la ville au hasard. Jim
marchait vite en maintenant un écart entre nous, c'était lui
le conducteur. Il me racontait tout pêle-mêle : sa passion
pour la musique qui l'avait mené droit à l'écriture, ses projets immédiats et futurs, ses amitiés, son appétit de solitude.
L'énergie de ses propos effaçait à mesure les traces de notre
passé. Tel un joyeux démon, il se mettait en frais pour naître de nouveau, là, sous mes yeux. Nous nous sommes rapprochés d'instinct du centre de la ville, nous avions besoin
tout à coup des mouvements et des bruits qui donnaient plus
de réalité à la situation. Jim dévisageait beaucoup les femmes et se retournait souvent sur elles avec un regard intense
dont, déjà, j'étais effrayée. Il adhérait à la vie, simplement,
il adorait être un homme, il était heureux. Nous passions
devant une gare lorsque j'ai osé lui demander s'il pensait parfois à son univers ancien et plus particulièrement à sa mère.
Il a fait comme s'il n'avait pas entendu la question à cause
du raffut d'un car de police qui traversait la place, toutes
sirènes hurlantes. Je me le suis tenu pour dit. D'une façon
catégorique Jim se voulait le gardien muet, exclusif, de son
enfance et de son adolescence. A partir de maintenant il n'exigeait pour lui et pour moi que du rire et des bonds, des fidé-
lités et des rêves, les faims, les soifs, le travail, quelques
voyages aussi et peut-être même des maladies dont il nous
faudrait guérir ensemble. Rien qu'à le voir prendre l'air tour

à tour scintillant et noir, je le sentais s'ouvrir aux explorations, aux sursauts, aux sommeils, aux corps à corps, aux patiences, aux colères, aux peurs — je parle des miennes car j'ignorais encore à l'époque qu'il n'aurait jamais peur de rien ni de personne —, aux contradictions, aux écarts incontrôlés, aux écarts maîtrisés.

Nous avons marché jusqu'au matin. Disons plutôt : jusqu'à l'aurore. On n'ose plus employer aujourd'hui ce mot d'or lumineux et frais. Pourtant si je pense avec précision à cette nuit de vagabondage somnambulique, il m'apparaît que Jim et moi avions été plantés au cœur de cette nuit-là où l'on nous condamnait à l'immobilité, alors que la ville partout alentour s'était mise à couler et gronder à contresens, infatigablement, pour toujours.

DESSUS : DIMANCHE JOUR

Je suis en mesure à présent d'exploiter ce que l'insomnie d'avant l'aube peut et doit m'apporter. Il était trois heures quand je suis descendue dans ma grande pièce tout argentée par le clair de lune. Comme d'habitude, je me suis accoudée à la fenêtre pour boire à longs traits les aventures du dehors. J'ai toujours l'impression qu'un ordre règle à la fois la masse visible des choses et la marche du temps. Encore le temps, oui : il s'est arrêté pour se mettre en position de guetteur. Il se fait géométrique. Il épouse avec exactitude la pente des toits, la verticalité des façades ici et là badigeonnées de lumières, le plan des trottoirs et de la chaussée, les fenêtres soufflant leur obscurité pour signifier le suspens des vies qu'elles protègent. Il est creux, le temps. C'est son intériorité que je découvre, à condition d'avoir la vigilance d'un oiseau de proie.

Mes yeux étaient donc un double bec, et mes mains deux serres sur l'appui. Je pouvais plonger tout en demeurant immobile. Je voulais que le temps se remette en marche, mais il se fichait pas mal de mon désir. D'ailleurs, désirais-je ça en toute honnêteté ? Non. En fait, j'aurais aimé m'y carrer tranquillement, comme on occupe un siège fiable et dur.

A bas les capitons mous, les zones défoncées, les faux repos. J'ai toujours apprécié les vigoureuses petites chaises paillées d'autrefois.

La tranchée de ma rue luisait par endroits entre les immeubles noirs. Une seule fenêtre était allumée au quatrième de l'hôtel en face : derrière le rideau tiré quelqu'un était donc en train de lire, baiser, écrire ou simplement rêver, bref épier — comme je le faisais —, la relance d'une course insaisissable. Ce qui n'a jamais cessé de me surprendre, c'est d'être seule à m'installer la nuit dans mon embrasure. Il semble incroyable que d'autres veilleurs ne s'y tiennent pas de leur côté, fous de curiosité et d'espoir. Si cela se produisait, il y aurait matière à un singulier réseau de communications. La rue serait une salle de spectacle. Ou plutôt une salle de concert dont l'acoustique insonore, tendue et recueillie, permettrait de concentrer un chiffre incalculable d'extases individuelles : elles se croiseraient librement à tous les niveaux. Elles nous uniraient. Mais il faut bien se rendre compte que l'humanité n'y est pas disposée. Tant pis.

Le ciel a pâli. Les toits hérissés de cheminées et d'antennes ont l'éclat d'un champ de fleurs écarlates au soleil levant, les trottoirs flamboient, au bout de ma rue surgit le camion vert des éboueurs au gyrophare palpitant. Un des hommes est nouveau dans l'équipe : jeune et sportif il danse d'un trottoir à l'autre pour empoigner les poubelles rouges et basculer les ordures dans la gueule des broyeuses tournantes, il chante à pleine voix : « Mon cœur soupire — La nuit, le jour — Qui peut me dire — Si c'est d'amour ? »

Bien sûr que c'est d'amour, mon vieux ! Jim est un sourcier qui détecte les plus fins courants de magie répandus dans mon espace. Quand il est là, c'est bien. Quand il n'est pas là, c'est aussi très bien. Il agit comme une marée mentale subdivisée, jaillissante, souple. « Mon Dieu » dis-je à voix basse, ce qui signifie aussi « Mon Jim ». En respirant l'air de Dieu, je prends l'air de Jim. Ces deux-là ont fini par se confondre. Il y a quelques mois à peine, alors que mon apprentissage de la foi n'était pas tout à fait achevé, j'hésitais encore à penser, dire ou écrire le mot *Dieu*. Je craignais de commettre un sacrilège en y incluant Jim. Mes scrupules ont été coupés net le matin du départ pour la ville étrangère. Dans le taxi qui nous emmenait à l'aéroport, Jim tenait ma main. La banlieue sinistre glissait vite alentour en ouvrant la voie, le ciel nuageux nous enveloppait. Alors la certitude ample et mouvante m'est venue : l'amour n'est qu'un perpétuel besoin du sacré.

Je crois avoir bien travaillé, c'est bon d'avoir faim puisqu'il est midi, mon transistor est un petit animal domestique cracheur des nouvelles du monde que j'écoute avec attention tout en mangeant du chaud, du frais, du juteux, puis je monte m'allonger. Me voici prête à quitter mon moi ordinaire afin de rejoindre mon moi clandestin dans le demi-sommeil : il y devient une espèce de *toi* mis en abîme, qui me ressemble en plus audacieux. Contre ma joue le traversin est la réduction d'un corps de vérités inédites qui entreront plus tard dans mon travail. Je continue d'écrire sans stylo ni papier. L'exercice de mes sens peut s'y maintenir, aigu, régulier, maniaque, tendre, cruel. Je m'écoute entendre, flairer, goûter, voir, toucher à l'envers de mon souffle de dormeuse. Les batteries de ma raison s'y rechargent d'elles-mêmes. Ecriture et sensualité, en cercles clos, raflent la vie par effleurements répétitifs.

Je suis rappelée à l'ordre de la conscience par le couple de corneilles du voisinage : leurs croassements éraflent l'air, leurs ailes sont des rames, elles se posent un moment sur le toit de l'immeuble d'angle puis disparaissent. Je les soupçonne d'être racistes, elles ignorent les pigeons, les merles et les moineaux, ces immigrées de luxe un peu sorcières. Elles sont là pour moi, c'est certain, elles m'appellent du plus profond de ma mémoire. Marie-Pearl et moi adorions les voir entravées dans leurs voiles noirs et nous nous demandions toujours quel était le but de leur voyage. Aujourd'hui, je le sais : elles partaient pour me rejoindre ici.

Deux heures pile, bref coup de sonnette à l'entrée, un tour de clé, et ma vieille Tina surgit. Pour l'embrasser je pose mes mains sur ses épaules et elle me prend un moment les poignets, c'est sa façon délicate de me faire savoir que je suis un peu sa chose. J'aime sa voix rugueuse, j'aime aussi son corps noueux, et ses yeux tranquilles comme les lacs d'altitude de son pays de naissance : sous le haut front bombé, rien ne peut altérer leur eau grise à reflets de ciel. Ces yeux-là sont entrés dans ma vie avec naturel, ils y répandent leur fraîcheur et leur confiance, ils m'apprennent à être honnête, à répondre à leurs questions qui filtrent en simultané mes réponses. Munie de ses accessoires de propreté, chiffons et brosses, elle monte là-haut sans bruit pour éviter de me déranger. Elle ignore qu'elle participe justement à mon travail dans sa manière pudique d'appuyer ses gros pieds à chaussons sur le parquet et de se chuchoter des choses. « Tout va bien, Tina ? » dis-je de loin. « Oui, je me parle » fait-elle en riant. Sa collaboration indirecte à mon livre se fait de plus en plus nette depuis les dernières semaines. Une fois terminé le gros du ménage, elle s'assied près de moi pour recoudre un ourlet, un bouton, et pendant que ses mains usées courent sur l'étoffe avec adresse elle me raconte à petits coups son village à flanc de montagne, la misère, les habitants réunis en veillées pour avoir plus chaud et se sentir moins seuls, et c'est ainsi qu'elle a connu son mari, puis leur venue ici, les enfants, et des tas d'autres petites choses qui s'échappent à mesure de sa bouche en forme de *chut*. Je prends tout ça sans rien retoucher. Je goûte, j'absorbe, je suis un consommateur de premier ordre, je suis un fleuve enrichi d'affluents. Le mouvement qui m'entraîne en accéléré vers le terme de mon récit est d'une voracité exemplaire, et je parviens toujours à trouver la phrase juste, le mot, la courbure du paragraphe, l'articulation du chapitre et sa cadence. Dans la coulée des jours et des nuits, je n'ai pas à choisir : les corps simples et les matériaux précieux ne m'intéressent pas plus que les déchets, ceux-ci étant aussi profitables.

« Voilà, conclut Tina en repliant avec soin ma robe de chambre raccommodée, c'est fini. »

Elle ignore naturellement qu'elle figure parmi les produits de luxe dans la poussée de mon écriture. Elle m'a si bien aidée au cours de ses trois heures de présence que je ne l'entends même pas s'en aller, que je ne me sens même pas sortir à mon tour tandis qu'un autobus m'emmène à l'autre bout de la ville dans un quartier d'avenues mortes. En franchissant le portail de fer d'un sinistre immeuble de brique rouge, je me prépare à sous-traiter avec gourmandise une riche provision de rebuts. Je suis toute joyeuse d'avoir aussi faim d'eux. J'ai le droit d'avoir faim. Du côté de la faim je n'éprouve jamais le moindre complexe de culpabilité. A la minute où j'entre dans la grande salle du séminaire auquel je suis conviée, je suis pure comme de l'eau de roche et dois avoir bon goût. Le plafond est bas, pas de fenêtres, l'éclairage au néon vitrifie le visage d'une douzaine d'hommes et de femmes assis autour d'une longue table. Des mégots mal écrasés bougent dans les cendriers, eux seuls sont vivants. Le chef de la réunion vêtu d'un complet bois de rose plaque ses grandes mains sur des piles de papiers qu'approuve ou non la double rangée de têtes molles.

Arrêt sur image : Jim vient d'entrer en coup de vent, il rit, il demande qu'on lui pardonne son retard, il me lance au passage un regard inexpressif et je sais, moi, que c'est une manière de me toucher sans en avoir l'air. Le chef de la réunion parle à toute allure, il a maille à partir avec les consonnes, un rictus d'effroi rusé lui cloue les traits, surtout quand il s'adresse à Jim installé de biais pour donner plus de place à ses longues jambes. S'agit-il vraiment de mon Jim à moi ? Bien sûr que oui, malgré les années-lumière qui nous séparent en ce lieu où personne n'a rien à donner à personne. Il y fait froid, l'air est mortifié, nous sommes tous emprisonnés dans une paire de parenthèses qui nous force à sourire avec une platitude patiente. On ne se connaît pas. On ne s'aime pas. On ne se déteste pas non plus. On attend d'avoir fini, mais fini quoi ?

Je m'empiffre. Je mange et mange encore avec jubilation. Les os sont à sucer jusqu'à la moelle, je sens les nerfs céder sous le hachoir de mes dents morales. Que de saveurs cachées à découvrir dans ces jus, ces poils, ces fibres, ces cartilages ! Que de trésors négatifs à rassembler dans la belle gorge de mon imagination ! Faire du fort avec du rien, telle est ma tâche. J'en tremble. J'aimerais raconter tout ça au

Jim qui me fait face mais c'est impossible : il n'est qu'une image mouvante sur l'écran du vide ambiant, quand il parle je vois seulement bouger ses lèvres, il lève de temps en temps le bras, clic, clic fait son briquet qui s'allume enfin, la fumée de la cigarette lui voile un moment les yeux, il est à moi sans être mien, je suis à lui sans être sienne, il le sait, je le sais, tout va bien.

DESSOUS : LUNDI NUIT

Mon cerveau est une espèce de banque chargée d'assurer la gestion de mes biens. C'est lui qui prend les initiatives et je me borne à n'être qu'une cliente assidue. C'est lui qui prend la décision d'exploiter à fond ceux-ci, d'écarter ceux-là, mettre en lumière ou mettre en attente. Sa démarche peut m'étonner parfois ou même me contrarier mais je m'interdis d'intervenir. D'ailleurs il finit toujours par trouver des justifications. Le temps m'a prouvé qu'il ne s'est jamais trompé dans ses calculs : sa mémoire se montre souvent cruelle, sinon indigne. Je laisse faire, je n'ai pas voix au chapitre.

Trois ou quatre mois après avoir rejoint Jim adulte et déjà glorieux, alors que mon nouveau plan d'épargne-vie se voyait assuré sans directe intervention de ma part, crac, mes frères Claude et Romain m'ont avertie que l'Homme gris, fort diminué depuis la disparition de sa femme, était sur le point de mourir. C'était un soir, je me souviens, Jim rentrait d'un séjour en province et j'avais rendez-vous avec lui dans un café près d'une gare. Papa n'en avait plus que pour quelques heures, me disait Claude au téléphone, le mourant ne cessait de bredouiller mon nom dans son demi-délire, il fallait que je vienne de toute urgence. J'ai répondu non sans hésiter en avançant de faux prétextes. Je m'écoutais parler comme si j'avais été quelqu'un d'autre, butée, dure, détestable, méconnaissable. A ma surprise, Claude a raccroché sans la moindre insistance, et cela m'a fait plus mal que le reste. Mal, mais pas trop cependant : j'avais besoin de préserver mes forces avant ma rencontre avec Jim. Nous ferions sûrement l'amour cette nuit même pour la première fois, ni chez lui ni chez moi mais ailleurs, là où il voudrait, en un lieu anonyme écarté où nous pourrions enfin nous sentir seuls.

Tout s'est passé comme nous l'avions prévu d'instinct. Ou plutôt comme Jim l'avait décidé avec autant d'autorité que s'il était chargé, par anticipation, de sa vie d'homme fait. Pour donner des racines plus profondes à un amour auquel je refusais encore de croire, il était indispensable de l'apprivoiser, c'est-à-dire d'apprivoiser la ville, nos sens par rapport à la ville ainsi que les éléments naturels par rapport à nos sens. Je ne me suis pas ouvertement exprimé tout cela sur le moment, mais seulement aujourd'hui pendant que j'écris, pendant que je scrute le souvenir, pendant que je me glisse dans son étonnant sillage.

Ce soir-là en effet, la ville et les éléments s'étaient mis à l'heure de notre début d'aventure. Le mois de mars était superbe, le soleil disparu continuait à chauffer les pierres. Et Jim qui mourait de faim m'a emmenée dans un restaurant de poissons du centre. Nous avons mangé des rougets au beurre d'anchois, je les savourais non seulement pour leur délicatesse animale mais aussi — ai-je dit en riant — parce qu'ils étaient couchés dans nos assiettes comme des bébés miniatures. Nous avons bu un vin doré très sec et vigoureux.

Puis nous avons gagné l'hôtel d'une rue écartée que Jim connaissait déjà. La chambre était emplie de miroitements rouges et cuivrés sous un énorme lustre rococo, masquée d'épais rideaux de velours, et des lampes niaisement enjuponnées brillaient dans tous les coins. Ce mauvais goût douillet collaborait avec force à nos manœuvres prémonitoires. On pouvait faire confiance à notre futur : il échauffait nos corps tantôt joints tantôt disjoints, repus, joyeux, avides. Nous n'avons pas beaucoup dormi. Il nous fallait rester attentifs aux gestes de l'amour d'un côté mais de l'autre à la chaleur ambiante, celle-ci nourrie par les odeurs que des centaines d'autres couples semblables au nôtre avaient laissées derrière eux. Ces odeurs jouaient un rôle moral de premier ordre, elles imprégnaient l'air confiné de la chambre, elles nous imposaient la voie de la simplicité, elles nous conseillaient d'aller de l'avant, d'aller sans peur. « Croyez en nous qui sommes passées par là sans laisser d'autres traces que celles que vous respirez à travers vos jeux et votre sommeil, nous sommes plus qualifiées que vous sur le plan des intuitions de l'amour. »

Tard dans la matinée une fille noire aux seins magnifiques est venue déposer sur le lit le plateau du petit déjeuner. Elle attirait Jim non seulement parce qu'elle était belle, excitante, agitée, mais aussi parce qu'elle participait avec innocence aux pulsions d'un temps qui nous aimait, qui nous aimait.

Quand nous avons quitté l'hôtel les trottoirs fraîchement lavés par une pluie récente luisaient au soleil, j'étais exténuée, frissonnante, saisie par une peur nouvelle. Que faisais-je donc à côté de ce beau jeune homme assuré, orgueilleux, audacieux, léger, moqueur, alors que je traînais derrière moi l'ombre d'un passé déjà lourd ? Je me souviens avoir dit, la gorge serrée, qu'il me faudrait une voilette sur le visage pour masquer mes traits déjà marqués. Il a ri en haussant les épaules, il se fichait de mon angoisse, il m'a réconfortée, il me trouvait belle, il ne voulait pas rentrer chez lui, je ne voulais pas rentrer chez moi, nous sommes partis à l'aventure à travers la ville en nous perdant dans des quartiers inconnus qui nous accueillaient avec sympathie. Nous étions deux fantômes heureux en mal d'identité. Les rues étroites autant que les larges avenues s'ouvraient, se courbaient et se creusaient pour nous faciliter le passage. Nous avons déjeuné dans un restaurant modeste au bord d'un canal. Et de nouveau nous avons mangé, mangé avec un appétit de loup, nous avions faim parce que nous étions en train de naître : toute naissance exige une surenchère de nourritures, viande et graisse, vin, sucre, crème et lait. Nous nous sentions grandir et grossir mentalement à mesure que se vidaient nos assiettes et nos verres. Ce phénomène insolite en apparence était si véridique au fond que, brusquement, Jim a pris mes mains en me fixant avec une sombre et calme intensité et disant : « Je te bois. »

Si son « je te bois » d'il y a si longtemps est resté si clair dans ma pensée d'aujourd'hui, c'est parce que j'ai eu le flair de le verser dès le début dans notre récit commun.

Claude, Romain et moi sommes allés enterrer papa trois jours plus tard. J'avais refusé de le voir mourant mais j'avais évité avec le même entêtement de le voir mort. La vue d'un cercueil ne me trouble pas, il m'ennuie. Ce n'est rien du tout, un cercueil. S'attendrir devant son bois lourd et ses clous brillants est un pur mensonge de savoir-vivre.

Après la mise au trou proprement dite expédiée à toute allure, nous avons déjeuné chez Claude qui habitait un pavil-

225

lon dans la banlieue sud avec sa femme et ses quatre filles. Romain, sa propre épouse et leurs trois fils complétaient l'atmosphère de « foyer » dont j'avais toujours détesté l'anarchie bruyante. On ne s'était plus réunis depuis longtemps, à la limite j'avais oublié les prénoms et les âges de la marmaille, celle-ci tout excitée par ce genre de fête à l'envers, inévitable conclusion au rituel de toute mort. J'avais décidé de rester distante au cours de l'excellent repas préparé par ma belle-sœur. Un très petit détail a failli me faire craquer et ce n'était pas prévu au programme : j'avais soudain remarqué sur la table l'épais cendrier en cristal de Bohême dont se servait papa depuis notre enfance, je devrais dire « dont il s'était servi » puisque l'Homme gris n'était plus là. Cet objet, d'une laideur et d'un poids provocants, me rappelait au souvenir d'anciennes visions, tyranniques, douteuses, mais qui me touchaient au vif. Tout se passait comme si la mort de papa venait d'être plantée au milieu des pétales transparents du cendrier vert. Papa était le cendrier. Le cendrier était papa. Et cet objet jouait un rôle de révélateur : papa n'avait jamais été autre chose qu'un père de substitution, voilà ce qu'il m'assurait avec une brutalité perverse, là, entre les assiettes et les plats. J'étais dès lors obligée de me poser mieux que jamais la question : par qui avais-je été engendrée ? comment concrétiser la figure d'un homme dont personne ici ne savait rien ? où se trouvait-il à la minute où je pensais à lui ? vivait-il encore ? ignorait-il ou non nos rapports ? Oh papa, me suis-je dit alors au fond de ma tête, et je ne savais plus à qui s'adressait ce « papa » secret, pathétique, incongru : au procréateur authentique ou bien à l'usurpateur innocent ?

J'ai vite surmonté mon malaise, grâce à l'intelligence de

la vie qui sait ménager d'intéressantes diversions là où il faut et quand il faut : à l'heure du café, mon chagrin s'est mué en curiosité. Mes frères me paraissaient trop lourds et prématurément vieillis, surtout Claude dont les yeux seuls, derrière des lunettes à virile monture d'écaille, émettaient d'étranges éclairs. Son neveu Camille, douze ans juste, s'était assis sur ses genoux et les jambes roses de l'enfant serraient en étau la taille élargie de l'homme. Un parti-pris sournois de candeur unissait ces deux-là. Claude a senti que je l'observais, son crâne tout nu s'est empourpré, vivement il a repoussé le petit Camille en laissant ses cuisses écartées, gentilles, vaincues. Les regards chargés de reproches de l'enfant semblaient dire à son oncle : « Je suis jeune et tu n'es plus qu'un vieillard dont on a refoulé les instincts, je suis fort et tu es faible sous ta graisse, tu souffres de n'avoir procréé que des filles dont le sexe est humilié par principe tandis que moi j'appartiens au club des mâles, tu as raté ta vie, je réussirai la mienne ! » Ce combat muet entre Pédékisignor et son neveu me transportait de joie et ça devait se voir. La femme de Claude qui ressemblait à Peggy la cochonne m'a crié que je louchais et que j'avais des yeux d'agent double. Son aigre boutade m'a touchée comme un compliment immérité. Je la comprenais et je l'aimais à présent d'une façon presque déraisonnable : elle se sentait obligée de passer à travers moi pour faire payer à Pédékisignor ses doutes, ses frustrations, ses tourments.

Je n'ai pas raconté cette anecdote à Jim, elle se serait mal insérée dans le début du roman commun que nous attaquions sans le savoir encore. Chacun devait y jouer son propre rôle en silence et sans déranger l'autre. Nous nous comportions avec la prudence et la passion de deux artistes en plein travail. Pour ma part je n'osais pas trop croire encore au prodige. Jim ne se trompait-il pas sur lui et sur moi quand il m'assurait sur un ton moqueur « je suis le premier à t'avoir aimée... » ?

Dès les premiers mois, je me suis appliquée à perdre la mémoire. Il s'agissait d'un apprentissage difficile. Mais alors qu'il me fallait lutter avec une énergie folle, Jim en assumait l'autre versant avec une simplicité d'ange. Il écrivait. J'écrivais. Je découvrais à mesure avec stupeur que les mots ne sont rien d'autre que des organismes vivants, sensibles, perspicaces. Ils sortaient en masse tout autant de ma tête que du sol, des plafonds, des murs. Ils me dominaient. Et pourtant je me sentais parmi eux comme une sorte de reine entourée d'esclaves rieurs. Dès le matin ils me faisaient signe et je surveillais leurs manœuvres. J'admirais en particulier leur génie de la feinte, de l'approche et du faux bond. Ils rampaient vers moi, ils se battaient pour me toucher en premier. Il y avait les audacieux, les pervers, les impulsifs, les timorés, les brutes, les arrivistes revendicateurs, les méchants, les pâles, les brillants, les ridicules. Certains mouraient en route. D'autres avaient la force ou l'habileté de monter jusqu'en haut. Alors il me fallait choisir. Une simple secousse de la tête, une façon d'appuyer mes coudes et de croiser les jambes suffisaient : les méchants et les tarés se voyaient contraints de lâcher prise. Ma cruauté à leur égard était injuste mais sans appel.

De son côté Jim se laissait assaillir par ces mots, mais d'instinct nous nous taisions à leur sujet. Chacun séparément — et peut-être davantage encore quand nous étions l'un près de l'autre — travaillait et défendait les siens. Très vite cependant la maîtrise avec laquelle Jim savait lumineusement parquer ces troupeaux de vieilles canailles m'a fascinée. Là où je souffrais, il se contentait de jouir car la jouissance est dans son cas une seconde peau, un second corps. Il me communiquait son fluide. Je me laissais faire. Pour la première fois depuis ma naissance je ne résistais pas, je n'avais pas à résister, la vie devenait une marée montante qui nous entraînait en direction de paysages inédits, accidentés ou plans, creusés de caches inconnues. Nous partions à leur recherche de la façon la plus concrète qui soit. Nous étions deux explorateurs sensuels marchant dans la ville, mangeant, buvant, dormant. Mais nous nous transformions parfois en cavernologues. La cavernologie est une science naturelle apte à féconder le travail. C'est Jim qui m'avait révélé cela. J'étais une étudiante enthousiaste et plutôt douée.

Voici : nous nous arrêtions dans un quartier chaud, plus chaud encore quand c'était l'hiver et nous préférions l'hiver. J'ai oublié la manière dont Jim s'informait si j'étais d'accord ou non. J'étais toujours d'accord. J'ai seulement gardé le souvenir de son regard pétillant, excité. Cela s'est produit à plusieurs reprises au cours de ces années-là. Je ne rapporterai cependant qu'une seule de ces nuits, car au fond elles se ressemblent toutes à de rares différences près : son contenu me paraît important, grave, sinon exemplaire. Nous avons abordé la fille avec simplicité. D'abord Jim s'est expliqué avec elle puis nous sommes montés tous les trois dans la petite voiture qui nous a déposés non loin d'une gare devant un immeuble tranquille. La fille, grosse et blonde, nous a introduits dans son appartement au troisième étage. Une autre femme, plutôt maigre et très brune, cousait près d'une lampe voilée d'un abat-jour à fleurs. On nous a priés de nous asseoir, on nous a servi du porto et des biscuits. L'air était chaud, imprégné d'odeurs composites : il y avait bien entendu une odeur de femme mais aussi un arôme de linge mouillé et de tabac refroidi auquel s'ajoutaient de doux relents de cuisine et de produits désinfectants. C'était si rassurant, si « popote » qu'il s'en fallait de peu qu'on ne s'endorme gentiment, provincialement, comme si le coup de baguette de l'érotisme se faisait d'abord un devoir de nous emporter à des centaines de kilomètres de la capitale. Ensuite l'atmosphère s'est renversée en trois minutes. Les putains se sont débarrassées de leurs vêtements avec une agilité, comment dire, embarrassée, qui affinait autant nos gestes que les leurs.

Maintenant nues, elles m'impressionnaient par leur stature de légende. La blonde frisée avait un corps cylindrique, rose et boudiné, tandis que l'autre, couleur d'ivoire éteint, s'étirait en longueur avec des épaules et des seins à peine usés. Avant de passer à l'action, elles nous ont interdit à Jim et à moi de toucher à leur fontange de cheveux laqués, c'était leur unique réserve et cela nous a paru honnête et payant. Il n'y avait pas de lit dans la pièce, mais de profonds fauteuils, peu de lumière, d'épais rideaux et des tapis sombrement bariolés. L'ensemble de ce décor confiné nous a soudain réveillés. Les filles se sont d'abord attaquées à moi, puis à Jim, puis à nous ensemble, puis entre elles, puis à moi de nouveau. La grosse en forme de cylindre m'a soufflé que j'étais belle.

Il est tout à fait inutile d'entrer dans le détail des configurations dont nous étions en simultané les objets et les sujets. C'est archiconnu, c'est banal. La singularité était ailleurs. La singularité se manifeste toujours — je l'ai su depuis — au-delà des attitudes et des mouvements.

Si je me suis étendue en particulier sur notre rencontre avec ce qu'on nomme non sans génie des filles de joie, c'est qu'au cours de cette nuit-là m'est venue la révélation que la jouissance occupe toujours et quoi qu'il arrive deux centres distincts apparemment contraires. L'un, très noir et très profond, jaillissait de mon corps en direct. L'autre, vaste et diffus, contenait non seulement mon corps et ceux de Jim et des femmes ainsi que la chambre et l'espace entier de la ville et du temps, mais en parallèle un résumé parfait de l'Histoire.

La nuit est pleine de transparences contre lesquelles il serait vain de lutter : elle me tire hors des profondeurs du dessous et m'oblige une fois de plus à descendre m'accouder à ma fenêtre, dans le clair de la lune dont la gaieté scintillante apparaît anormale. Je viens de me rendre compte que ma mémoire s'est accoudée à mon côté, chaude, aussi prévenante qu'une maîtresse d'école. Tout bas elle m'engage à précipiter l'allure pour mieux décoller de mon passé :

« Il n'y aura plus de nuits pour toi si tu le veux avec assez de force, me dit-elle en substance. Le dessous et le dessus sont prêts à fusionner. Abandonne-toi sans peur au récit des vingt dernières années. Leurs instants mis bout à bout composent un grand peuple tourbillonnant et gris à travers quoi tu pourras choisir ce qui te plaît. Tu n'as plus qu'un mince effort à fournir avant de marquer mon épaule de ton point final. »

Le ciel a pris entre-temps de l'altitude. Il me fait penser à quelque immense dalle de marbre noir veiné de blanc au-delà de quoi s'ouvrent certainement des territoires encore inexplorés. Je suis un spationaute, me dis-je en retournant au lit.

La vie est bonne avec ses courbures irrésistibles, ses capricieux détours qui n'en sont pas et ses feintes, merci, merci, Vie! Je peux tout juste commencer à entrevoir ce que, dès le début, elle a voulu faire de moi.

DESSUS : MARDI JOUR

La journée s'est déroulée comme si j'avais à surveiller les détails d'une cérémonie proche : il en est toujours ainsi lorsque Jim et moi devons passer la soirée ensemble, c'est la fête. J'ai mis ma plus jolie robe, violette, moelleuse et pétillante, ainsi que mes boucles d'oreilles, mes bagues et mes bracelets. Je m'observe dans le grand miroir. J'ai cessé de craindre mon reflet. J'avais écrit dans l'un de mes derniers livres que j'entrais dans l'enfance de ma vieillesse. Aujourd'hui je me prépare à traverser la jeune et jolie maturité de ma vieillesse avec une sensation de confort assez étonné.

Déjà ? Déjà ? me dis-je en écoutant le carillon ouaté de l'église voisine. La diagonale d'un rai de soleil allume les coussins de soie du canapé vert.

Choc heureux : mes deux corneilles viennent de se poser sur le chapiteau des cheminées d'en face pour s'y attarder un bon moment. Est-ce qu'elles échangent des regards comme le font les êtres humains ? Je me pose souvent la question. Un peu plus tard pendant que leurs cris noirs griffent l'air assombri déjà du côté de l'est d'où bientôt montera la nuit, elles décollent, glissant en biseau sur les rampes invisibles du ciel, et disparaissent au-delà des toits. Ces

233

oiseaux gréés pour la navigation, immigrés consciencieux et lourds sur lesquels j'aime insister, exercent un métier de voyeur et leur maladresse n'est qu'une feinte. En vérité ils me ramènent à l'enfance. Ils en savent plus long sur mon histoire qu'on pourrait l'imaginer. Ça n'a pas l'air de les amuser beaucoup si l'on en juge par la mollesse ralentie et maussade de leurs ailes. Ils doivent sans aucun doute souhaiter l'accomplissement de mon unité. Eh bien ils ont réussi leur coup. Ma gorge se serre d'une émotion dont je ne veux à aucun prix. J'avais tout à fait oublié la saveur des larmes. Je me laisse enfin combler. Pourtant, tout au fond du fond, je m'en fiche : l'indicible est un trésor qu'il faut apprendre à ne pas dilapider. Quand on sait ça, on sait tout.

Enfin je perçois le pas vif et glissant de Jim dans l'escalier, et même son souffle. Il est là, il est de nouveau là. Et tandis que nous nous serrons dans l'étroit couloir, je me répète une fois de plus que l'amour est un travail à plein temps pour lequel ne sont prévus ni congés ni vacances. Jim se met à son aise après avoir déposé son sac bourré de livres et de manuscrits. Il a son allure vibrante habituelle et ses gestes sont pleins. En quelque lieu qu'il soit, il a le don d'agiter l'atmosphère. Et l'espace ainsi bousculé retient fatalement un reflet de son passage, un courant de fraîcheur, un écho, de telle manière qu'il reste toujours présent même quand il n'y est plus.

J'aimerais pouvoir lui expliquer ce genre de choses, mais ce n'est pas possible. En réalité, c'est tant mieux. Car si nous sommes d'infatigables scruteurs de mots, nous sommes pardessus tout des rangeurs de silence. A travers le lumineux fatras d'un tel silence, qu'il m'a fallu nommer Jim, je sais me débrouiller à la perfection.

Nous mangeons vite, nous buvons vite, je remets de l'ordre vite et partout, sans cesser d'observer cet homme qui déjà s'est installé derrière mon bureau. Il fume à petits coups, la tête rejetée en arrière comme on incline un récipient. Car sa tête est remplie à ras bord de toutes les musiques écoutées depuis toujours, et retenues, et conservées dans leur étincelante fraîcheur. Ces musiques sont classées en attente sous la voûte du crâne, celui-ci disposé ou non à les filtrer avec autant de mobilité que de rigueur. En fait leur désordre n'est que pure apparence. Il est évident qu'elles ne cessent jamais de respirer, chacune selon sa propre cadence, son propre éclat, ses propres sommeils, son propre style. Lorsque l'une d'entre elles, sollicitée par Jim au hasard, jaillit hors des limbes disciplinés de sa mémoire, toutes les autres savent se retirer avec discrétion dans leur cache personnelle : elles ignorent les jalousies et les rivalités, elles ont la certitude que tôt ou tard leur tour viendra d'être choisies de nouveau, exaltées, magnifiées, jouées, après des mois ou même des années de clandestinité patiente. S'il le faut et quand il le faut elles se laissent alors tirer de l'ombre, envelopper, fendre, creuser, ouvrir.

Cependant si je scrute Jim avec une telle avidité, c'est dans l'espoir de franchir enfin la porte de ses yeux. Eh bien non : je reste éternellement bloquée au seuil de la grotte. S'il m'était permis d'y accéder un jour, il me serait doux d'y mourir sans effort, voilà, je m'enfoncerais ainsi dans une sorte de forêt, Monteverdi et ses fougères aux hampes ciselées, Purcell et ses étangs, Bach et ses hêtres, Haydn et ses buissons, Mozart et ses frondaisons d'or. Je m'assoirais au pied d'un arbre dont les racines me serviraient d'accoudoirs. Sans manifester d'impatience, j'attendrais l'arrivée de Dieu. Le murmure de vagues des feuilles mortes foulées sous ses pas saurait m'avertir de son approche.

Jim a tout compris. Pour la cent millième fois depuis trente ans, il me demande à voix basse si je me sens bien. Je réponds oui, et ce oui est parfaitement honnête. Pourtant je l'ai noté : c'est toujours aux moments de bonheur intense qu'intervient l'angoisse : je hais cette grande perverse terroriste, rageuse ogresse inassouvie. Elle me prend toujours par surprise, il s'agit d'un véritable guet-apens : elle sait me tirer en arrière et me plonger dans le souvenir des quelques années malsaines dont Jim et moi ne voulons pas tenir compte et dont il n'est jamais question : elles ont été supprimées de notre programme.

Cependant l'angoisse a le cuir épais, elle me souffle en substance : « Et si tu avais inventé Jim de toutes pièces dans ta petite cervelle bornée ? Si tu t'étais créé un amour de pure imagination ? Et si, à l'inverse de ce que tu crois, tu étais la femme la plus répudiée de la terre ? »

Jim continue à tout comprendre. C'est un lutteur, il insiste :

« Est-ce que ce n'est pas le bonheur ? »

Et ses yeux noirs m'exorcisent. Au fond, ces années malsaines ont passé si vite ! Je les ai traversées presque malgré moi, en somnambule étoffée, tour à tour étouffée par la frayeur et l'espérance, et j'avais alors la sensation de défier la loi sacro-sainte de la pesanteur à condition de m'abandonner sans réserve à une série de chutes horizontales : cette singularité physique de mon temps vécu ne manquait pas d'intérêt d'ailleurs : emportée par un fort courant, c'est-à-dire arrachée à mon passé, je n'avais plus de présent. La tentation me venait parfois d'interroger Jim à ce sujet. Il ne me

236

répondait jamais. Il avait non seulement le droit de se taire mais par-dessus tout le devoir.

Comme d'habitude Jim s'est endormi d'un coup de talon du haut de son plongeoir.

Allongée contre lui, j'occupe ma seule vraie place ici-bas, et le monde entier m'appartient. J'ai presque terminé mon livre. Pas tout à fait cependant. Quelques feuillets encore blancs, fragiles et fidèles attendent mes petits coups mesurés. La chaleur de Jim est un puissant atout dans le sens du travail : il y aurait un roman complet à écrire, uniquement centré sur la chaleur de deux corps qui se touchent. Je l'écrirai sans doute un jour, s'il me reste du temps. Je suis heureux. Je dis bien « heureux ». Dès que mon stylo opère, je suis un homme. Je rassemble mes forces pour entreprendre le sprint final. Le dessous et le dessus se sont enfin soudés. Que signifie en réalité cette fusion insolite à laquelle il est bien difficile de croire ? Ceci, semble-t-il :

Dans le profond de la nuit qui nous enveloppe Jim et moi d'une couverture calmante en surplus, le jour commence à ruisseler, s'étendre, enfler, exploser dans chacune de ses dimensions. Jusqu'ici réticente et rétive, la nuit qui se sait atteinte consent à se faire plus creuse et courbée, chaleureuse et comme bouleversée par sa propre bonté. Désiré d'avance, le jour s'enhardit pour la pénétrer et l'abreuver. L'osmose est en train de s'accomplir à la façon d'un miracle auquel j'aspire depuis toujours sans oser y croire. C'est chose faite, il n'y aura pas de retour en arrière.

Je perçois la cadence enfantine du souffle de Jim alors que mes yeux restés grands ouverts s'emplissent à mesure des merveilles de la nuit devenue jour et du jour devenu nuit.

La dualité de ce nouveau couple en train de me conquérir ainsi avec simplicité illumine d'un flash aveuglant l'espace de la chambre qui n'est ni plus ni moins que l'espace entier de mon aventure. Il s'agit d'un indicateur équitable et total.

La chambre, donc, me diffuse un message extraordinaire, lequel se fait de minute en minute plus ordinaire et même confidentiel : pour mieux atteindre le fond de la désespérance de l'espèce, deux voies se présentent à égalité. L'une passe par des champs et des champs de ténèbres tandis que l'autre se veut radieuse. L'essentiel consiste à n'accorder sa préférence ni à la première ni à la seconde car elles ont reçu en partage les mêmes richesses et les mêmes pauvretés, les mêmes vigueurs et les mêmes faiblesses, et l'on ne peut déceler entre elles le plus petit écart. Je les adore donc, mes jumelles en joies et en chagrins car elles ont un sens inné de la justice et de l'honnêteté. Aussi les ai-je utilisées à tour de rôle. C'est cela être un romancier. Maintenant elles me récompensent.

Je peux enfin me lever à l'intérieur de mon propre corps dont les limites ont aussi tendance à éclater.

Je prends mon élan. J'ai le droit de galoper avec autant de liberté qu'un animal ivre. Mon sang se révèle être un collaborateur exceptionnel : par secousses rythmées il me tire en avant. Je me sens gaie dans moi. Je brûle d'une fièvre de santé, c'est-à-dire de raisonnable folie.

Dans la chaleur de Jim toujours allongé contre moi, je vois partout alentour défiler le décor par pans entiers dont le recul foudroyant n'est rien d'autre que la confirmation de ma course ailée. J'attaque et j'attaque le papier avec une telle délicatesse que mon écriture y file à toute allure, fébrile et légère comme l'ombre d'un nuage sur un plan d'eau. Car il s'agit de ma mémoire, ni plus ni moins.

Ma mémoire ? Parlons-en un peu, il est grand temps. Elle me tyrannise depuis toujours et si je me suis laissé faire, c'est seulement par esprit de revanche. Je me suis amusée à la supplicier aussi en usant tour à tour des plus nobles et des plus ignobles moyens. Elle est donc farcie de vérités approximatives et de mensonges. Et les mensonges, souvent, se sont révélés plus vrais que nature alors que les vérités sonnaient faux.

Jim s'est retourné dans son sommeil, il reprend mes pieds entre les siens. Je vais donc passer aux aveux puisque le jour et la nuit me possèdent à égalité. C'est maintenant ou jamais. Je n'ai plus peur de rien.

J'ai cru bon de m'inventer une mère de roman qui dirigeait un rutilant magasin de luminaires à l'angle de mes deux rues d'enfance : cette femme blonde, hystérique, froufroutante, injuste et parfumée est une créature de mon imagination : elle n'a rien de commun avec ma vraie petite mère dont j'ai tant parlé déjà dans mes livres précédents et qu'il fallait résolument m'arracher du corps.

Même chose pour l'Homme gris, lequel est donc un double faux père : lui non plus n'a rien à voir avec la réalité de ma vie. Je n'ai pas eu deux frères nommés Claude et Romain auxquels j'ai collé la profession de photographe et de chimiste. Je n'ai jamais eu comme amie d'école une certaine Marie Delarive et celle-ci n'a pas épousé un musicien qui s'appelle Harold Moor. Jim n'est pas né de ces deux-là il y a cinquante ans. Je n'ai donc pas tenu leur bébé dans les bras pour ne le retrouver que bien longtemps après : sa mère authentique est toujours là, très vivante et très forte. Petit à petit d'autres affabulations sont venues gonfler aussi mon univers avec une vraisemblance que je dénonce aujourd'hui car elle me paraît suspecte, dérisoire, hypocrite, méchante. Non, non, tous ces gens-là n'ont rien fait pour menacer mon intégrité. Attention! Non seulement je ne leur en veux pas mais je ne renie aucun d'entre eux, ni Youri le fou, ni Vincent P. le mauvais peintre, ni les autres figures volantes que j'ai voulu poser ici, poser là, gratuites mais performantes. Je continue à les aimer telles qu'elles sont écrites, à les défendre, à les plaindre à travers leurs prouesses illusoires.

Moi aussi je me retourne dans le lit. Le bras gauche de Jim me couvre d'une épaule à l'autre. J'ai de moins en moins envie de dormir, par conséquent j'y vois de plus en plus clair. La succession de mes passés artificiels doit être interprétée comme une espèce de brouillon dont il me reste à entreprendre la recopie. L'effort à fournir est surhumain. Mais j'en suis capable. Et cela n'est pas donné à n'importe qui.

Cependant, si je veux boucler mieux encore le récit dans sa courbe, il serait bon que je dispose d'un ordinateur ultrasophistiqué. Je l'informerais en le gavant des millions de paroles et d'images plus ou moins perdues à présent. Il saurait tout avaler. Il resterait ouvert vingt-quatre heures sur vingt-quatre. Ainsi deviendrais-je la propriétaire d'une grande encyclopédie unique en son genre. Je suis bien forcée de m'en passer : de ce côté-là de la cervelle humaine il n'existe pas d'ordinateur. D'ailleurs le dos de Jim peut jouer ce rôle puisque l'espèce tout entière s'y trouve condensée. Et comme j'aime au fond l'espèce, je me servirai de ce dos-là sans le moindre scrupule. Ce qui me permet de rester à l'écoute d'un certain galop intérieur excitant mes tempes et rafraîchissant ma gorge. Donc je vis ! Donc j'obtiens en cadence l'écho d'un message mondial.

Ce message a traversé les fenêtres, les murs, les portes et le toit.

Il m'atteint, sourd et prudent d'abord. Très vite il m'investit et m'absorbe avec naturel dans une phrase unique sans début ni fin, laquelle se passe aussi de ponctuation. Car elle ignore les mots, elle se borne à n'être qu'un souffle à peine scandé : « Je t'aime, est-ce que tu m'aimes ? oui, oui, je t'aime et t'aimerai jusqu'au bout, quel bout ? le bout de toi, de moi, tu crois vraiment ? je crois, je veux que tu me croies, eh bien je te crois, mais redis-le, redis-le, m'aimes-tu ? je t'adore, es-tu sûr ? es-tu sûre ? Je n'ai que toi, ne t'en va pas, je suis là, n'aie pas peur, dis-moi encore de ne plus jamais avoir peur, oui je te le répète, ne crains rien, tu es beau, tu es belle, m'aimes-tu ? est-ce que tu sens ? oui je sens, serre-moi bien, ne t'en va pas, reviens, voilà, sois bien, m'aimeras-tu toujours ? oui, toujours, toujours, toujours... »

Les contours de l'invasion balbutiante se font plus nets. D'où provient ce chœur insensé ? Voyons, c'est l'évidence même ! Il s'est levé sur l'étendue de la planète après avoir été diffusé par des milliards de lèvres et recueilli par des milliards d'oreilles. Il s'est fait humble exprès, banal exprès, répétitif exprès, bon, doux, sécurisant exprès. Non seulement il est l'amour proprement dit, mais l'âme de l'amour qui ne cesse de s'enrouler et se dérouler, se retourner et se détourner, se contourner, se fondre, pleurer, gronder, refuser de mourir.

Le jour a remporté la victoire. Nous nous sommes levés. Jim est parti, ce qui n'a pas pu troubler ma coulure, ma courbure intime de suffocations incluant en éclair l'histoire et la géographie des cinq continents. Je sais à présent que la seule aventure qui vaille la peine d'être perpétuée m'entraîne aux moments forts de ma vie tout autant qu'aux moments faibles, creux, intermédiaires.

Je ne me suis même pas rendu compte que les heures ont filé et qu'une fois de plus la nuit vient s'appuyer en douceur derrière les fenêtres. D'ordinaire je m'abstiens d'écrire le soir, compte tenu de l'usure et de la paresse. Travailler vraiment, c'est travailler rose, vibrant, pur, potelé, dès l'aube. Pourtant je consens à jeter un regard de séductrice au manuscrit. Je lui joue la comédie de la candeur, de la tendresse et de la pruderie : il est indispensable que je mette tous les atouts dans mon jeu. Le silence de ma lumineuse prison est mon plus précieux collaborateur. Pas un seul appel téléphonique n'est venu le troubler, pas une seule rencontre à bla-bla, rien. Je ris un peu, là, en plein cœur de mon sanctuaire. C'est cela que j'ai voulu : un sanctuaire. Je saute le mur du bonheur pour tomber dans la joie, ce qui est très différent. Et voilà que sans l'avoir voulu mon stylo se met à courir, et je cours derrière lui pour éviter que le fil ne se rompe. Prodige ! Il tient. Le nom de Jim que je viens tout juste de tracer y fait jaillir une mince flamme un peu dorée. La syllabe unique de ce nom définit le monde. Aimer Jim, c'est aimer le monde et son obscure, abominable et superbe totalité. J'ai le droit d'assurer la chose : pendant que je parcourais mes trente dernières années tantôt très longues et tantôt très courtes, je me suis métamorphosée à mon insu. Cela s'est fait dans moi, autour de moi qui n'étais qu'un chiffre de hasard, négligeable et parfois gênant. Mais voilà ! J'ai charge d'âme. Je suis responsable de l'âme d'un *nous*, le nôtre.

Il est très tard.

Je me déshabille et fais ma toilette avec minutie, le moindre détail y prend un poids moral. Je suis le reposoir du *nous* que l'on peut considérer comme un chef-d'œuvre, le chef-d'œuvre sans nom. Où qu'il soit et quoi qu'il fasse, Jim le sait et l'approuve.

J'entre une fois de plus dans un lac de sommeil, espace de la plus sèche acuité. Les draps sont frais, je les ai changés ce matin. Il est temps de boucler. Ce ne sera pas difficile. Trente ans : un seul clignement de paupières, un élan d'immobilité autour duquel ont viré des ciels de campagnes ou de villes, des visages et des corps en successions rapides et vaines. Je suis parvenue à soumettre le décor tournant de ma vie pour m'en servir dans toutes ses dimensions. Ce décor a su respecter mon indépendance, semblable à quelque cirque aéré de luxe. J'ai envie de dire merci.

A qui dis-tu merci ? souffle le noir.

C'est mon secret. Je remonte le drap jusqu'au-dessus des oreilles en calant les plis. Ma meilleure technique d'assoupissement glissé consiste dès lors à me représenter Jim assis en bas à sa place habituelle. Nous écoutons de la musique. Il a levé les bras et posé les mains à fleur d'air en se préparant à doubler le chef d'orchestre avec une autorité aussi calme que passionnée. Immobile, ses yeux profondément embusqués à l'angle des paupières, il prête l'oreille au silence que le disque tournant fait craquer. Après un mince reflux de sonorités que l'on peut mettre sur le compte de l'humour, de la prudence feinte ou d'une sournoise délicatesse, le premier mouvement du concerto pour piano éclate. Et Jim qui le connaît par cœur soudain se raidit avec violence, ferme les yeux sur la vision béante en train de naître.

Il la saisit. Il creuse un peu la paume de ses mains pour mieux la porter.

Et je sens bien, moi qui le regarde à la folie, qu'il se laisse pénétrer et remplir jusqu'à l'ébranlement complet de ses nerfs. Mais comme il n'est pas possible de supporter davantage la pesée d'une telle agression, voilà que Jim se met à sourire à la façon d'un enfant joueur, il se fait humble et doux avant de réagir de nouveau en éclair. Les traits de son visage un moment plus tôt lissés et caressants se durcissent, comme sculptés par l'explosion des notes en arpèges. Il secoue la tête. Il fronce les sourcils, saisi d'une douleur joyeuse, ses joues tremblent, son cou se gonfle, ses épaules se haussent, il cesse d'être un homme, il est un ogre secouant sa proie avant de la dévorer. Il m'a carrément oubliée. Retiré au fond de sa jungle sonore il continue à fendre, fouiller, écraser, subtiliser, mordre, gratter, jeter. Le spectacle est si fort que je suis obligée de m'y enfoncer aussi, d'autant mieux que Jim qui vient de s'accorder un bref entracte, murmure soudain en aparté, très vite ;

« Cette gymnastique est bonne pour le travail... »

Il me fait signe alors avec beaucoup de discrétion d'aller le rejoindre dans la profondeur de ses fourrés grondants. Tu entends ? tu entends ? semble-t-il dire.

Oui, j'entends. Oui, je réponds à sa demande. Oui, il parvient à me toucher une fois de plus du bout de sa règle magique, celle-là même qu'il a nommée un jour son « principe de délicatesse ». Allegro vivace, andante, allegro ma non troppo, Jim et les mouvements déployés de la musique sont en train de réussir un grand coup : tous ceux que j'ai aimés sont conviés à la fête, morts et vivants confondus sans distinction. Je ne les vois pas. Je me borne seulement à les sentir.

Ils se sont installés dans ma grande pièce où petit à petit finit par s'apaiser la puissante rumeur. Quel repos ! Les visages sont sérieux, transparents et légers. Mes invités jouent aux fantômes avec une incomparable conscience professionnelle. J'ai la certitude qu'ils s'aiment tous ensemble à travers ma vision d'eux. Ils n'ignorent pas la fragilité de leur éclat. Ils m'aiment aussi, comment faire autrement ? Ils approuvent mon amour pour Jim, resté indifférent à leur entrée en matière et se préparant à terminer en beauté sa besogne de chef d'orchestre.

Il se calme après avoir distribué ses derniers ordres, en haut, en bas, au fond, très près, encore plus près, et de nouveau loin par-delà les collines bleutées des harmonies à présent nivelées. Il est le maître. Ça le fait rire. Il me lance un dernier coup d'œil noir, et puis c'est le silence. Je ris aussi. Le rire est notre commun dénominateur. Je ne suis pas dupe de ce signe instantané puisqu'il a recouvert en son entier notre double existence. Musique, écriture, hommes, femmes, enfants morts ou vivants sont brassés par la même bourrasque imaginaire, c'est-à-dire par le vent de bonheur qui a bien voulu nous emporter il y a trente ans, qui a bien voulu nous soutenir, qui nous a gardés, qui nous a poussés en avant, qui n'a jamais cessé de nous désirer. J'ai mal à force d'être bien.

Quand donc cesserai-je d'être jeune ?

Dessus : lundi jour   9
Dessous : lundi nuit   16
Dessus : mardi jour   25
Dessous : mardi nuit   33
Dessus : mercredi jour   42
Dessous : mercredi nuit   50
Dessus : jeudi jour   58
Dessous : jeudi nuit   65
Dessus : vendredi jour   73
Dessous : vendredi nuit   80
Dessus : samedi jour   89
Dessous : samedi nuit   98
Dessus : dimanche jour   107
Dessous : dimanche nuit   115
Dessus : lundi jour   121
Dessous : lundi nuit   129
Dessus : mardi jour   137
Dessous : mardi nuit   143
Dessus : mercredi jour   151
Dessous : mercredi nuit   157
Dessus : jeudi jour   166
Dessous : jeudi nuit   174
Dessus : vendredi jour   181
Dessous : vendredi nuit   189
Dessus : samedi jour   199

247

Dessous : samedi nuit   207
Dessus   : dimanche jour   215
Dessous : lundi nuit   222
Dessus   : mardi jour   233

Œuvres de Dominique Rolin (suite)

L'ENRAGÉ, *Ramsay, 1978.*

L'INFINI CHEZ SOI, *Denoël, 1980.*

LE GÂTEAU DES MORTS, *Denoël, 1982.*

LA VOYAGEUSE, *Denoël, 1984.*

L'ENFANT-ROI, *Denoël, 1986.*